PRIVATE GAMES
伦敦罪

〔美〕詹姆斯·帕特森　马克·沙利文/著　张兵一/译

重庆出版集团　重庆出版社

Private Games by James Patterson
Copyright © by James Patterson
This edition published by arrangement with Little, Brown and Company, New York, New York, USA.
Simplified Chinese translation rights © 2012 by Chongqing Publishing House Co., Ltd.
All rights reserved.

本书中文简体字版由小布朗公司授权重庆出版社在中国大陆地区独家出版发行。未经出版者书面许可,本书的任何内容不得以任何方式抄袭、复制或转载。

版贸核渝字(2012)第 059 号

图书在版编目(CIP)数据

伦敦罪:奥运惊魂/(美)帕特森(Patterson, J.)著;张兵一译.
-- 重庆:重庆出版社, 2012.5
ISBN 978-7-229-05083-2

Ⅰ.①伦… Ⅱ.①帕…②张… Ⅲ.①长篇小说—美国—现代
Ⅳ.①I712.45

中国版本图书馆 CIP 数据核字(2012)第 063058 号

伦敦罪:奥运惊魂
PRIVATE GAMES
[美]詹姆斯·帕特森 马克·沙利文 著 张兵一 译

出 版 人:罗小卫
责任编辑:陈渝生
责任校对:郑小石
装帧设计:重庆出版集团艺术设计有限公司·王芳甜

重庆出版集团
重庆出版社 出版

重庆长江二路 205 号 邮政编码:400016 http://www.cqph.com
重庆出版集团艺术设计有限公司制版
自贡兴华印务有限公司印刷
重庆出版集团图书发行有限公司发行
E-MAIL:fxchu@cqph.com 电话:023-68809452
全国新华书店经销

开本:710mm×1 000mm 1/16 印张:20.25 字数:300 千
2012 年 5 月第 1 版 2012 年 5 月第 1 版第 1 次印刷
ISBN 978-7-229-05083-2
定价:32.00 元

如有印装质量问题,请向本集团图书发行有限公司调换:023-68706683

版权所有 侵权必究

本书中的人物和事件均为作者虚构,如与在世或过世的真人相似,则纯属巧合,并非有意为之。

谨以此书献给追寻奥运之梦的康纳和布里德吉尔。
——马克·沙利文

凡夫俗子岂能洞悉众神的旨意。
——古希腊抒情诗人品达罗斯

那一刻,这位愤怒的奥林匹克选手……在雷电交加中变得手足无措。
——古希腊戏剧作家、诗人阿里斯托芬

鸣 谢

我们要感谢伦敦奥组委的杰基·布洛克-多伊尔、内尔·沃尔克和贾森·基恩,他们不仅对这本书的写作抱以真诚和理解的态度,并且给予了我们热情而周到的帮助;参观奥林匹克公园建设工地使我们获得了丰富的知识。阿兰·亚伯拉罕森不仅是一位奥林匹克专家,还是3wiresports.com网站的经营者,而这个网站是全世界了解奥林匹克运动和奥运文化首屈一指的网站。没有他的帮助,我们不可能写出这本书。我们还要特别感谢《太阳报》体育记者维基·欧菲斯,是他为我们提供了大量有价值的知识、幽默故事和闲言碎语。我们对大英博物馆、埃尔德维奇一号酒店以及伦敦41旅店同样表示感激,感谢他们为我们提出了诸多建议,为故事中发生在奥林匹克场馆之外的许多情节找到了合适的场景。说到底,这是一个崇尚希望和奥林匹克理想的虚构故事,因此也请读者们慷慨地赐予我们一定的权利,容忍我们对即将出现在2012年伦敦奥运会大舞台上的各种比赛项目、场馆和人物赋予了我们想象出来的故事和戏剧化的描述。

序　幕

2012年7月25日,星期三,晚上11点25分

在这个地球上,确实有超人——超级男人和超级女人。

对此我深信不疑,你不要以为我信口雌黄。我有证据:耶稣基督就是一个精神上的超人,马丁·路德金和圣雄甘地也是超人;尤利乌斯·恺撒是超人,成吉思汗、托马斯·杰弗逊、亚伯拉罕·林肯都是超人,甚至连阿道夫·希特勒也算是一个超人。

想一想那些著名的科学家——亚里士多德、伽利略、阿尔伯特·爱因斯坦和J.罗伯特·奥本海默,再看一看那些伟大的艺术家——达·芬奇、米开朗基罗和文森特·梵高。梵高是我的最爱,他之所以变得疯狂正是因为他超人的品质。此外,千万不要忘记了那些体育超人——吉姆·索普、芭比·迪得瑞克森·扎哈里亚斯,以及杰西·欧文斯、拉瑞萨·拉提尼娜,还有穆罕默德·阿里、麦克·施皮茨和杰西·乔伊娜—柯西。

我虽不才,却也自视为超人一族。不信你就继续读下去,你很快就会看到我所言不虚。

一言以蔽之,像我这样的人都是天生要成就大事之人。我们不逃避艰苦的磨难,追求征服的快感,决心打破人世间的任何极限,获得精神上、政治上、艺术上、科学上和肉体上的成功;我们在毫无胜算的困境中拨乱反正;我们甘愿为成就伟业而受尽煎熬,以殉道者的狂热义无反顾地奋斗着、无休止地准备着。在我看来,这正是历代人类中最独一无二的超人品质。

此时此刻,我正站在丹顿·马歇尔爵士的花园里。这个人正是这个世界上最娘娘腔、最堕落的老混蛋之一,但是我要坦白地告诉你,我现在心头所感觉到的正是超人才会拥有的独一无二的品质。

看看我面前的这个人吧:他背对着我,双膝跪在地上,我手中的弯刀正横在他的脖子上。

他为什么浑身颤抖不已,就好像脑袋刚刚被一块石头砸中?你能闻到空气中的那种气味吗?那种恐惧的气味?就像炸弹爆炸后笼罩着他躯体的硝烟的气味。

"这到底是为了什么?"他哽咽着问道。

"你把我惹火了,魔鬼。"我呵斥道,感到一股由来已久的怒火直冲头顶,充斥着我身体的每一个细胞,"你助纣为虐,毁了这个运动,使它成为人类的笑柄,使它美好的本质遭受到了世人的唾弃。"

"什么?"他大声叫道,满脸困惑的表情,"你说的到底是什么啊?"

我只用了三句话提出我的证据,而他脖子上的皮肤却立刻变得铁青,脑门上青筋毕露,像一根根垂死的蠕虫令人恶心地跳动着。

"不、不!"他结结巴巴地争辩说,"这……这不是事实。你不能杀了我。难道你疯了吗?"

"疯了?你说我疯了吗?"我问道,"我可没疯。据我所知,我正是这个世界上最有理智的一个人。"

"求求你。"他接着道,禁不住泪流满面,"饶了我吧。圣诞前夜我就要结婚了。"

我得意地哈哈大笑,那笑声像镪水一样腐蚀着他的心灵。"丹顿,你要知道,在我的另一个生命中,我曾经亲口吃掉了我自己的孩子!你就死了这条心吧,我和我的姐妹们是不可能饶恕你的。"

困惑和恐惧已经彻底摧毁了他的意志。我抬起头仰望星空,再次感觉到头脑中愤怒的风暴,也再次深切地感受到自己超凡脱俗的能力,赋予我这种超人能力的正是数千年前就已经存在的伟大的力量。

"为了真正的奥林匹亚人。"我发誓道,"这个牺牲品标志着现代奥林匹克运动开始走向灭亡。"

说完,我把老混蛋的头一把向后拽,使他仰起头、身体向前拱起。

不等他发出一丝哀号,我已经奋力挥手一刀,将他的脖子割断,使他身首分离。

PRIVATE
GAMES

第一部 复仇女神

第一章

2012年7月26日,星期四,上午9点24分

这是伦敦异常炎热的一天。彼得·奈特正沿着切舍姆街向北跑去,汗水浸透了身上的衬衣和夹克衫。他刚刚经过国宾酒店,又绕过了一个街角,接着继续向位于贝尔格莱维亚区中心的莱伊尔·马房路一路狂奔。一些世界上最昂贵的地产就位于这个中心区里。

一到马房路,奈特心中就开始不停地呼喊:千万别是真的,亲爱的上帝啊,这事千万不能是真的啊!

紧接着,他就远远地看到了一帮新闻记者的身影。在一幢乳白色的乔治亚王朝时代艺术风格的联排别墅前,伦敦警察厅已经拉起了一条黄色隔离带,封锁了整条街道,记者们都挤在隔离带前。奈特沮丧地停下了脚步,感觉到胃里一阵翻腾,早餐刚刚吃进肚里的鸡蛋和咸肉就要吐出来了。

这件事,他可怎么去向阿曼达说呀?

奈特还没有镇定下来,胃部的不适也还没有平复,他的手机却突然响了起来。他一把从口袋里抓出手机,连来电的人是谁也没有看一眼。

"我是奈特。"他气喘吁吁地说道,"是你吗,杰克?"

"不对,彼得,我是南希。"她带着爱尔兰土腔回答说,"伊莎贝尔病了。"

"你说什么?"他嘟囔道,"不可能啊,一小时前我离开家的时候她还是好好的。"

"她已经发烧了。"他的全职保姆坚持说道,"我刚刚给她量过体温。"

"有多高?"

"38摄氏度。她还说胃不舒服。"

"那么卢克呢?"

"他还好。"她说,"不过……"

"给他们俩都洗一个冷水澡,如果伊莎贝尔的体温继续上升到39摄氏度,就马上给我打电话。"奈特吩咐道。他啪地一声关上手机,把已经涌到嗓子眼的胃液使劲咽下肚里。

奈特身材瘦长,身高1.83米,长着一头浅棕色的头发和一张颇有吸引力的脸。他原来是位于老贝利街的英国中央刑事法庭的特别调查员,但是为了获得双倍的工资和更好的声誉,两年前他加入了国际私人侦探公司的伦敦分公司。国际私人侦探公司又被人们称做"21世纪的平克顿侦探社",旗下拥有众多一流的法医、科学家、安保专家和像奈特一样的调查员,在世界每一个大都市都设有分公司。

他在心中告诫自己:不能把两件事情搅在一起,要像个专业人士。但是,这件事情就像压垮骆驼的最后一根稻草一样压在他的背上,他的神经已经快到崩溃的边缘。在过去的一周里,他的老板丹·卡特和4名同事在北海上空发生的空难中罹难,事件还在调查之中。奈特已经承受了工作和私人生活上的双重损失和巨大悲伤,现在又一个噩耗袭来,他还能扛得住吗?

奈特强迫自己把这个问题和女儿生病的事情都放到一边,忍着酷暑天的闷热急忙向隔离带走去,并小心翼翼地同舰队街的那帮人保持着距离。这时,他看见了苏格兰场也就是伦敦警察厅的比利·卡斯帕警督,他们俩已经认识15年了。

于是,他径直向这位脸上长满麻子、表情木讷的警督走去。卡斯帕一看到奈特就皱起了眉头,冷冷地对他说:"彼得,这里没有你们国际私人侦探公司的事情。"

"如果是丹顿·马歇尔爵士死在那所房子里,那么它就是国际私人侦探公司的事情,也就是我的事情。"奈特反驳说,"比利,这件事还同我个人密切相关。是丹顿爵士出事了吗?"

卡斯帕不置可否。

"是还是不是?"奈特逼问道。

警督点了点头,但是很显然他并不情愿告诉他,然后立刻带着颇为怀疑的口气问道:"你和国际私人侦探公司怎么会牵扯到这件事情里来?"

奈特默默无语地站在那儿，丹顿爵士死亡的消息被确认使他感到犹如五雷轰顶，他禁不住再次想到了那个棘手的问题——他该如何把这个消息告诉阿曼达。过了一会儿，他绝望地摇摇头，回答说："伦敦奥组委是国际私人侦探公司的客户，因此丹顿爵士本人就成为了我们的客户。"

"那么你个人呢？"卡斯帕问道，"这同你个人有什么关系？你是他的朋友还是别的什么关系？"

"比朋友关系更近。他同我的母亲订婚了。"

卡斯帕始终愤懑的表情立刻舒缓了许多，他扭动几下嘴唇说："让我想想办法看能不能让你进去。等会儿伊莱恩知道了，她肯定会跟你没完的。"

"伊莱恩负责这个案子？"他问道，恨不得往自己头上狠狠地打一拳，"你可别吓唬我。"

"千真万确，彼得。"卡斯帕回答，"你小子，走霉运吧。"

伊莱恩·波特斯菲尔德警司是伦敦警察厅最优秀的侦探之一，从警20年来业绩显赫，是个无所不知而又最不好惹的女人。过去两年中，她侦破的凶杀案的数量远远超过苏格兰场的其他警司，她也是奈特所知道的唯一一个对他公开表示蔑视的人。

这位40岁的警司依然风韵不减当年，但是在奈特心目中，她那一对又大又圆的眼睛、长着鹰钩鼻子的脸和披在双肩上的银色头发，始终就像一头凶恶的俄罗斯狼犬。当他走进丹顿·马歇尔爵士的厨房时，波特斯菲尔德犀利的目光沿着尖利的鹰钩鼻子逼视着他，仿佛随时都可能把他生吞活剥。

"彼得。"她冷冷地打了个招呼。

"伊莱恩。"奈特回答。

"我可没有同意过你进入犯罪现场。"

"是的，我知道。"奈特一边回答，一边极力控制住内心里突然涌起的激动情绪。每次见到波特斯菲尔德，总是让他情绪激动。"不过，你和我都已经进来了，你能告诉我一些情况吗？"

这位苏格兰场警司并没有立刻搭理他，过了一会儿她终于说道："一个小时之前，女佣在花园里发现了他，准确地说是发现了他的残体。"

丹顿爵士是一个博学而风趣的男人，过去两年来从认识他到敬佩他的种种往事一幕幕在奈特的脑海中闪过。他感到自己的两腿发软，不得不伸出戴着乙烯手套的手扶住厨房的吧台。他痛苦地问道："你刚才说是他的'残体'？"

波特斯菲尔德神情严峻地用手指了指厨房的落地玻璃门。

奈特很不想走进厨房外的花园里去，他想把自己两周前最后一次见到丹顿爵士的模样保留在心目中——满头令人惊叹的白发、精心呵护的粉红色皮肤，以及他那从容而极富感染力的笑声。

"你不愿去看，我能够理解。"波特斯菲尔德对他说道，"卡斯帕警督已经告诉了我，说你母亲同丹顿爵士已经订婚了。那是什么时候的事情？"

"今年元旦节。"奈特回答。他一边控制住哽咽的喉咙一边向玻璃门走去，痛苦地继续道，"他们俩本来准备在今年的圣诞夜结婚的，结果又是一场悲剧。这就是我的生活，是吗？"

波特斯菲尔德的脸开始扭曲，流露出既痛苦又愤怒的神情。当奈特从她身边走过、跨出玻璃门走进花园的时候，她默默地低下了头，两眼死死地盯着厨房的地板。

室外的温度已经变得越来越高，花园里的空气呆滞而沉闷，充斥着死亡和血腥的气息。在花园中的石板平台上，丹顿爵士体内的 5 000 毫升血液已经全部洒在了地上，在他无头的躯体旁凝结成一大片乌黑的血块。

"验尸官认为，凶器是一种长弯刀，刀刃呈锯齿状。"波特斯菲尔德说。

奈特再次强压下呕吐的冲动，集中注意力把整个犯罪现场仔细地查看了一遍，并把看到的所有细节一一储存在大脑里，就好像是存放一张张照片而不是眼前血淋淋的现实。他很清楚，要完成眼下如此血腥的工作，唯一的办法就是在情感上与受害人保持一定的距离。

波特斯菲尔德告诉他："如果你仔细观察，就会发现凶手曾经打开过花园里浇花的水龙头，用水把部分血液冲回到了尸体旁。我估计，他的目的是冲刷掉石板上的脚印和其他痕迹。"

奈特点点头表示同意。他鼓起勇气把目光延伸到尸体后面的花园深处，然后从花坛旁收集证据的几位法医专家身边走过，直到看见花园后墙

旁的另一个犯罪现场，一名刑侦摄影师正在那里拍摄照片。

奈特从离尸体几尺之外绕过去，站在那里终于看清楚了摄影师正在拍摄的是什么。那是一尊古希腊人的雕像，是丹顿爵士最有价值的收藏品之一——一尊一手托着法典、一手握着利剑的雅典议员的无头石灰岩雕像。

丹顿爵士的头被放置在雕像的双肩中间，脸已经肿胀变形；他的嘴向左扭曲，仿佛正吐出一口痰；他双目圆睁，目光呆滞。奈特感到无比的凄惨。

一时间，这个国际私人侦探公司的侦探几乎要崩溃了，但是渐渐地，急剧膨胀的愤怒最终代替了悲伤。什么样的人才能做出如此野蛮的恶行？而这样做的目的又是什么呢？丹顿·马歇尔惨遭斩首的原因到底何在？爵士是一位公认的大好人，而且是……

"你还没有看到所有的东西，彼得。"波特斯菲尔德在他身后说道，"向前走，看看雕像前的草坪。"

奈特紧握双拳，走下石板台阶来到草坪上。青草摩擦着他套在皮鞋上的纸鞋套，发出"沙沙"的声响，就像指甲在一块黑板上划过。紧接着，他看到了它，震惊地停下了脚步。

在雕像下的青草上，凶手用喷漆画上了五个彼此相连的圆环，那正是奥林匹克运动会的会徽。

在这个会徽上，凶手又用丹顿爵士的鲜血画上了一把大大的"×"。

第二章

魔鬼通常会把卵产在什么地方？什么样的巢穴才能孵化出新的魔鬼？又是什么样的毒汁把小魔鬼喂养长大？

我的头脑里总是在思考这些难以解答的问题，当然也有其他的问题。因此，我的头常常会不定期地疼痛，就好像突然降临的疾风骤雨，其间还夹杂着猛烈的电闪雷鸣。

当你读到这里的时候，你难免会疑窦丛生，急于提出"你是谁？"之类的问题。

我的真实姓名并不重要，不过为了这个故事的完整性，你不妨把我叫做"克罗诺斯"。在十分古老的希腊神话里，"克罗诺斯"是最为强大的提坦巨神之一，是宇宙的统治者，也是时间之神[①]。

那么，我自以为是神吗？

你不必那么荒唐，如此狂妄自大不仅有悖命运的安排，也是对诸神的大不敬。像这样大逆不道的罪行，我是从来没有犯过的。

其实，我不过是每隔一两代人才会降临到这个地球上来的一个独一无二的超人罢了。若非如此，那么你怎么解释在我头脑中开始不时出现疾风暴雨之前，我最初的记忆里就只有仇恨，而我生命中的第一个愿望就

[①] 在希腊神话中，最早的神是地神盖娅，她是开天辟地时由混沌所生。盖娅生下了天神乌拉诺斯，并同他结合生下了六男六女十二个提坦巨神，其中最小的儿子即克罗诺斯。克罗诺斯用母亲给他的一把镰刀阉割了自己残暴的父亲，并最终推翻了他的统治，成为第二代宇宙的统治者。克罗诺斯与自己的妹妹、另一个提坦巨神瑞亚结合，先后生下三男三女，其中最小的儿子就是主神宙斯，即罗马语中的朱庇特。克罗诺斯的父亲死前曾经预言，克罗诺斯最终也将被自己的儿子所推翻。因此，为阻止预言成为现实，克罗诺斯先后吞食了自己的五个孩子，只有宙斯幸免于难。宙斯长大后在祖母盖娅的帮助下，用呕吐药迫使父亲克罗诺斯吐出了吞进肚里的两个兄长和三个姐姐，并同他们一起经过10年的战斗推翻了父亲克罗诺斯的统治，成为众神之王和宇宙至高无上的统治者。

克罗诺斯用镰刀阉割了自己的父亲

是杀戮?

　　说实话,在我生命的第二个年头里,我就开始意识到了什么是仇恨,仿佛仇恨和我就是一对孪生的精灵;当我还是一个嗷嗷待哺的婴儿的时候,仇恨就从虚无之中诞生,并深深地植入了我的躯体。在我出生后相当长的一段时间里,我一直以为自己是一个遭人厌恶的怪物,所以我才被扔进了一个塞满破布的箱子中,弃置在一个房间的角落里。

　　后来有一天,我在本能的驱使下开始从箱子里往外爬,居然因此而获得了自由。而就在这次艰难爬行的过程中,我顿悟了:我不仅仅是仇恨的化身,我同样也是一个彻头彻尾的人。数日来,我忍受着饥渴的煎熬,赤身裸体地遭受着寒冷的侵袭,独自一人熬过了一个又一个小时。人们在我身旁来来往往,却没有一个人为我洗去满身的污垢,没有一个人愿意把我从地上抱起来,就好像我是一个降临在人世间的外星怪物。也正是那个时候,我心中萌发了我此生中的第一个愿望——我要杀掉他们所有的人。

　　在产生这个冷酷愿望很久很久之后,我才得知我的父母都是吸毒犯,是瘾君子,他们根本没有能力抚养一个像我这样优越于常人的超人。

　　4岁的时候,我趁母亲昏睡不醒的时候把一把厨房里的切菜刀深深地插进了她的大腿里。后来,一个女人来到我一贫如洗的家里,把我从亲生父母身边永远地带走了。他们把我带进了一个新的家庭,强迫我同其他一些被遗弃的小魔鬼生活在一起,而那些小魔鬼也都是内心充满了无限仇恨的人,除了自己他们不相信任何人。

但是，很快我就意识到我比他们都更加精明和强壮，更富有远见和想象力。等我长到9岁的时候，虽然我还并不确切地知道自己究竟是一个什么样的人，但是我已经真切地感觉到我是人类中的某种异类，你也可以称之为"超级生灵"，因为我不仅可以操控其他任何一个人间的魔鬼，还能轻易地征服他们甚至消灭他们。

后来，当我头脑中开始产生疾风暴雨的时候，我才真正知道了自己的超人本质。

我是10岁时开始产生头脑风暴的。有一天，我的养父，也就是我们称之为"鲍勃牧师"的那个人，正在鞭打我们中的一个小魔鬼，那小子发出的哀号让我感到恐惧和软弱，我无法忍受那种恐怖的气氛，无法继续听他撕心裂肺的号叫。因此，我离开了我们居住的那所房子，翻过后墙，在伦敦最贫穷的街区里四处游荡，直到后来在一幢废弃的房子里找到了我熟悉的贫穷、安宁和舒适。

这所房子里当时已经住着两个魔鬼，他们都比我的年龄大，已经是十几岁的孩子，而且还是某条街上的黑帮成员。我一走进那所房子，就看出他们刚刚吸食过毒品，正飘飘欲仙。他们对我说，我闯进了他们的地盘。

我本想利用我的速度立刻溜走，但是他们中的一个人向我扔出一块石头，砸中了我的下巴。我被打蒙了，腿一软倒在了地上。他们一边得意地哈哈大笑，一边变得更加怒不可遏，不停地用石头向我砸来。他们不仅砸断了我的几根肋骨，还砸破了我腿上的一根血管。

就在这个时候，我突然感到左耳上方遭受了重重的一击，紧接着大脑中爆发出五彩缤纷的火光，好像无数雷鸣电闪同时爆发出来，一条条耀眼的火舌撕裂了夏日的天空。

第三章

彼得·奈特看看被打上血色大叉的奥林匹克会徽，又看看他母亲未婚夫那颗血淋淋的头，内心感到十分无助和绝望。

波特斯菲尔德警司走上前来，站到他身旁轻声向他说道："告诉我丹顿爵士是个什么样的人。"

奈特强忍着哀伤，回答说："丹顿是一个十分了不起的男人，伊莱恩。他掌握着一大笔对冲基金，负责向外贷款，但是许多贷款最后都变成了赠款。他也是伦敦奥组委中最为重要的一员，许多人认为要是没有丹顿爵士做出的努力，伦敦根本不可能打败巴黎获得2012年奥运会的主办权。他还是一个心地十分善良的人，对自己的成功总是显得非常淡定而低调。因为有了他，我母亲才会感到非常幸福。"

"这可是出乎我的预料。"

"我也一样。就连阿曼达自己也始料不及。但是，他却实实在在地做到了。"奈特说，"直到看到他的尸体之前，我一直认为丹顿·马歇尔在这个世界上根本不可能有任何敌人。"

波特斯菲尔德用手指了指草丛中的奥林匹克会徽，说道："也许，他的死同生活中的他这个人并没有关系，而是同奥运会有关。"

奈特仔细看了看丹顿·马歇尔爵士的头，然后转身回到他的躯体旁，回答说："有可能。不过，这也可能只是转移我们视线的障眼法。一般来讲，砍掉一个人的头常常意味着相当程度上的个人恩怨，是一种仇恨的宣泄。"

"你是说，这是一次复仇行为？"波特斯菲尔德问道。

奈特耸耸肩，回答说："各种可能性都存在，比如某种政治意图，或者干脆就是一个神经错乱的疯狂之举，甚至可能这三者兼而有之。我还不知道。"

"你能说说昨天晚上11点至11点半之间，你母亲在什么地方吗？"波特斯菲尔德突然问道。

奈特非常惊讶地看着她，好像她是个白痴。他神情严肃地告诉她说："阿曼达爱丹顿。"

"当执著的爱情被人拒绝的时候，也可能变成疯狂的愤怒。"波特斯菲尔德回答道。

"她的爱没有被拒绝。"奈特厉声道，"要是发生那样的事，我是不会不知道的。再说，你是见过我母亲的，她身高只有1.67米，体重不过100斤，而丹顿有几乎200斤。无论从体力上还是情感上来讲，她都不可能割下他的头。而最根本的原因是，她没有任何理由要杀害他。"

"这么说，你确实知道事发当时她在什么地方？"波特斯菲尔德并不想轻易放过这个问题。

"我会搞清楚并且告诉你的。但是，首先我不得不把这个噩耗告诉她。"

"如果你难以启齿，我可以去告诉她。"

"不！我自己会告诉他的。"奈特回答说。他最后看了看丹顿爵士的头，尤其是他那张歪到一边好像正要吐出什么东西的嘴。

他把手伸进口袋里，拿出了一个钢笔大小的微型电筒，绕过草地上的奥林匹克会徽，打开手电筒向丹顿爵士嘴唇之间的空隙照进去。他看见了他口中有什么东西发出的反光，于是伸手从裤子后面的口袋里拿出了一把镊子。他总是随身带着这把镊子，以便捡拾证物时自己的手不会碰到它们。

他小心翼翼地避开了母亲未婚夫的那双眼睛，把镊子轻轻地伸进了丹顿爵士的口中。

"彼得，不许动他。"波特斯菲尔德立刻命令道，"你没有……"

但是，奈特已经转过身来，举起镊子把从丹顿爵士口中取出的一枚生锈的铜币拿给她看。

"新线索。"他对她说，"这个案子很可能跟钱有关。"

第四章

遭受"石刑"后数日,我在一家医院的病床上苏醒过来,头骨已经破裂。我感觉自己好像被人重新组装,比以前更像一个来自外星球的怪物,这让我感到恶心。

但是,我清楚地记得自己被人攻击的每一幕,也记得攻击我的那两个魔鬼的长相。然而,当警察来到我的病床前了解事情的经过时,我却告诉他们我什么都不记得了;我只记得自己走进了那所房子,仅此而已。于是,他们没有继续追问下去,转身离开了。

我开始慢慢地恢复,但是后脑的头皮上却留下了一片蟹足状的疤痕,后来头发重新长起来,才遮住了它们。渐渐地,我的大脑中产生了一种黑色奇幻的感觉——我开始变得对自己痴迷起来。

两周后,我回到了住着其他小魔鬼和鲍勃牧师的那个家中。就连他们也发现我已经变了一个人,那个桀骜不驯的野小子已经不复存在,而是代之以一个脸上始终带着微笑、行为举止也总是那么彬彬有礼的快活的好孩子;我开始发奋学习,同时努力锻炼身体。

鲍勃牧师认为,我总算找到了上帝。

但是,我实话告诉你,我所做的一切都是为了心中的仇恨。我常常独自抚摸头发下蟹足状的疤痕,把内心里与生俱来的情感盟友——仇恨——化作力量,去千方百计地得到我想得到的一切,让我的事情按照我的愿望去发展。我胸膛中已经孕育出了一个黑暗的心灵,它渐渐成为我无比强大的武器,我要一一实现我的复仇计划,让整个世界都看到我已经脱胎换骨。虽然在公开场合下我已经判若两人——生活愉快而广交朋友——但是没有哪一天我曾忘记过我遭受过的"石刑",也没有忘记过当时席卷过我大脑的闪电雷鸣。

当我长到14岁的时候,我开始悄悄地寻找那两个打破我脑袋的魔鬼。功夫不负有心人，我终于找到了他们的踪迹。就在我同鲍勃牧师和小魔鬼们居住的房子12个街区外的一个街角上，他们俩正肆无忌惮地兜售甲基苯丙胺毒品。

我一直密切地监视着他们的一举一动，直到我长到了16岁，我的强壮体格足以采取行动。

鲍勃牧师找到耶稣基督之前曾经是一个钢铁工人。就在我遭受"石刑"6周年纪念日的那一天，我偷走了他那把沉重的铁锤和他的旧工装裤。入夜后，就在我通常埋头学习的时间里，我偷偷溜出了家门。

我身穿鲍勃牧师的工装裤，用一个从垃圾筒里捡来的书包装着铁锤，找到了那两个用石头迫害过我的魔鬼。6年来他们一直在吸食毒品，而6年来我已经浴火重生，当他们见到我的时候哪里还想得起我是谁。

我用金钱做诱饵，把他们骗到了一个僻静之处，然后我突然拿出铁锤，把他们打了个脑浆四溅。

第五章

波特斯菲尔德警司下令将丹顿爵士的尸体装进尸袋后不久，奈特离开花园并离开了丹顿爵士的家，而他此时的心情却比刚才走进这所房子的时候更加沉重和恐惧。

奈特从警察设置的黄色隔离带下钻出去，避开来自舰队街的新闻记者，经莱伊尔·马房路匆匆离去。他一路上苦苦思索：上帝啊，我该如何把丹顿的死讯告诉我的母亲！他很清楚他不得不把这个噩耗亲自带给阿曼达，而且要快，否则她很快就会从别人的口中得知这个消息。当她听到这个噩耗的时候，他必须在她的身边。设身处地地想一想，她这一生中最美好的生活竟然在一夜之间就已经荡然无存……

"是奈特吗？"一个男人的声音从前方传来，"是你吗，奈特？"

奈特抬起头，只见一个身体健壮的高个子男人正向他跑过来。这个人大约45岁左右，身穿一件高档的意大利西装，斑白的头发下一张固执而红润的脸上流露出无比痛苦的表情。

18个月前，国际私人侦探公司受雇成为伦敦奥运会的特别安保机构，从那时起到现在为止，奈特虽然在伦敦分公司的办公室里两次见到过迈克尔·"麦克"·蓝瑟，但是他对他的了解并不多，只知道他是个鼎鼎有名的大人物。

在20世纪的80年代和90年代，麦克·蓝瑟曾经两次获得十项全能的世界冠军。在那之前，他曾经在英国皇家近卫师的冷溪近卫团和英国女王卫队服役多年，并在服役期间得到了全天候的特殊训练。在1992年的巴塞罗那奥运会上，在十项全能比赛开始的第一天里他的成绩遥遥领先，但是第二天却出人意料地在炎热和潮湿的天气里败下阵来，最终成绩连前10名也未能进入。

从那以后，蓝瑟成为了一个极富鼓动性的演说家和安全顾问，曾经多次在一些重大项目上同国际私人侦探公司合作共事。他是伦敦奥组委的重要成员之一,主要负责协调和组织这场盛大运动会的安保工作。

"听说丹顿死了。"蓝瑟极度忧虑地问道,"是真的吗?"

"恐怕是的,麦克。"奈特回答道。

蓝瑟的眼眶里立刻溢满了泪水,不无伤心地问道:"什么人会干出这样恐怖的事情?而且又是为了什么?"

"看来,有人对奥林匹克运动会心怀仇恨。"奈特把丹顿爵士被杀的详细情况一一告诉了蓝瑟,当然也提到了那个用血写成的"×"。

蓝瑟听得心惊肉跳,又问道:"警察认为丹顿爵士是什么时候被杀的?"

"昨天晚上午夜刚过的时候。"奈特回答道。

蓝瑟痛苦地摇了摇头,说:"那就是说,就在我见到他仅仅两个小时之后他就被害了。当时我正参加在泰特博物馆举办的一个晚会,我看见他正要离去,同他一起离开的是……"他的话戛然而止,悲哀而又同情地看着奈特的眼睛。

"大概是我的母亲吧。"奈特接着道,"他们俩已经订婚了。"

"是的,我知道阿曼达和你是母子。"蓝瑟说,"对不起,我感到非常遗憾,彼得。她知道这件事情了吗?"

"我现在正要去告诉她。"

"你真是个可怜的家伙。"蓝瑟一边说一边向奈特身后不远处的警察隔离带望去,"那些人是记者吗?"

"是啊,一大帮人,而且人数还在不断增加。"

蓝瑟痛苦地摇摇头,说道:"我并不是对丹顿爵士不敬,说实话明天晚上的奥运会开幕式才真正是这帮恐怖分子的用武之地。等着瞧吧,这帮家伙很快就会把这件凶杀案每一个恐怖细节传遍他妈的整个世界。"

"这是挡不住的事情。"奈特回答说,"不过,我觉得我们必须马上提高对所有奥组委成员的安保级别。"

蓝瑟吐出一口气,严肃地点了点头。他说:"你是对的。现在我必须马上打一出租车回到办公室去,马库斯肯定要当面听我的汇报。"

马库斯的全名叫马库斯·莫里斯,在上届英国首相竞选中落败,现在

是伦敦奥组委的主席。

"还要加强对我母亲的保护。"奈特说完,两人一起向切舍姆街走去,因为他们认为那里的出租车会比较多。

确实,他们刚刚到达切舍姆街,一辆黑色出租车就从街对面的国宾酒店开出,由南向北开来,与此同时,一辆红色出租车也由北向南驶来。奈特伸出手叫住了红色出租车。

蓝瑟一边挥手向街对面向北行驶的黑色出租车示意,一边对奈特道:"请代我向你母亲致哀,另外告诉杰克,我今天晚些时候再同他联系。"

杰克·摩根是国际私人侦探公司的老板,美国人。伦敦分公司4名雇员乘坐的飞机在北海上空坠毁,机上人员全部遇难之后,杰克就来到了伦敦。

红色出租车即将来到他们面前的时候,蓝瑟走下路牙,迈着自信的大步向对面的黑色出租车走去。

然而,就在这一刻令奈特感到恐怖的事情发生了:黑色出租车的引擎突然发出巨大的轰鸣,轮胎摩擦着地面发出刺耳的声音。

它突然提速,径直向走在马路中间的伦敦奥组委成员蓝瑟撞去。

奈特本能地做出了反应。他一跃而起,几大步冲到蓝瑟身后并奋力将他从出租车的车头前撞了出去。

这时,奈特看到黑色出租车的前保险杠离他已经不到一米远,于是企图再次跃起以躲避车头的撞击。他的脚已经跳离了地面,但是却来不及把整个身体送到黑色出租车的轨迹之外。出租车的保险杠和隔栅撞上了他的左膝盖和小腿,并继续向前冲去。

这一撞把奈特的身体整个掀起,他重重地砸在了出租车的引擎盖上,紧接着他的脸又撞到了挡风玻璃上。就在这一瞬间,司机的模样在他眼前一晃而过:头巾、墨镜……开车的难道是个女人?

奈特的身体再次被掀起,身体从车顶滚过,整个人就像一个被扔向空中的填充玩偶。最后,他身体左侧突然砸在了地面上,肺里的空气被猛地挤出了口腔,一时间他只模糊地感觉到黑色出租车正呼啸而去,鼻孔里充满了尾气的味道,血液"砰砰"地冲撞着自己的两个太阳穴。

很快,他就意识到这真是他妈的一个奇迹——他全身上下似乎并没有一处骨折。

这时,红色出租车又急速向他驶来,他绝望了,知道这一次他必定在劫难逃。然而,这辆车却突然掉了个头,猛地在他身边停了下来。司机立刻推开车门,惊恐万状地跳下车来。他是一个拉斯特法里教的信徒①,已经上了年纪,头上戴着一顶蓝色和金黄色相间的编织帽。

蓝瑟也向他跑来,大声喊道:"奈特,躺着别动!你受伤了!"

"我没事。"奈特声音沙哑地说道,"跟上那辆出租车,麦克。"

蓝瑟不知如何是好,于是奈特大声道:"她就要溜掉了!"

蓝瑟双手抓住奈特的腋下,把他拖进红色出租车的后座里,然后向司机大喊道:"跟上那辆车!"

奈特用手捂着肋骨,大口地喘着粗气。拉斯特法里派信徒立刻启动红色出租车,向黑色出租车追去。而这个时候,黑色出租车已经远在几个街区之外,并突然一个急转弯驶上了邦德街向西逃窜。

"我会追上她的,先生!"司机向他们保证说,"那个疯子想要撞死你!"

蓝瑟看看前面的路又回头看看奈特,心存忧虑地问道:"你肯定你真的没事吗?"

"只是撞了一下,有些擦伤。"奈特嘟囔道,"麦克,她本来是想撞死你的,并不是要撞死我。"

红色出租车来了个漂亮的漂移,也驶上邦德街一路向西追去。他们看到黑色出租车在前方两个街区之外,随着车尾部的红色刹车灯突然亮

---

① 拉斯特法里教(Rastafari Movement),又称"拉斯特法里运动",20世纪30年代起源于牙买加,是一个黑人基督教的宗教运动。该运动信徒相信埃塞俄比亚的海尔·塞拉西一世皇帝是上帝在现代的转世,是圣经中预言的弥赛亚重临人间。拉斯特法里运动通过雷鬼乐向全世界扩展,尤其是牙买加著名歌手巴布·马利(Bob Marley)对其在全世界的传播起到了巨大的推动作用。目前全世界大约有100万拉斯特法里教信徒。

拉斯特法里教认为,非洲尤其是埃塞俄比亚是人间的天堂,但是因为他们的祖先触犯了至高无上的神,因此才被流放到了牙买加成为奴隶。

拉斯特法里教教徒只食用无任何化学添加物和非罐头的天然食物,烹调方式则要求尽量简单,不使用盐、作料和防腐剂。他们对红、黑、绿、黄四种颜色情有独钟,认为红色象征教堂的胜利和该教教徒的血泪史,黑色象征非洲,绿色象征衣索比亚的美与植物,黄色则象征人间天堂的富有。

起，又一个急转弯向右驶上了斯隆街。

他们的司机一脚把油门踩到底，飞驰的出租车把路面上的落叶纷纷扬起。转眼间，他们已经来到了斯隆街交叉口，奈特以为他们就要抓住那个刚才企图撞死他的女司机了。

然而，就在这个时候，两辆黑色出租车突然从他们身边呼啸而过，同时沿斯隆街向北疾驶。拉斯特法里派信徒不得不紧急刹车，并转向让道。出租车的车轮摩擦着地面，尖叫着滑向一旁，差一点就撞上了另一辆车，而这辆车却是一辆蓝白色相间的伦敦警察厅的警车。

警笛声立刻"呜呜"地响起来，车顶的警灯急促地闪烁着。

"真他妈该死！"蓝瑟大叫道。

"每次都是这样！"司机同样沮丧地喊了一声，不得不把汽车停了下来。

奈特愤怒地点了点头，透过挡风玻璃向前方望去。那辆差一点夺走他性命的黑色出租车已经融入了一连串的汽车之中，朝着海德公园的方向消失得无影无踪。

第六章

勋爵板球场位于伦敦中心离摄政公园不远的地方，在橙绿色的球场上摆放着一长溜红蓝相间的箭靶，一支支装有鲜艳羽毛的箭正"飕飕"地飞过上午炎热的空气，不断插入黄色的靶心或靶心附近。

来自六七个国家的射箭运动员正在指定的靶位上做最后的练习。2012年伦敦奥运会开幕之后，射箭将是最先决出胜负的项目之一。根据日程安排，团体赛将在两天后的星期六上午举行，而颁奖仪式就在当日下午。

凯伦·波普因此不得不早早地来到了看台上，拿着望远镜观察场地里各国运动员的表现，脸上流露出明显的无聊情绪。

波普是英国《太阳报》的体育记者，该报是英国著名的小报，因其好斗而刻薄的办刊风格和第三版上坦胸露乳的妙龄女郎照片的传统而拥有700多万的读者。

波普已经年过30，虽说脸蛋迷人，颇有蕾妮·齐薇格在电影《布里奇特·琼斯日记》中的风韵，但是却胸部平坦，永远也上不了《太阳报》的第三版。但是，她却是一个性格顽强且雄心勃勃的记者。

今天她的脖子上挂着一张伦敦奥运会的通用媒体通行证，而整个《太阳报》社也仅仅争取到了14张这样的通行证。即便是对英国媒体而言，通用通行证的发放也十分严格，因为将有来自全球各地的两万名新闻记者前来伦敦，采访这个长达17天的奥林匹克盛会，因此通用通行证就像奥运会的金牌一样一证难求，至少对英国记者来说确实是如此。

波普在心里宽慰自己说，她能够得到一张通用通行证来这里采访就应该知足，然而她今天上午已经观察射箭选手很长的时间了，却并没有发现任何有新闻价值的东西。

她本来的计划是要着重看看射箭项目的夺金大热门韩国队，但是到

这里才得知他们已经完成了练习,在她到来之前就已经离开了。

"真他妈倒霉。"她懊恼地骂道,"芬奇非宰了我不可。"

波普想来想去,觉得最好的办法是搞一篇特写,把文字写得生动些,也许还能将就刊发。但是这篇特写的具体内容又是什么呢?而且,她应该从什么角度去写呢?

射箭:优雅的飞镖?

不行,射箭项目根本没有优雅可言。

说实话,她本人对射箭运动又了解多少呢,真是天知道!她从小生长在一个足球运动员的家庭里,对足球运动倒颇有几分见解。当天早上,她曾经力图说服芬奇让她去采访田径或者体操项目,但是她的这位编辑却不容置疑地告诉她说,6个星期前她才从曼彻斯特来到伦敦,加入《太阳报》做了一名体育记者,因此在体育新闻报道的资格上她只是一个低级记者。

"只要你给我弄来一篇具有轰动性的报道,我就给你安排更好的工作。"这就是芬奇最后的决定。

波普再次把注意力放到球场上的射箭运动员身上,但是怎么看那些人都显得平淡无奇,甚至多少有一些懒洋洋的模样,同板球的击球手或网球运动员截然不同。难道,她就写写这个?讲述一下射箭运动员的状态为什么会显得比较低迷?

得了吧,她对自己很生气,第三版上有赤裸裸的乳房可看,谁还会去读什么射箭运动员如何修禅?

于是,她放下望远镜,在看台座椅上换了个姿势。她的目光不经意地瞥见了插在她提包里的那一摞厚厚的信件,那是她今天早上离开办公室的时候匆匆抓起来塞进包里的。于是,她把一摞信统统拿出来,开始浏览信封上的信息,发现大多数都是一些新闻简报和其他毫无价值的东西。

突然,她看到一个厚厚的牛皮纸信件,信封上歪歪扭扭地用大写字母写着她的名字,而且是用黑色和蓝色两种颜色写下的。

波普抽了抽鼻子,仿佛闻到了一股邪恶的味道。她最近一直没有写过什么文章,特别是来到伦敦以后更是一字未写,还不至于收到某个疯子的来信。凡是有些名气的记者都会收到一些疯子的来信,只要看看信封你就立刻能够认出它们来。但是,这种信通常是在你发表了某个有争议的消息或者在文章中暗示出某种罪恶阴谋之后才会收到的。

她撕开信封,从中抽出厚厚的一叠纸,大约有10张之多,用曲别针别在一张普通的对折贺卡的后面。她打开贺卡,发现里面并没有写一个字母,而放置在贺卡中的一个计算机芯片却已经激活,开始播放一首用笛子吹奏的乐曲。那曲子十分诡异,听得她毛骨悚然,就好像人死后放的哀乐。

她立刻合上了贺卡,把眼光放到贺卡下的第一页纸上。她发现,这确实是写给她的一封信,而且是用十多种不同的字体打印上去的,读起来十分困难。但是很快,她就看出了这封信的要害所在。她迅速地把信读了三遍,每读一行心跳就加快一些,看完后她只觉得自己的心脏已经卡在了嗓子眼里,"扑通、扑通"地撞击着她的喉咙。

她迅速地浏览了一遍附在音乐贺卡和那封信后面的文件,立刻感到自己已经震惊得头晕目眩了。她哆哆嗦嗦地把手伸进手提包里,找出手机,按下了她的编辑芬奇的电话号码。

"芬奇,我是波普。"电话刚一接通,她就气喘吁吁地说道,"你能否告诉我丹顿·马歇尔是不是被人谋杀了?"

芬奇带着浓厚的伦敦腔回答道:"什么?你是说丹顿·马歇尔爵士吗?"

"是的,是的,就是那个对冲基金大亨、慈善家和伦敦奥组委委员。"波普一边说一边收拾起自己的东西,然后左右看看这个体育场最近的出口在哪里,"求求你,芬奇,我很可能得到了一个非常轰动的新闻。"

"别挂电话。"她的编辑大声吼道。

接着,波普大步走到了板球场外,当她正向一辆从对面摄政王公园开来的出租车挥手时,手机里响起了芬奇的声音。

"警察已经在莱伊尔·马房街丹顿爵士的住处外拉起了黄色隔离带。验尸官的车刚刚也到了。"

波普用另一只手使劲地在空中挥舞了一下,大声道:"芬奇,你必须安排别的人来采访射箭和马术了,我刚刚得到的这个消息会让整个伦敦发抖的,就像一场大地震。"

第七章

"蓝瑟告诉我说,你刚刚救了他的命。"伊莱恩·波特斯菲尔德对奈特说。

一名急救人员正在检查奈特的身体,他这里摸一摸、那里戳一戳,弄得奈特痛苦地皱起了眉头。奈特正坐在一辆停在斯隆街东侧的救护车的保险杠上,几尺外停着那辆拉斯特法里教信徒的红色出租车。

"那只是本能的反应。"奈特淡淡地说。他现在全身上下都很疼,人行道上辐射出的热量又炙烤着他的身体。

"你那是找死。"女警司冷冷地说道。

这话立刻让奈特火冒三丈,他驳斥道:"你自己刚才还说我救了他的命。"

"但是差一点就丢了你的小命。"她以牙还牙道,"要是你死了,那么……"她停顿了一下,"孩子们怎么办?"

他回答说:"我们不要把他们牵扯进来,好吗,伊莱恩。我现在没事。查一查闭路电视监控系统,那里面应该有那辆出租车的录像。"

在伦敦市区内,总共安装有一万个闭路电视安全摄像头,每天24小时不间断地记录着街道上发生的一切。自从2005年恐怖分子在伦敦地铁制造爆炸案,造成56人死亡、700多人受伤以后,这些摄像头就开始布满了伦敦的大街小巷。

"我们会查的。"波特斯菲尔德说,"不过,你是想在伦敦找一辆黑色出租车吗?你们谁也没有记下车牌号码,这件事几乎就是不可能的。"

"完全可能,你只需要把搜寻的范围缩小到这条路,向北行驶,还有她逃走的大致时间,然后给所有出租车公司一一打电话。而且,我的身体肯定在她的引擎盖上留下了某些痕迹。"

"你能肯定开车的是一个女人吗?"波特斯菲尔德不无怀疑地问道。

"肯定是一个女人。"奈特坚信不疑,"带着头巾和墨镜,满脸杀气。"

这位苏格兰场的警司抬起头,看了看正在接受警察询问的蓝瑟,然后说:"他和丹顿爵士都是2012伦敦奥组委的成员?"

奈特点了点头:"我必须马上查一查什么人同奥组委有过节。"

看到蓝瑟正向他们走来,波特斯菲尔德没有回答奈特的话。蓝瑟已经拉开了脖子上的领带,正拿着手绢擦着眉毛上的汗水。

"谢谢你。"他对奈特说道,"我欠你的情永远也还不清了。"

"换了你,你也会为我做任何事的。"奈特回答说。

"我这就给杰克打电话。"蓝瑟说,"我要告诉他你所做的一切。"

"没有这个必要。"奈特道。

"很有必要。"蓝瑟坚持道。他犹豫了一下,继续道,"我要报答你。"

奈特摇了摇头,说道:"伦敦奥组委是国际私人侦探公司的客户,麦克,也就是说你就是我们公司的客户。这种事情在我们公司是司空见惯的。"

"这不是。你……"蓝瑟想了想,然后做出了决定,"你明天将作为我的特邀嘉宾参加伦敦奥运会的开幕式。"

奈特感到喜出望外,因为得到一张奥运会开幕式的门票,就好像一年前得到一份参加威廉王子和凯特·米德尔顿婚礼的请柬一样珍贵。

"如果我能找到一个保姆帮我照看孩子,我一定接受。"

蓝瑟满意地笑了起来,告诉他说:"明天上午,我会让我的秘书给你送一张通行证过去。"他拍了拍奈特没有受伤的那一侧肩膀,对波特斯菲尔德微微一笑,转身向那位红色出租车的牙买加司机走去。几个巡警正向他追问事发当时的一些细节问题,看得出他已经十分紧张。

"我需要你写一个正式的声明。"波特斯菲尔德对奈特说。

"在见到我妈妈之前,我什么也不会写。"

第八章

20分钟之后,一辆伦敦警察厅的巡逻车把奈特送到了他母亲位于骑士桥区米尔纳街的家门口。在案发现场,医生曾经让他服用镇痛药,但是他婉言谢绝了。从巡逻车上下来的时候他浑身疼痛不已,脑子里不断闪现出一幅奇怪的景象:一位美丽的孕妇沐浴着阳光独自站在一片沼泽地上。

好在等他走到母亲的家门前、按下门铃的时候,脑子里的奇怪幻想终于消失了。这时,他才突然意识到自己的衣服已经撕破而且十分肮脏。

阿曼达看到他这副模样,是不会高兴的。加里也不……

门开了,加里·博斯出现在门口。他是奈特母亲多年的私人助理,30多岁,身材削瘦,外表经过精心的修饰;衣着得体,让人无可挑剔。

博斯那副玳瑁色圆眼镜后面闪烁着一双疑惑的眼睛,他抽了抽鼻子,对奈特说道:"彼得,你今天同你母亲有约吗,我怎么不知道?"

"我是他儿子,而且是唯一的孩子,所以我不需要预约。"奈特道,"好了,今天没法预约。"

"她现在非常、非常忙。"博斯说,"我建议……"

"丹顿死了,加里。"奈特轻声说道。

"什么?"博斯带着明显的嘲笑味道"嘻嘻"地笑起来,"那是不可能的。昨天晚上,她还同他……"

"他被谋杀了。"奈特一边说,一边向屋里走去,"我刚刚离开犯罪现场。我必须把这个消息告诉她。"

"被谋杀了?"博斯惊得目瞪口呆,然后他慢慢地闭上了眼睛,像是已经看到了他的雇主即将遭受痛苦的模样,"我的上帝啊,她会痛不欲生……"

"我知道。"奈特一边说,一边从他身边走过,"她在哪儿?"

"在书房里。"博斯回答,"她正在挑选面料。"

奈特皱起了眉毛。她母亲查看布样的时候,是不允许有人打扰的。"没别的办法了。"说完,他穿过前厅走向通往书房的那几道门。他已经做好了准备,告诉自己的母亲她已经再一次成为寡妇了。

当奈特还是一个3岁孩子的时候,他的父亲哈利在一次意外的工业事故中丧生,留下一个年轻的寡妇和一个儿子以及一笔可怜的保险金。父亲死后,母亲变得愤世嫉俗和郁郁寡欢,但是后来她却把这种情绪化作了巨大的力量,利用那笔保险金创办了以她自己的名字命名的成衣公司,全身心投入到她自幼喜欢的时尚和制衣事业中。

"阿曼达设计"就是在他们家的厨房里诞生的。奈特还清楚地记得,在那些年里她一直把生活和事业看做两个永远不共戴天的仇敌。最终,她执著、好斗的天性为她带来了事业上的巨大成功。当奈特长到15岁的时候,他母亲已经把"阿曼达设计"造就成为了一家实力雄厚且受人尊敬的公司。然而,就她的个人生活而言却时时刻刻也没有真正开心过,她总是不断地呵斥身边的每一个人改进工作。奈特从极富盛名的牛津大学基督教会学院毕业后不久,她卖掉了自己的公司,将所收入的数千万英镑再次投入服装行业,继而成就了四个更为成功的企业。

然而,在这漫长的岁月里,奈特的母亲再也没有让自己恋爱过。奈特虽然怀疑她可能有过朋友、有过性伙伴,甚至也可能有过情人,但是自从他父亲去世后,阿曼达就把自己的心牢牢地囚禁在一堵坚实的围墙之中,除了她自己的儿子之外,任何人都无法深入其中。

直到丹顿·马歇尔爵士出现在她的面前之后,她的生活才有了彻底的改变。

他们俩是在一次为癌症患者筹集资金的慈善活动中认识的,按照他母亲的说法:"那才叫一见钟情。"从那个晚上开始,冷漠而拒人于千里之外的阿曼达发现自己曾经坚不可摧的情感防线彻底崩溃了,她变成了一个轻佻的女学生。也就是从那一刻起,马歇尔爵士成为了她灵魂的伴侣、她最好的朋友和她生活中无限幸福的源泉。

这时,奈特的脑子里再一次出现了那个阳光下站在沼泽地上的孕妇形象。他敲了敲书房的门,然后推门走了进去。

阿曼达·奈特虽然已经年近60，但是无论以什么标准判断都不失为一位优雅而美丽的女人——舞蹈家的身段、老电影明星的美貌和仁慈君王的举止。她正站在她的工作台前，专心致志地审视着眼前的几十种布料样品。

"加里。"阿曼达头也没抬就冷冷地说道，"我告诉过你，不要打扰我的……"

"是我，妈妈。"奈特说道。

阿曼达转过身，用那双青灰色的眼睛看着他，然后皱起了眉头。

接下来，奈特开始切入正题，短短的几句话便把母亲千辛万苦得来的幸福化为了泡影。

第九章

要杀死魔鬼,就必须学会像魔鬼一样思考。

在遭受"石刑"19年之后,我的脑袋第二次被打破了。就在那次事件发生后的第二天晚上,我终于懂得了用魔鬼的思维方式去思考。

当时,我已经远离伦敦。不久前我本想向全世界证明,我不仅仅是一个与众不同的人,而且是一个极大地优越于普通人类的超人。可恨的是,我此生的这第一个计划却被人扼杀了。

魔鬼们使出诡计,破坏了我的计划,赢得了我同他们战争中的第一局。其结果是,1995年春末我被派到了巴尔干地区,成为北大西洋公约组织维和部队的一员,而我心中潜藏着的仇恨却越发变得深沉和巨大。

我经受了多少苦难和煎熬啊,我不需要和平。

我要的是暴力,是牺牲,是魔鬼们的鲜血!

在塞尔维亚、克罗地亚、波斯尼亚和黑塞哥维那,我在四分五裂、来回拉锯、硝烟弥漫的杀戮前线挣扎,而就在到达巴尔干地区快到五个星期的时候,我的命运突然间发生了逆转。你无疑会说:这就是天命。

那是在7月份的一个下午,在距德里纳河谷的斯雷布雷尼察市29公里外的一条尘土飞扬的公路上,我头戴钢盔、身穿防弹衣坐在一辆涂有迷彩色的丰田"陆地巡洋舰"越野车里。

当时,我正在读我捡到的一本关于希腊神话的书,心里正琢磨着窗外那些饱受战火蹂躏的巴尔干旷野会不会就是某些黑暗而曲折的神话故事的发生地。在这个地区,我们看到了战争双方的暴行留下的许多尸体,而在这些早已残缺不全的尸体旁,野玫瑰却在肆无忌惮地怒放。

我已经记不起那次爆炸的声响,只知道我们的汽车被炸毁、司机和同车的其他两名士兵被炸死。不过,我至今也能闻到硝烟和柴油燃烧的味道,还能感觉到那只无形的拳头狠狠地打在我身上所留下的创伤。爆炸

的气浪把我从挡风玻璃处掀出车外,也正是这场爆炸在我的大脑中激发出了一场新的疾风暴雨。

我跟跟跄跄地从地上爬起来,耳朵里嗡嗡作响,已经辨不清东西南北。我只感觉到恶心想吐,以为自己又回到10岁那一年,刚刚被一顿乱石砸得头破血流。但是,过了一会儿头晕目眩的感觉开始减轻,我认出了那辆烧焦的"陆地巡洋舰"和已经烧得不成人形的战友。在我身旁的地上,摆着从汽车里甩出的一把"斯特林"自动步枪和一把"贝雷塔"手枪。

黑夜渐渐降临,我终于鼓起勇气捡起地上的武器,迈步向旷野中走去。

我跌跌撞撞地在田野和森林中前行,几公里的路却跌倒了无数次。我终于来到了位于斯雷布雷尼察西南某地的一个村庄前。我背着枪,疲惫不堪地走进了村子里。我的耳朵一直在耳鸣,但是这时我却突然听到前方的黑暗中传来一些男人的吼叫声。

那些人愤怒的吼声吸引了我的注意力,我一边向他们走去,一边感觉到我的老朋友仇恨正在脑子里膨胀——我失去了理智,我渴望杀戮。

无论他们是谁!

他们都是波斯尼亚人,一共七个,手里拿着老式单筒猎枪和锈迹斑斑的苏制步枪,正驱赶着三个戴着手铐的十几岁姑娘,就好像正把一群牲口赶进围栏里。

其中一人立刻就看见了我并且喊叫起来,于是他们同时把那些破枪的枪口对准了我。我并没有立即开火把他们和三个姑娘就地杀掉。当时,就连我自己也不知道那是为什么,只是在那之后很久我才明白了个中的缘由。

我神情自若地把我的遭遇讲给他们听:我是北大西洋公约组织维和部队的士兵,我们遭到了炸弹袭击,我是唯一的幸存者,我必须给我们的基地打一个电话。听到此,他们平静下来了,不仅放下了手中的枪,而且也没有收缴我的武器。

他们中有一人能说一点蹩脚的英语,他告诉我可以用村里警察所的电话,而他们当时也正押着三个姑娘往那里去。

我问他们,那些姑娘为什么被逮捕?懂英语的家伙回答说:"她们都是战争罪犯,是一支塞尔维亚屠杀队的成员,为那个魔鬼拉特科·姆拉迪奇卖命,人们都把她们称作'复仇女神'。这些姑娘专门杀害波斯尼亚男孩,

希腊神话中的"复仇女神"

死在她们手下的男孩已经不计其数。三个人都是屠夫,不信你问问那个年龄最大的,她懂英语。"

"复仇女神"?我禁不住对她们产生了浓厚的兴趣。就在昨天,我刚刚读过那本希腊神话书中关于"复仇女神"的介绍。于是,我快步走上前,以便看一看她们的长相,尤其是那个年纪最大的姑娘。她长着一头乌黑的头发,粗大的眉毛和一双黑黝黝的眼睛——一副令人生畏的模样。

"复仇女神"?这绝不是巧合!我一直坚信仇恨是我与生俱来的本领,这时我立刻意识到这些姑娘出现在我的面前绝不是偶然。

我忍着剧烈的头痛走到年龄最大的姑娘身边,向她问道:"你真的是一个战争罪犯?"

她那双黑沉沉的眼睛逼视着我,毫不犹豫地给出了回答:"我不是战争罪犯,我的两个妹妹也不是。去年,波斯尼亚猪猡杀害了我的父母,然后轮奸了我和我的妹妹长达四天之久!所以,只要有可能我就要杀掉每一头波斯尼亚猪猡,砸烂他们的脑袋。我再说一遍,只要有可能,我就把他们全部杀光。"

她的两个妹妹显然也听懂了她对我说的话,因为她们都同时把两双

死亡的眼睛转向了我。爆炸的震撼、脑袋里贲张的血管、心头汹涌的怒潮、塞尔维亚姑娘死神般的眼睛、"复仇女神"的神话,这一切的一切都汇集到了一起。猛然间,我彻底顿悟了——这就是我的命。

在村里的警察所里,波斯尼亚人用手铐把姑娘们铐在了固定在地板上的大木椅上,然后关上了警察所门并从里面上了锁。警察所里的有线电话已经断线,落后的无线电话发射塔也出了故障,波斯尼亚人要我就地等待,他们会设法通知北大西洋公约组织的维和部队,让他们来把我和塞尔维亚姑娘们接到更为安全的地方去。

当那个会说蹩脚英文的波斯尼亚人离开了警察所之后,我把步枪抱在胸前,走到同我说过话的那个姑娘跟前,问道:"你相信命运吗?"

"滚开!"

"我问你,相信命运吗?"

"问这个干吗?"

"依我看,作为一个战争罪犯,你的命运只有死路一条。"我告诉她说,"你杀害了几十个手无寸铁的男孩,一旦被判有罪,那就是种族灭绝罪。即使你和你的两个妹妹被人轮奸在先,他们也同样会绞死你们。对犯有种族灭绝罪的人只有绞刑。"

她无所畏惧地昂起了头,回答说:"我们已经干了我们该干的事情,你以为我会怕死吗?我们杀了那些魔鬼,伸张了正义。在这片丧尽天良的土地上,我们恢复了应有的秩序。"

是啊,魔鬼与"复仇女神",真让我激动不已。于是,我告诉她说:"也许你说的都在理,但是你们仍然难逃一死,而你们的故事也会因为你们的死亡而烟消云散。"我略微停顿了一下,然后继续道,"不过,你们也可以拥有另外一种命运,也许你们生活中所遭遇的一切正是为了今天晚上在这个特殊的时刻出现在这个特殊的地方,也就是为了此时此地你们的命运和我的命运能够不期而遇。"

她满脸疑惑地看着我问道:"不期而遇?你想说什么?"

"我可以把你们弄出去。"我回答说,"给你们搞到新的身份。我还可以把你们藏起来,永远保护你和你的两个妹妹。我想说的是,我可以给你们一个生的机会。"

她立刻变得强硬起来,问我:"你要的回报是什么?"

我注视着她那双黑色的眼睛,早已看透了她的灵魂:"就像我现在冒死救你们一条命一样,你们也要时刻准备着冒死救我的命。"

年龄最大的姑娘歪着头看了看我,然后扭过头去,用塞尔维亚语同她的两个妹妹商量起来。她们虽然尽量压低了嗓门,但是却相当激烈地争论了好一会儿。

最后,讲英语的姑娘问我道:"你真的能救我们出去?"

虽然我脑子里仍然"嗡嗡"作响,但是已经云开雾散,我觉得自己从来没有像现在这样清醒过。我点了点头。

她再次用那双乌黑而死神般的眼睛盯住我,然后说:"那好,你现在就把我们救出去。"

会讲蹩脚英语的波斯尼亚人又回到了警察所里,他向我喊道:"这几个地狱里的魔鬼又给你说了些什么鬼话?"

"她们说她们口渴。"我回答说,"要喝水。电话修好了吗?"

"还没有。"他回答道。

"很好。"我一边说,一边打开了自动步枪的保险,调转枪口对准了"复仇女神"的敌人,一阵震耳欲聋的枪声之后,七个波斯尼亚人无一幸免地倒在了血泊中。

PRIVATE GAMES

第二部 开始吧，奥运会

第十章

彼得·奈特乘坐出租车来到伦敦市中心,也就是整个英国的金融中心里的一幢灰暗的摩天大楼前,他耳边仍然回响着母亲痛不欲生的哭泣声。这是他第二次见到母亲痛哭,第一次是父亲遇难后母亲趴在他尸体上的时候。

一听到未婚夫惨遭谋杀的噩耗,阿曼达立刻昏倒在了儿子的怀抱里。奈特深深地感受到母亲绝望的痛苦,他非常清楚这样的痛苦是何等的痛彻肺腑,就像在他母亲的灵魂深处狠狠地插上了一刀。不用说是自己的母亲,即便是其他任何人遭受如此的痛苦也都是奈特不愿意看到的。他紧紧地搂抱着母亲,陪伴着她度过这一精神和情感上的巨大折磨,同时也再一次体验到自己痛失妻子时的痛苦。

过了不久,加里·博斯也走进了书房,看到阿曼达悲痛欲绝的情景,他也几乎要哭出声来。几分钟后,奈特收到了杰克·摩根发来的短信,告诉他《太阳报》收到了一封自称杀害丹顿爵士的凶手的来信。该报已经正式雇佣国际私人侦探公司对这封信进行分析和追踪,要求奈特立刻赶到公司伦敦分公司的办公室去。博斯说,他会照顾好阿曼达的。

"我必须留在这里。"奈特觉得,在这个时候离开母亲会让他内疚一辈子,"杰克能够理解的。我马上给他打电话。"

"不!"阿曼达愤怒地吼叫道,"我要你马上去工作,彼得。我要你去干你最擅长的事情,我要你找到那个杀害丹顿的杂种。我要把他用铁链捆起来,活活地烧死!"

奈特乘坐的电梯正向摩天大楼的顶层爬升,他脑子里仍然充满了母亲愤怒的吼声。虽然他的腰部一直疼痛不已,但是他似乎已经感觉不到肉体上的创伤。每当遇到一个重大案子的时候,他总会深陷其中——达到一种忘我的境界。但是,这个案子涉及到他的母亲,调查这个案子就像是一次志在必得的十字军东征:无论发生什么事情,无论有多少艰难险阻,也无论要花费多少时间,不抓到杀害丹顿·马歇尔爵士的凶手他是绝不会罢休的。

电梯门打开了,奈特进入了公司的接待区。这是一个超现代化的房间,四壁装饰着展现间谍术、法医学和密码术历史中各个里程碑事件的艺术作品。虽然伦敦分公司目前因员工损失而人手严重不足,但是现在这里仍然挤满了来自世界各地的国际私人侦探公司的雇员,他们都是前来领取奥运会安保通行证和接受任务的。

奈特穿过来来往往的人群,只认出了其中不多的几个人。他从一座特洛伊木马雕像和一尊弗朗西斯·培根①的胸像前经过,向一堵染色的防弹玻璃幕墙走去。他把右手食指放到指纹识别器上,接着把眼睛凑到一台视网膜扫描仪前接受检查。接着,玻璃幕墙的一部分打开了,一个衣冠不整的男人出现在门口。这个人长着一头暗红色的头发,脸上长满雀斑和参差不齐的络腮胡子,上身穿着一件西汉姆联足球俱乐部的运动衫,下身穿着牛仔裤和一双黑色拖鞋。

奈特冲他微笑道:"你好,'流氓'。"

"你他妈这是怎么啦,彼得?"杰里米·"流氓"·克劳福德看着奈特的衣服问道,"是不是刚刚同一头大猩猩亲热了一番?"

自从他们的同事温迪·李在那场空难中死亡后,"流氓"就成为了国际私人侦探公司伦敦分公司的首席科技和法医负责人。他刚刚年满30岁,为人刻薄,独断专行且满口秽语,但是却又不乏疯狂的精明。

"流氓"出生在哈克尼维克区,也是伦敦最混乱地区之一,父母连中学都没有毕业。然而,"流氓"却在年仅19岁时就获得了剑桥大学的数学和生物学学位,20岁时又获得了斯坦福德郡大学法医和刑事科学的学位,随即被英国军情五处雇佣,一干就是8年。后来他加入了国际私人侦探公司,薪水翻了一番。

"流氓"还是一个狂热的足球迷,购买有西汉姆联足球队的赛季套票。尽管他绝顶聪明,但是年轻时常常在观看重大足球比赛时失控闹事,

---

①弗朗西斯·培根(1561—1626),英国文艺复兴时期最重要的作家、哲学家。他不但在文学、哲学上多有建树,在自然科学领域里也取得了重大成就。

"流氓"的雅号就是他的兄弟姐妹们送给他的。一般人通常不会以这样的绰号为荣,但是他却为此而自鸣得意。

"我砸到了一辆出租车的引擎盖上,然后又从车顶上滚了过去,幸好还能活着把这个故事讲给你听。"奈特回答"流氓"说,"凶手的那封信已经送来了吗?"

"流氓"从他身边擦身而过,说道:"她这就送上来了。"

奈特转过身向已经挤满侦探的电梯口看去,这时电梯门正好打开了。《太阳报》记者凯伦·波普胸前抱着一个大号的牛皮纸信封从电梯里走出来。"流氓"立刻迎了上去。他不修边幅的模样显然让她吃了一惊,她犹疑地同"流氓"握了握手。他把她带到玻璃幕墙之内,然后把奈特介绍给她。

波普看到他破烂而肮脏的衣服,立刻提高了警惕,用怀疑的眼光看着眼前这位调查员。"我的编辑们要求你们尽快而慎重地分析这封信,除非确有必要,否则看到它的人要越少越好。按照《太阳报》通常的解释,这就是说只有你——克劳福德先生——一个人可以看这封信。"

"叫我'流氓',好吗?"

奈特立刻就发现,这个波普说起话来既不顾及他人的脸面又戒心十足。不过,他之所以得出这样的印象很可能要归咎于自己身心两方面的痛苦——他热辣辣的左半身像是刚刚被人用船桨痛打了一顿,而精神上又刚刚经历了母亲情感崩溃的打击。

他对她说道:"我就是代表国际私人侦探公司办理丹顿爵士案子的调查员,同时我还代表我的母亲。"

"还代表你的母亲?"波普不解地问。

奈特向波普做了解释,但是她仍然犹豫不决。

奈特已经失去了耐心,他对她说:"你有没有想过,有关这个案子的情况我比你知道得更多。"

奈特的话显然击中了波普的要害,她立刻愤怒地涨红了脸。

"我想不起你在《太阳报》上用的什么笔名。你是金融新闻部的还是犯罪新闻部的?"

"如果你非要知道不可,那么我告诉你,我通常在体育编辑部工作。"她仰起头,下巴对着奈特回答道,"这怎么啦?"

"这就是说,有关这个案子的事情我知道得比你多。"奈特答道。

"是吗?"波普毫不示弱,"不过,很显然拿着这封信的人是我而不是你,对吗,奈特先生?实话告诉你吧,我就是只愿意同这位……嗯……'流氓'先生打交道。"

不等奈特反击,一个带有浓厚美国口音的人开腔了:"波普女士,彼得是我们公司最优秀的调查员,如果不让他参与这个案子就太不明智了。"

说话的美国人身材修长,很像一个英俊的冲浪运动员。他伸出手握了握波普的手,自我介绍说:"我叫杰克·摩根。你的编辑就是通过我来安排对这封信的分析工作的。改日有机会,我一定登门拜访。"

"那好吧。"波普淡淡地回答道,"但是,在《太阳报》发表这封信之前,它的内容决不能向任何外人泄露。同意吗?"

"毫无疑问。"杰克回答说,脸上流露出真诚的微笑。

奈特非常钦佩这位国际私人侦探公司的老板和创始人。杰克比奈特年轻,工作起来也比奈特更加雷厉风行。他这个人相当聪明而富有激情,而且喜欢和同样聪明而有激情的人一起工作。卡特和其他伦敦分公司的雇员不幸遇难后,他便立刻飞越大西洋来到伦敦,帮助奈特重建伦敦分公司。

四个人一起走进位于下一层楼的"流氓"的实验室里。杰克放慢脚步,等待走在最后的奈特来到身边后问道:"蓝瑟一事干得漂亮。"他对他说道,"我是指你救了他的小命。"

"我们必须保护我们的客户。"奈特回答说。

"他对此感激不已,还说我应该给你加薪。"杰克继续道。

奈特没有接他的话。关于杰克赋予他新的工作职责的事情,他们俩还没有谈过薪水的问题。

杰克这时也立刻想到了此事,接着说:"奥运会结束以后,我们就谈一谈你的工资待遇问题。"说完,这位美国老板神情严肃地看看他,问道:"你还好吗?"

"我感觉就像刚刚打完了一场激烈的橄榄球,不过仍然精神饱满。"奈

特一边说，一边同杰克一起走进了无论从哪方面讲都堪称一流的刑侦科学实验区。

"流氓"带着他们来到了实验区的一个角落里，这里有一间小接待室，远离一尘不染的实验室。他让他们穿上一次性白色连衣裤和一个特制的头盔。奈特忍着身上的疼痛穿好连衣裤戴好头盔，跟着"流氓"穿过气障，进入了一间十分洁净的房间。"流氓"走到一个工作台前，上面摆放着电子显微镜和目前最先进的光谱仪。他从波普手中接过信，打开信封口，向里面看了看。

他问她："是你把信装进了里面的那个纸袋里还是它本来就装在里面？"

奈特通过安装在头盔里的耳机听到了"流氓"的问话，听起来就像是从遥远的外太空通过无线电传输到地球上来的声音。

"是我装进去的。"波普回答说，"我当时立刻就想到应该把它们保护起来。"

"聪明。""流氓"用一根戴着手套的手指指着她赞扬道，然后又抬头看了看奈特和杰克，"非常聪明。"

奈特虽然一开始多少有些讨厌波普，但是他也不得不同意"流氓"的观点。他问道："在你把它保护起来之前，还有别的人碰到过它们吗？"

"没有。"波普说。"流氓"把装着信的纸袋从信封里取出来，接着说："我想，凶手应该碰过这封信。他还真有个名字。你们看看这里，他自称为'克罗诺斯'。"

第十一章

几秒钟后,贺卡被打开,那首诡异的笛子乐曲又响起来。奈特觉得很恼火,他感到这个凶手是在戏弄他们。他把那封信和其他文件迅速地看了一遍,然后把它们一起交给了杰克。

诡异的笛子音乐显然也使杰克感到了不安,他猛地合上贺卡中止了音乐。他对他们说:"这家伙是个疯子。"

波普接着说:"而且像狐狸一样奸诈,特别是那些有关马歇尔和他生前的合伙人基尔德的文件,那是他指控他们的证据。"

"我不相信这些文件是真的。"奈特说,"我认识丹顿·马歇尔,他是个非常诚实的人。再说,即使这个家伙说的都是事实,也不能成为他砍掉丹顿爵士头的正当理由。杰克说得对,这个家伙已经精神错乱了,而且还非常狂妄自大。他的那些话充满了讥讽的味道,他在向我们挑战,说我们别想阻止他。看来,这件事现在还仅仅只是个开始,'好戏'还在后头呢。"

杰克点头表示同意,说:"以斩首行动作为开始,接下来恐怕还有更多的恐怖行动。"

"我马上开始检测。""流氓"说。他盯着那张音乐贺卡看了看,"许多贺卡都使用了这种播放音乐的芯片,我们应该可以追查出它的生产厂家和型号。"

奈特点点头道:"我想把那封信再读一遍。"

"流氓"拿出一把锋利的小刀,开始把贺卡上的音乐播放组件切割下来,波普和杰克站在他身旁观看,奈特则把注意力重新放到了那封信上。当笛子乐曲最后一次在实验室里响起并很快停止的时候,他开始仔细地阅读信里的每一句话。

信的第一行写着一些奈特并不认识的符号和字母,但是他估计它们应该是希腊字母。从第二行到信的末尾则都是用英语写成的。

古老的奥林匹克运动会已经腐朽没落。现代奥运会不再颂扬神和人,甚至已经背离了人类良好的愿望。现代奥运会已经被无数的窃贼、骗子、杀人犯和魔鬼变成了历史的笑柄和一场四年一次的无耻闹剧。

想一想那个伟大而高尚的丹顿·马歇尔爵士和他那个肥头大耳的合伙人理查德·基尔德吧。七年前,丹顿爵士就已经背叛了诚实竞争的精神,出卖了奥林匹克运动。此信附带的文件会让你看到,丹顿爵士和基尔德先生为了确保伦敦获得2012年奥运会的主办权,是如何巧妙地挪用了他们客户的资金,将其秘密地存入由某个空壳公司在海外设立的银行账户,而这些空壳公司却是属于国际奥委会的委员们的。这就是在申办2012年奥运会的过程中同样领先的巴黎根本就没有获胜机会的原因。

因此,为了净化奥运会,我和"复仇女神"们共同做出如下判决:丹顿爵士有罪,并且死有余辜。所以,今天他落得了身首异处的下场。没有人能够阻止我们的行动,因为我们比你们优越得多。我们能够发现腐败,你们不能;我们能够将那些魔鬼暴露在光天化日之下,并为捍卫真正的奥林匹克精神而将他们斩尽杀绝,而你们却不能。

"克罗诺斯"

奈特第二遍读完凶手的来信后,更加感到不安和忧虑,联想到他残杀丹顿爵士的暴行及其精心策划的指控,这个自称"克罗诺斯"的恶棍无疑是个老谋深算的疯子。想到此,他感到不寒而栗。

然而,更让他感到难以忍受的,却是那首诡异的笛子乐曲一直在他的耳边挥之不去。这段音乐和这封信到底是出自怎样的一个人之手?"克罗诺斯"又是如何想到要把这两者结合起来,从而营造出如此具有恐怖威胁和血腥暴力的气氛的?

或者说,他已经过于沉溺于案件之中,以至于真的"不识庐山真面目"了?

他拿起一部照相机,开始把来信和附带的所有文件一页页地拍下来。这时,麦克走过来,问道:"你怎么看,彼得?"

"我想,今天下午企图用车撞死蓝瑟的人很可能就是这个家伙的'姐妹'之一,也就是他称之为'复仇女神'的女人之一。"奈特回答说,"因为驾驶那辆黑色出租车的就是一个女人。"

"是吗?"波普质问道,"你怎么没有告诉过我?"

"这不是刚刚告诉你了吗。"奈特说,"但是,不许引用。"

"流氓"突然大声道:"他犯了个大错!"

三人同时向他转过头去,只见他用一把镊子夹着什么东西举到了空中。

"那是什么?"杰克问。

"头发。""流氓"兴高采烈地说,"一根黏在信封盖口胶水上的头发。"

"可以从中提取出凶手的DNA,对吗?"波普激动地道,"然后把它同警方DNA数据库中的记录进行比对。"

"值得一试,对吧?"

"需要多长时间?"

"进行完整的重组分析大概需要一两天。"

波普立刻摇了摇头,说:"这些东西不能在你这里放那么长的时间。我的编辑特别嘱咐过我,这封信发表之前我们必须把它们交到苏格兰场去。"

"他可以取一个样留下,然后你就可以把所有的东西都送到警察手里。"杰克解释说。

这时,奈特突然向门口走去。

"你去哪儿?"波普问道。

奈特停下脚步,不知道该如何回答是好。略加考虑后,他决定如实相告:"我猜测,信上的第一行字应该是古希腊语,所以我想去拜访一下那个叫詹姆斯·德林的家伙。你应该知道,这个家伙在天空电视网上搞了个《历史的秘密》的节目,我想看看他能否为我解读这字。"

"我见过这个人。"波普嘟囔道,"一个夸夸其谈的蠢货,还自以为他就是印第安纳·琼斯呢[①]。"

"流氓"立刻驳斥说:"你说的这个'夸夸其谈的蠢货'拥有牛津大学人

[①] 电影《夺宝奇兵》中的考古学家。

类学和考古学的两个博士学位,而且是大英博物馆'希腊古代史馆'的馆长。"说完,"流氓"把目光转向奈特,说:"德林肯定知道那行字是什么意思,彼得,而且我敢打赌,他还可以详细告诉你有关'克罗诺斯'和'复仇女神'的情况。好好见见他。"

奈特透过头盔的玻璃面板注视着《太阳报》的记者,只见她来回抿了抿嘴唇,像是在舔舐留在上面的东西。"那么,然后呢?"波普终于开口道。

"我想,然后我就该去找基尔德谈一谈。"

"丹顿爵士的合伙人?"波普大声问道,"很好,我跟你去。"

"这恐怕不行,"奈特回答说,"我工作的时候一向是独来独往的。"

波普扭头看着杰克,坚持道:"我是你们的客户,当然可以跟着他,对吗?"

杰克感到左右为难。奈特见状,深感这位国际私人侦探公司的老板正承受着巨大的压力。他属下的5位顶尖调查员刚刚在一次让人疑窦丛生的飞机坠毁事件中丧生,而他们又都是即将开幕的伦敦奥运会的安保骨干,然而就在这个节骨眼上又出现了丹顿爵士谋杀案和那个疯狂的"克罗诺斯"。

于是,他开口道:"好吧,这次我就破一回例。应该不会有什么危险,她可以跟着我。"

"谢谢,彼得。"美国人露出了疲倦的微笑,"我又欠你的情了。"

第十二章

在1995年夏天那个万籁俱静的夜晚,我开枪射杀了警察所里的7个波斯尼亚人。48小时之后,在萨拉热窝一个饱受战争创伤的居民区里,我来到了一个简陋作坊的门口,一个神情紧张、皮肤黝黑,浑身带着一股烟草和丁香气味的男子为我打开了门。

他正是那种特别善于在战争和政局动荡的形势中顽强生存的魔鬼,一个黑暗的幽灵,一个既没有确定的身份也没有确定的政治立场的伪造犯。维和部队中的一名队员爱上了一个当地姑娘,而这个姑娘又不可能持她本人的护照出国,于是她为自己伪造了一本护照。我就是从那名队员那里得到这个伪造犯的地址的。

"按照我们昨天谈好的条件。"当我带着三个塞尔维亚姑娘走进作坊之后,伪造犯对我说道,"三个人的护照一共6 000美元,再加上1 000美元的加急费。"

我点了点头,拿出一个装满美元的信封交给他。他仔细数了数钞票,然后递给我一个相同的信封,其中装着三本假护照——一本德国护照、一本波兰护照和一本斯洛文尼亚护照。

我一一打开护照看了看,上面赫然写着我给三位姑娘起的新名字,心里十分满意。年龄最大的姑娘现在叫"玛塔",第二个叫"蒂甘",最小的一个叫"佩特拉"。我微微一笑,深信姑娘们的新发型和新头发颜色已经足以掩盖她们的真实身份,没有人能够认出她们就是波斯尼亚农民称之为"复仇女神"的那三个塞尔维亚姑娘。

"干得不错。"我一边把假护照放进口袋里,一边对伪造犯说,"还有我的枪呢?"

几天前我来订做假护照的时候,把我的"斯特林"步枪留给了这个伪造犯保管。"没错。"他说,"我记着呢。"

伪造犯走到一个保险柜前,打开柜门拿出了我的步枪。然后,他转过身把枪口对准了我们并大吼一声:"跪下!我已经看到新闻报道了,在斯雷布雷尼察附近的一个警察所里发生了大屠杀,参与屠杀的是三个被通缉的塞尔维亚姑娘,她们被控犯有战争罪,当局正悬赏捉拿她们。那可是一大笔赏金。"

"你这个白眼狼。"我嘲笑道,尽量把他的注意力吸引到我的身上,同时慢慢地蹲下身体跪到地上,"我们已经给了你一大笔钱,你却还要把我们交给当局领赏?"

他奸佞地笑笑,回答道:"我想,这就是人们所说的'两头吃',对吗?"

一颗子弹从装有消音器的9毫米"贝雷塔"手枪中射出,从我的头顶飞过,不偏不倚地击中了伪造犯的眉心。他的身体向后倒去,张着双臂死在了他的书桌上,步枪掉到了地上。我捡起枪,满意地转过身看看玛塔,她外衣的右边口袋处留下了一个清晰的弹洞。

这是我第一次在玛塔的眼睛里看到了她另一种截然不同的眼神,原本阴沉而死神般的目光已经一扫而光,这种眼神里包含着一种明确无误的剧烈毒素,我不仅非常清楚这种毒素的性质,而且我自己内心深处也同样拥有这种毒素。我曾经为了她和她的两个妹妹而大开杀戒,现在她也同样为我而出手杀人。我们不仅仅已经把双方的命运完全结合在了一起,而且都为吮吸着同一种毒素而陶醉。不仅我们如此,甚至在北大西洋公约组织那些优秀维和士兵们的心中,每一次维和行动都会使他们心中的毒素进一步发酵和沉淀下来。优越的人都手握生杀大权,都离不开这致命的毒素。

不过,当我们走出伪造犯的作坊之后,我确实也真正地意识到了我们所面临的严峻形势——我从"陆地巡洋舰"内被抛出的炸弹爆炸事件已经过去两天了,现在人们正在四处搜捕我的"复仇女神"。伪造犯说的话并非空穴来风。

毫无疑问,被炸毁和烧焦的"陆地巡洋舰"肯定已经被人发现,有人也肯定逐一检查了每一具焦黑的尸体,发现我失踪了。

这就是说,人们也在找我。

不过,我倒认为,让他们尽早找到我不失为一件好事。

第十三章

星期四下午3点20分,波普和奈特穿过位于伦敦市中心的大英博物馆前的广场,沿着博物馆门前的大理石石阶拾级而上。进入博物馆之后,奈特却心烦意乱地咬了咬牙,因为他习惯于独自调查案情,那样能够让他安静地思考问题。

然而,自从他们离开国际私人侦探公司伦敦分公司以后,这个凯伦·波普就一直喋喋不休,把一大堆他根本不需要知道的无用信息一股脑儿地灌输给他,比如她事业中的风光时刻,她在曼彻斯特曾经约会过的那个讨厌的"莱斯特",以及作为目前《太阳报》体育编辑部唯一女性的艰辛。

"真不容易啊。"他一边敷衍,一边盘算着如何才能甩掉这个女人而又不至于给杰克带来新的麻烦。

不过,他还是带着她来到了博物馆的咨询台前,向坐在书桌后的一位年纪不轻的女人出示了他的证件,并告诉她国际私人侦探公司有人已经事先打过电话,预约了他们俩同詹姆斯·德林博士的简短会面。

她知道这位馆长的一个专题展览当晚就要开幕,他今天肯定很忙。不过,她还是告诉了他们到哪里才能找到德林博士。

两人爬上二楼,穿过一道道走廊,终于来到了这座庞大建筑物后部,看到了一道拱门,拱门上方高高地挂着一个横幅,上面写着"古代奥林匹克运动会:遗址与激情回顾展"。

拱门处挂着一道紫色的幕布,两个警卫站在幕布前。开幕式承办商正在大厅里安放食品桌和吧台,为开幕式的招待会做准备。奈特向警卫出示了公司的调查员徽章,要求面见德林博士。

警卫回答说:"德林博士去吃——"

"午餐去了,不过现在已经回来了,卡尔。"奈特身后传来一个男人烦躁不安的声音,"这里怎么啦?这两个人是谁?我已经明确地告诉过你

们,开幕前谁也不许进来!"

奈特转身一看,发现一个相貌英俊而熟悉的男人正大步向他们走来。这个人体格粗犷,下身穿着卡其布休闲短裤、脚蹬凉鞋,上身穿着猎装,一根小辫在肩头来回晃动。他的手里拿着一个iPad,两眼滴溜溜直转。

奈特当然见过詹姆斯·德林多次,不过都是在电视上。他三岁的儿子卢克不知为何非常喜欢《历史的秘密》节目,他怀疑很可能是因为节目中热烈的音乐吸引了他。

"我的两个孩子都是你忠实的粉丝。"奈特一边说,一边伸出手去,"国际私人侦探公司的彼得·奈特。我的办公室给你打过预约电话。"

"我是凯伦·波普,《太阳报》记者。"

德林看了她一眼,说道:"我已经邀请了你们《太阳报》的人今晚7点来参加展览开幕式,你应该同他们一起来。那么,国际私人侦探公司找我有何公干,奈特先生?"

"实际上,波普小姐正同我一起工作。"奈特解释说,"丹顿·马歇尔爵士刚刚被人谋杀了。"

这位电视明星的脸一下子变得煞白,他不停地眨着眼睛道:"被谋杀了?天哪!真是个悲剧!他……"

德林抬起手指了指通向展览厅的紫色幕布:"要是没有丹顿爵士的经费支持,就不会有这个展览。他是一个慷慨而善良的男人。"

德林的双眼已经溢满了泪水,一滴眼泪很快流下了他的脸颊:"按照我的计划,我将在今晚的招待会上公开向他致谢,还要……到底发生了什么?谁干的?为什么?"

"凶手自称'克罗诺斯'。"波普回答说,"他给我寄来了这封信。信中第一行字是用古希腊文写的,我们希望你能为我们解读一下。"

德林看了看手表,然后点了点头说:"我现在还可以给你们15分钟的时间,实在对不起,因为——"

"展览今晚就要开幕。"波普接过话头说道,"我们能理解。你能挤出15分钟时间,我们已经非常感激了。"

德林略微停顿了一下,对他们说道:"不过,你们必须跟着我走一段。"

第二部 ‖ 开始吧，奥运会

这位"希腊古代史馆"的馆长领着他们穿过紫色幕布，走进了展厅。看得出来，这个即将开幕的展览非常精彩，它不仅充分展现了古代奥林匹克运动会的风采，而且将其同现代奥运会作了比较。进入展厅，首先映入参观者眼帘的是一张巨大的古希腊奥林匹克运动会遗址的航拍照片。

奈特利用波普把"克罗诺斯"来信的复印件交给德林看的时候，仔细看了看那张巨幅照片和照片旁有关这个遗址的图表说明。

整个遗址区包围在橄榄树丛之中，其间祭祀区"阿尔提斯"——即众神之地——正好位于奥利匹亚山的中心，所以十分醒目。这里有好几座神庙，其中一座是宙斯神庙，是为古代希腊诸神中最强大的主神宙斯举行祭祀的场所。在古代奥运会举办期间，各神庙都是举行祭神仪式和供奉牺牲的地方。德林的展览无疑说明了一个问题：整个奥林匹克遗址——包括其运动场——就是一个顶礼膜拜天神的圣地。

一千多年来，无论是和平时期还是战争期间，希腊人都会聚集在这里庆祝宙斯的节日并开展体育竞技比赛。他们没有铜牌、银牌和金牌，无论是对获胜者、对他的家庭还是对他所在的城邦说来，能够得到一个野生橄榄树枝编织而成的头冠就是莫大的荣誉。

展览接下来把古代奥运会和现代奥运会做了详细的比较，整个展览给奈特留下了十分深刻的印象。但是，进入古今奥运会对比部分不过几分钟，他就开始感觉到了主办者鲜明的观点——古代奥运会比现代奥运会更加美好。

他刚刚感受到这种倾向，就听见远在展厅另一端的波普叫喊道："奈特，你应该来听听德林博士的观点。"

德林博士正站在展场中的一个展示箱的前面，箱子里展出的是铜器时代的文物，有标枪和画有体育竞技图案的陶罐。他用手指了指凶手来信上的第一行字。

"这确实是古希腊文。"他告诉奈特说，"意思是：'奥林匹亚人，你们都坐在神的腿上。'这是希腊神话中的用语，意思是凡人的命运都掌握在神的手中。我个人认为，每当某个凡人做了错事，引起奥林匹亚山的居民不安的时候，他们常常就会说出这句话来。但是，你们知道在这方面最好的

专家是谁吗?"

"谁?"奈特急切地问道。

"赛琳娜·法雷尔。"他回答说,"伦敦国王学院古希腊文教授,一个相当古怪而又杰出的女人。她过去的另一个身份是北大西洋公约组织派驻巴尔干地区的专家。我就是……呃……在那儿第一次见到她的。你们应该去找她,一个极富创新意识的思想家。"

波普立刻记下了法雷尔的名字,然后又问:"'克罗诺斯'是什么人?"

博物馆馆长拿起他的iPad,开始在上面输入文字,同时说:"它是希腊神话中的提坦巨神之一,在十二奥林匹亚神诞生之前,提坦巨神统治着整个世界。同样,你们最好是向赛琳娜·法雷尔请教这个问题。不过,就我所知,克罗诺斯是时间之神,是很久很久以前大地的统治者盖娅和天空的统治者乌拉诺斯的儿子。"

德林还解释说,盖娅对自己残暴的丈夫乌拉诺斯感到愤慨,鼓动克罗诺斯一起反抗乌拉诺斯,最后克罗诺斯用一把镰刀阉割并杀死了自己的父亲。

奈特想起了伊莱恩所说的"一把长弯刀",那么这是否就是杀害丹顿爵士的凶器呢?

"根据希腊神话,克罗诺斯父亲的血流进了大海并变成了'复仇三女神'。"德林继续道,"所以,她们三人是克罗诺斯的同父姐妹——都是专司复仇的神灵,而且像女妖美杜莎长着蛇一样的头发。"

馆长继续解释说,克罗诺斯娶瑞亚为妻后,共生下了后来成为12个奥林匹亚主神中的7个。说到此,博物馆馆长突然沉默了,脸上露出不安的神情。"怎么啦?"波普问道。

德林抽了抽鼻子,似乎闻到了某种不祥的味道。"后来,克罗诺斯听说了一个预言,说他的孩子将来也会背叛他,于是便做出了非常残忍的事情。"

"什么样的事情?"奈特问。

馆长将手中的iPad递给奈特看。显示屏上是一副黑暗而令人不寒而栗的油画,画面中一个长着乱蓬蓬大胡子的半裸男人正血淋淋地咬住一个弱小婴儿的手臂,而婴儿的头和另一只手臂已经没有了。

"这是西班牙画家的作品。"德林解释说,"名字叫《食子的萨图恩》。在罗马神话中,萨图恩就是希腊神话中的克罗诺斯。"

这幅画让奈特感到恶心,而波普却表示:"我不明白。"

"在罗马和希腊神话中,克罗诺斯把他的孩子们一个个地都吃掉了。"

"把他们吃了?"波普咧着嘴,不无惊恐地问道。

奈特再次看了看那幅画,脑海里突然闪现出自己的孩子们在他家附近的儿童游戏场上玩耍的情景,心中越发感到愤怒了。

"那个神话故事就是这样的,我能说什么?"德林回答。

食子的萨图恩

博物馆馆长接着解释说:"瑞亚对丈夫吃掉他们的孩子心生仇恨,暗暗发誓绝不让同样的悲剧发生在她即将出生的下一个孩子身上。于是,她溜走了,躲藏起来生下了最后一个儿子,她为他起名为'宙斯',并立刻把他藏了起来。后来,她把克罗诺斯灌醉,然后把一块石头包在一条毯子里递给了自己的丈夫,他立刻把它当做自己的又一个儿子吞进了肚里。"

"很久以后。"德林继续道,"宙斯长大了,征服了克罗诺斯,并强迫他吐出了吃进肚子里的孩子们。最后,他把自己的父亲和'复仇三女神'一起扔进了塔尔塔洛斯,也就是黑暗的无底深渊或者地狱。大概就是这么个故事,要知道详情,去问法雷尔。"

"好的。"奈特说。他心里却感到很疑惑,不知道这些神话故事是否会对破案有所帮助,甚至很怀疑凶手的这封信有可能就是一个精心设计的阴谋,目的是把他们引导到错误的方向上去。"博士,你喜欢现代奥林匹克运动会吗?"

这位电视明星皱起了眉头，反问道："为什么这么问？"

"你的展览给我留下一种印象：似乎你更赞赏古代希腊的奥运会。"

德林的脸上立刻表现出愤怒的神情，他回答说："我认为，这个展览完全是不偏不倚的。但是，我承认古代奥运会的宗旨是荣誉，它的核心是颂扬希腊的宗教，而依我之见，现代奥林匹克运动会已经过分地受到了大公司和金钱的影响。我也知道，这么讲也是对我自己的一种讽刺，因为这个展览本身就是依靠私人捐赠人的金钱办起来的。"

"那么，从某种程度上讲，你也是赞同这个'克罗诺斯'的观点的？"波普问道。

馆长的声音已经变得越来越冷淡了："我也许确实赞同这样一个观点，也就是举办奥运会的最初理想在现代奥运会上已经不复存在。但是，我绝对不会赞同为了所谓的'净化奥运会'而杀人害命。好了，请原谅我得走了，我必须完成招待会最后的准备工作，而且还要换衣服。"

第十四章

在玛塔杀死伪造犯的几个小时之后,我们四个人住进了萨拉热窝西郊一家没有任何星级的小旅馆里。我把三姐妹叫到一起,把装有护照和现金的三个信封交到她们手里。现在,她们终于可以自由地旅行了。

"你们分别乘坐出租车或公共汽车前往火车站,然后各自经由完全不同的路线前往我夹在你们护照中的那个地址。那个地点的后面是一条小巷,小巷中有一段低矮的砖墙。在砖墙左起第三块砖的下面,你们会找到一把钥匙。买好食品,然后进屋,静静地在那里等待我到达。不到万不得已绝不要走出那所房子,要避免任何可能引起旁人注意的行为。只需要等待。"

玛塔把我的话翻译给两个妹妹听,然后问道:"你什么时候才能到达?"

"几天之后。"我说,"我想,怎么也不会超过一个星期。"

她点了点头,保证道:"我们等你。"

我相信她一定可以做到。她们已经穷途末路,还能往哪里去呢?现在,她们的命运就是我的命运,我的命运也是她们的命运——正所谓拴在一根绳上的蚂蚱。我觉得现在的我已经能够更好地掌握自己的命运了。我离开三个塞尔维亚姑娘后,走出旅馆溜到街上,找了一些泥土和污垢涂抹在已经破烂而且沾有血迹的衣服上。然后,我擦干净步枪和手枪上的指纹,把它们扔进了一条河里。

黎明前一小时,我摇摇晃晃地走到了北大西洋公约组织维和部队营地的岗哨前,看起来我整个人已经精神恍惚。至此,我已经失踪了两天半。

我向我的长官和医生们讲述了依稀记得的那次炸弹爆炸事件和我们那辆被烧毁的"陆地巡洋舰"。我告诉他们,我在荒野中迷迷糊糊地跋涉

了几个小时,然后在一片森林里疲惫不堪地睡着了。第二天早上,我爬起来继续前行,直到那天晚上我才慢慢想起来我是谁,记起了我本该奉命前往的地点。我像一个想找到家的醉汉一样,凭着模糊的记忆勉强回到了部队的营地。

医生仔细检查了我的身体,发现我的头骨已经破裂,而这已经是我此生第二次被打破脑袋。两天后,我乘坐医疗飞机离开了巴尔干半岛——"克罗诺斯"回家了,他即将同"复仇三女神"会合了。

第十五章

星期四下午3点55分,奈特走出了埃尔德维奇一号酒店的大门。这是位于伦敦西区剧院区的一家五星级精品酒店。他发现,波普仍在人行道上等候着他,两眼专注地盯着手中"黑莓"手机的显示屏。

"他的秘书并没有故意把你打发走。门童告诉我说,他确实经常到这里来喝上一两杯,但是今天到现在还没有来。"奈特告诉她说。他们是来找丹顿爵士的长期金融合伙人理查德·基尔德的。"我们还是进去等他吧。"

波普摇摇头,用手指着斯特兰德大街对面的一排英王爱德华七世时代的建筑,说:"那就是国王学院,对吗?古希腊经典文学专家赛琳娜·法雷尔就在那里工作,那个想成为印第安纳·琼斯的家伙不是叫我们同她谈谈吗?我在网上查了查,她确实写过许多有关古希腊剧作家埃斯库罗斯的《尤曼尼蒂斯》的评论文章,而尤曼尼蒂斯就是'复仇女神'的别名。我们不如现在就去找她谈谈,然后再回来见基尔德。"

奈特板着一张脸冷冷地说:"说实话,我真不知道了解更多有关'克罗诺斯'和'复仇女神'的神话对我们抓住杀害丹顿爵士的凶手有什么帮助。"

"那么,现在我可知道了一些你不知道的东西了。"她晃着手里的"黑莓"手机得意地说道,"我发现,法雷尔曾经拼命反对举办伦敦奥运会,甚至差一点害得整个筹办工作停顿下来,尤其是在伦敦东区修建奥林匹克公园时所涉及的土地征用权问题上,很显然正是因为修建那个公园才使教授失去了自己的房子。"

听到此,奈特立刻感到自己的心跳加速了。他一边迈开脚步向街对面走去,一边对波普说道:"丹顿正是负责征用这片土地的人。她肯定对他恨之入骨。"

"很可能恨到要砍下他的脑袋。"波普说着,急忙跟了上去。

这时,奈特的手机突然响了一下,他打开手机一看,是"流氓"发来的一条短信:

"第一项DNA测试结果:头发来自女人。"

他们在赛琳娜·法雷尔的办公室里见到了她。教授40出头的年纪,胸部丰满,衣着打扮十分邋遢:身上穿着松垮垮的褪色农民服装,未加丝毫粉饰的脸上戴着一副椭圆形的眼镜,脚上穿着拖鞋;头上围着一块头巾,用两个木制发卡固定在头发上。

不过,她脸上的那颗美人痣却吸引了奈特的目光。这颗美人痣就长在教授右脸颊的中间,在嘴角线的上方,它让奈特想起了著名电影明星伊丽莎白·泰勒。他觉得,她这身打扮在某种适当的场合里倒也颇有几分魅力。

趁着法雷尔博士查看他的证件的时候,奈特迅速地环视了一遍挂在墙上的几张照片。其中一张是教授在苏格兰高地爬山时拍下的,另一张是她在希腊某个古遗址前的留影,而第三张照片上的她却要年轻得多——脸上戴着一副墨镜,身上穿着卡其布衬衫和短裤,手里握着一把自动步枪站在一辆标有"北大西洋公约组织"字样的白色越野车旁。

"很好。"法雷尔开口说,同时把奈特的徽章递还给他,"你们想谈什么?"

"我们想同你谈谈丹顿·马歇尔爵士,他是伦敦奥组委的成员之一。"奈特一边回答一边仔细地观察着教授的反应。

法雷尔立刻板起了脸,厌恶地撅起嘴唇问道:"他怎么啦?"

"他被人谋杀了。"波普说,"有人砍掉了他的头。"

听到此,教授立刻显得非常震惊,那副表情看上去十分真实。"有人砍掉了他的头?噢,这太恐怖了。我虽然不喜欢这个人,但是……这也太野蛮了。"

"丹顿爵士夺走了你的房子和土地。"奈特说。

法雷尔立刻警觉起来。她说:"没错,他确实夺走了我的房子和土地,所以我恨他,我也恨支持伦敦主办奥运会的每一个人。但是,我并没有杀害他,我不相信暴力。"

奈特抬头看了一眼教授手持自动步枪的那张照片,但是又觉得现在还不能把她逼得太紧。于是,他换了个话题问道:"你能否告诉我们昨天晚上10点45分你在什么地方?"

这位古希腊经典文学专家略微拱起上身向后靠在椅背上,然后摘下眼镜,露出一双惊人美丽的天蓝色眼睛,盯着奈特不慌不忙地说:"我完全可以说出我当时在哪里,但是除非非常必要,否则我是不会告诉你的。我很看重自己的隐私。"

"那么,请你给我们讲讲'克罗诺斯'吧。"波普说。

教授把头向后一扬,反问道:"你说的是那个提坦巨神吗?"

"正是。"波普回答。

她耸了耸肩膀,解释说:"埃斯库罗斯在他的悲剧中提到过他,特别是在《血还血——复仇三部曲》的第三部里。克罗诺斯父亲的血化作了尤曼尼蒂斯,也就是'复仇三女神'。你们了解他干什么?简而言之,克罗诺斯是希腊神话中的一个很重要的人物。"

波普看了看奈特,他会意地点了点头。于是,她把手伸进提包里,拿出了她的手机,一边迅速地按动按键,一边对教授说道:"今天,我收到了一封信,写信的人自称'克罗诺斯',并声称他就是杀死丹顿爵士的凶手。信封里除了那封信之外,还有这个东西:这已经是录音的录音了,不过……"

《太阳报》记者又把手伸进了她的提包里,寻找"克罗诺斯"来信的复印件,而与此同时她的手机里开始传出那段诡异而令人不寒而栗的笛子乐曲。

教授刚刚听到了几个音符,脸上已经大惊失色。

音乐仍在继续,法雷尔的眼睛盯着自己面前的书桌,情绪变得越来越激动。接着,她开始四处张望,仿佛听到了号角的召唤。她突然举起双手,像是要捂住自己的耳朵,却碰掉了头上的木发卡,头巾立刻松开来。

她立刻惊恐地再次举起双手,把头巾按在头顶上。然后,她从椅子上一跃而起,一边向门外冲去一边吼道:"看在上帝的份上,关掉那该死的录音!它让我头疼!让我恶心!"

奈特立刻站起身向法雷尔追去。只见她沿着走廊一路飞奔,最后一头冲进了女卫生间。

"这个音乐闹出大事来了。"波普跑到了奈特身后,紧张地说。

"嗯哼。"奈特转身跑回教授的办公室里,直接走到办公桌前,然后从口袋里拿出了一个不大的证据袋。

他把证据袋的袋底里朝外翻出来套在右手上,然后用左手捡起法雷尔刚才掉在地上的一个发卡,用套在右手上的证据袋把发卡包住并握紧,接着用左手把发卡慢慢地从证据袋里抽出来,最后再把它放回到书桌上。

"你在干什么?"波普小声问道。

奈特小心地把证据袋封起来,低声道:"'流氓'说,信封上粘着的头发样本来自一个女人。"

这时,他听到有人向办公室走来,立刻把证据袋塞进了外衣里面的口袋里,然后在椅子上重新坐下来。波普站在原地,眼睛看着门口。很快,一个比法雷尔年轻得多但却穿着同样邋遢的女人走进了办公室。她对他们说道:"对不起,我是法雷尔教授的助教妮娜·兰格尔。"

"教授还好吗?"波普问道。

"教授说她的偏头痛犯了,所以已经回家去了。她让我告诉你们,你们可以在星期一或者星期二再给她打电话,她会向你们解释今天发生事情的原因。"

"解释什么?"奈特问道。

妮娜·兰格尔一下子愣住了:"说实话,我什么都不知道。我还从来没有看到过她像今天这样失魂落魄。"

第十六章

10分钟过后，奈特跟在波普身后走上了埃尔德维奇一号酒店前的石阶。他用询问的目光看了看刚才他向其打听过消息的门童，门童心领神会地点了点头。奈特随即把一张10英镑的钞票塞到他手里，然后跟着波普走进了人声喧闹的旅馆大堂。

"那段音乐让法雷尔受惊不小。"波普对他说，"她肯定以前听到过这个曲子。"

"我同意。"奈特说，"它确实让她感到震惊。"

"有没有可能那个'克罗诺斯'其实是一个女人？"波普问。

"故意用这样一个名字迷惑我们，让我们以为她是一个男人？当然有可能，谁说没有呢？"

他们一起走进了酒店豪华的大堂酒吧。整个酒吧呈三角形，上方是高高的拱形天花板，地下铺着灰白色的石灰石，上面摆放着高档家具，四周是一圈玻璃幕墙。

就像这条街北边的萨伏伊酒店里的浦福酒吧一样，这种奢华的酒吧从来都是充满了铜臭味的。埃尔德维奇一号酒店靠近伦敦的金融区，这个豪华酒吧正是为了吸引那些口渴的银行家、神经紧张的交易员和成功的交易商而精心打造的。

酒吧里大约有四五十人，但是奈特还是立刻发现了丹顿爵士的合伙人基尔德。基尔德身材臃肿，活像一头长着白发、身穿黑西装的肥猪。他弓着身体，耷拉着脑袋，独自坐在酒吧尽头的吧台前。

"让我先同他谈谈。"奈特对波普说。

"为什么？"波普倔犟地问道，"就因为我是一个女人？"

"在最近一段时间里，你同几个人们所说的腐败金融大亨打过交道？"他冷冷地反问道。

《太阳报》记者无言以对,只好做了个"那么,你请"的手势。

丹顿爵士的合伙人正呆呆地盯着手里的酒杯,酒杯里盛着半杯纯苏格兰威士忌。他左边的高脚凳正空着,于是奈特走上前,准备坐到那个凳子上。

他还没有坐下,一个身着黑色西装、活像一只大猩猩的魁梧男人出现在他身旁。

"基尔德先生不希望别人坐在他旁边。"他带着明显的布鲁克林口音对奈特说道。

奈特拿出自己的证件递到"大猩猩"面前,这位基尔德的保镖看后耸了耸肩膀,然后掏出自己的证件给奈特看。他叫乔·马斯科罗,也是国际私人侦探公司的雇员。

"你是来增援我们的奥运会的吗?"奈特问。

马斯科罗点点头说:"是杰克把我叫过来的。"

"这么说,你允许我同他谈谈了?"

这位国际私人侦探公司纽约办事处的侦探固执地摇了摇头,说:"他想一个人待着。"

于是,奈特提高嗓门好让基尔德听见。"基尔德先生?对不起,我很遗憾你失去了你的合伙人。我叫彼得·奈特,也是国际私人侦探公司的雇员。我是受伦敦奥组委派来的,同时也代表我的母亲阿曼达·奈特。"

基尔德一怔,在高脚凳上转过身来,上下打量了奈特一会儿,然后喃喃地说道:"阿曼达。天哪,这真是……"他痛苦地摇摇头,用手擦掉眼睛里流出的眼泪,"求你了,奈特,乔没有撒谎,我现在根本没有任何心思再谈论丹顿的事情。我是到这里来哀悼他的——独自哀悼他。我想,你亲爱的母亲现在也正在独自哀悼他。"

"求求你,先生。"奈特不愿放弃,"苏格兰场——"

"已经答应明天一早同他们谈。"马斯科罗打断了他的话,"给他的办公室打个电话,预约一个见面的时间。现在,还是请你马上离开,让他安安静静地度过这个晚上吧。"

纽约侦探两眼直视着奈特的眼睛,而丹顿爵士的合伙人已经转过身去,仍旧神情茫然地看着自己手里的那只酒杯。奈特无奈,只好决定离开,明天上午再去找他谈。而就在这个时候,波普开口了:"基尔德先生,我是《太阳报》的记者。我们刚刚收到了杀害丹顿爵士的凶手送来的一封信。他在信中提到了你和你的公司,还为杀害你的合伙人作出了辩解,声称丹顿爵士和你参与了一些违法活动,地点就在你的办公室里。"

基尔德怒不可遏地转过身,大叫道:"放肆!丹顿·马歇尔就像青天白日一样清白,我认识他这么多年,从来没有听说过他参与任何违法的事情。我也没有过。不管那封信里写了些什么,都是不折不扣的谎言!"

波普拿出"克罗诺斯"寄来的文件的复印件递到基尔德的面前,说:"杀害丹顿爵士的凶手声称这些文件都是'马歇尔及基尔德公司'的档案文件,更准确地说,它们就是你的那家公司的秘密档案文件。"

基尔德看了一眼波普手里的文件,但是并没有伸手把它们接过来,仿佛他对这种无端的指责根本不屑一顾:"马歇尔及基尔德公司根本不存在什么秘密档案。"

"真的吗?"奈特问,"就连你们代表公司的高净值客户转出的大笔外汇也没有秘密记录吗?"

听到此话,这位对冲基金经理立刻变得缄口不语,但是奈特已经敏感地注意到,他红润的脸颊上已经出现了淡淡的灰色。

波普接着说:"根据这些文件,就在你们的交易桌前,你和丹顿爵士从经过你们交易台上的每一英镑或者每一美元里偷走几分钱——如果是其他外币,你们也同样如法炮制。虽然这听起来微不足道,但是你们公司每年的交易额累计高达数亿英镑,那么把每一笔交易的一小部分加起来就相当可观了。"

基尔德"砰"的一声把酒杯放回到吧台上,竭力保持着镇静的神情。但是,奈特的眼睛仍然捕捉到了基尔德把手放回到大腿上时轻微的颤抖。"杀害我最好朋友的凶手就说了这些吗?"

"还不止。"奈特回答道,"他还说,你们把这些钱转到了几个海外账户中。2005年,当国际奥委会投票决定2012年奥运主办城市之前,你们又把这些钱转入了国际奥委会委员们的账户里。他认为,是你的合伙人通过贿赂让伦敦赢得了2012年奥运会的主办权。"

这一重大指控显然已经让基尔德难以承受,他的眼神开始变得迷糊

而惊恐。突然，他好像猛然意识到了自己已经喝醉了，无法同他们继续谈下去。

"不。"他回头说，"不，这不对……乔，求你了，让他们滚开。"

马斯科罗显得左右为难，但是他还是狠下心对自己的同事说道："别再打搅他了，明天再说。我想，即使我们给杰克打电话，他也会要求你离开的。"

就在奈特刚要开口回答的时刻，他们突然听到了"哗啦"的一声响，就好像一只高档水晶酒杯被打碎的声音。第一颗子弹穿透酒吧西面窗户的玻璃，从基尔德身边飞过，击碎了吧台后的大镜子。

奈特和马斯科罗都立刻意识到发生了什么事情。"卧倒！"奈特大喊道，同时伸手拔出腰间的手枪，转向窗户方向寻找开枪的凶手。

但是，他们的反应已经太迟了。第二颗子弹接踵而来，穿过玻璃"噗"地一声击中了基尔德的胸膛，就像有人一巴掌拍到了一只枕头上。

鲜红的血从对冲基金经理洁白的衬衣上流了出来，他的整个身体随即向前扑倒，撞倒了吧台上的一个香槟酒桶，然后瘫倒在灰白色的石灰石地板上。

在枪响后大堂酒吧短暂的寂静中，一个身穿黑色摩托车皮衣裤、戴着头盔的枪手迅速地转身跳下窗台，逃之夭夭。

"哪位赶快打电话叫救护车。"波普大喊一声，"他中弹了！"

乔·马斯科罗一跃而起，跳过躺在地上的保护对象，不顾酒吧里尖叫着四散躲避的其他客人，向枪手逃离的方向追去。整个酒吧已经乱成了一团。

奈特紧跟在纽约侦探身后不到一米远的地方。马斯科罗飞身跨过一张玻璃鸡尾酒桌，跳上了紧靠着西墙的一套高档灰色沙发。就在奈特正要跟着马斯科罗跳上沙发的一瞬间，他惊讶地看到了美国人的手里握着一把手枪。

英国的枪支法十分严格，他本人花费了整整两年的艰苦努力才通过了层层官僚机构的审查，拿到了持枪执照。

他还来不及仔细思考这个问题，马斯科罗已经对着窗外扣动了扳机。在这间铺着石灰石、围着玻璃幕墙的酒吧里,他的枪声就像大炮的轰鸣,在人群中引起一阵歇斯底里的尖叫声。奈特看到枪手已经跑到了窗外大街的中间,他虽然无法看清楚她的脸,但是从其身材判断显然是一个女人。马斯科罗的枪声一响,她立刻转身蹲下身体,与此同时举枪瞄准,整个动作十分专业。

奈特还来不及举枪射击,马斯科罗也来不及射出第二发子弹,她的枪已经响了,子弹准确地击中了纽约侦探的喉咙,一瞬间便要了他的命。马斯科罗向后倒向沙发,沉重的躯体把沙发旁的玻璃鸡尾酒桌砸得粉碎。

枪手迅速把枪口瞄准了奈特,他不得不立刻蹲下身体,把手枪举过头顶从窗台处向外射击。然后,他正想探出头去看一看的时候,又有两颗子弹呼啸而来,击碎了他头上方的窗玻璃。

就在打碎的玻璃纷纷落到他身上的时候,他脑子里又一次闪现出自己孩子们的身影,经过短暂的犹豫他再次举枪还击。接着,他听到了摩托车轮胎猛烈摩擦地面发出的尖利的声音。

他站起身向窗外看去,发现枪手已经骑上了一辆黑色摩托车,随着摩托车的后轮发出的一阵黑烟,枪手猛然启动并一个急转弯,绕过街角向西冲上了斯特兰德大街,赶在奈特开枪还击之前消失在他的视野之外。

他无奈地骂了一句,转过身一看,却惊恐地发现马斯科罗已经生命不保。就在这个时候,他突然听到了波普的叫喊声:"奈特,基尔德还活着!救护车在哪里?"

奈特跳下沙发,穿过嚷嚷着向理查德·基尔德蜷缩着的身体围拢过去的人群。波普正跪在基尔德身旁,地上洒满了香槟酒、鲜血、冰块和玻璃碎片。

金融家艰难地喘着粗气,双手紧紧地捂着自己的胸部,衬衣上的血还在蔓延而且正变得越来越暗淡。

一时间,奈特迷迷糊糊地觉得眼前发生的一切似曾相识——鲜血在雪白的被单上扩散。他使劲摇摇头,驱散大脑中的幻象,然后在波普身边蹲下来。

"他们说一辆救护车已经出发了。"《太阳报》记者神情紧张地对他说,"但是,我不知道该做什么,这里的人谁也不知道该做什么。"

奈特立刻脱下外衣,掰开基尔德的双手,用自己的衣服紧紧地压住他胸口的弹孔。丹顿爵士的合伙人半睁着眼睛看着奈特,就像看到了他此生将见到的最后一个人,嘴唇抽搐着却说不出话来。

"不要担心,基尔德先生。"奈特安慰道,"救护车就要到了。"

"不需要了。"基尔德用微弱的声音说道,"请你听我说……"

奈特俯下身体,把耳朵靠近金融家的脸,听到他用嘶哑的声音说出了一个惊人的秘密。就在这个时候,几名医护人员冲进大厅酒吧向他们跑来。然而,这时的基尔德已经讲完了他的忏悔,丹顿爵士的合伙人显然已经耗尽了他最后的一口气。

血液从他的嘴角慢慢地流了出来,他的目光渐渐地褪去,像睡梦中的女人一只手从床边滑落一样,他的躯体开始瘫软下来。

第十七章

几分钟后，奈特站在埃尔德维奇一号酒店外的人行道上，心情十分沉重。在他身旁，行人来来往往，走向饭馆和剧院，他却视若无睹。他呆呆地站在那儿，目送着救护车"呜呜"地呼叫着，把基尔德和马斯科罗送往最近的医院。

看着远去的救护车，差不多三年前发生的那件往事又浮现在他的脑海里。那天夜里，他也是站在一条街的人行道上，目送着另一辆救护车疾驶而去，呜咽的警笛声渐行渐远，但是它所留下的痛苦至今也让他难以释怀。

"奈特？"波普从他身后走过来。

他眨了眨眼睛，这才注意到街上繁忙的景象——双层巴士突然发出刹车的声音，出租车不停地按着喇叭，回家的人们从他身边匆匆走过。他猛然间回到了现实之中，很久前的那个晚上，他也是在呆呆地看着迅速远去的另一辆救护车时突然回到现实中来的。

他心想，伦敦还是那个伦敦，一如既往地前行。面对悲剧和死亡，伦敦始终如一地按照自己的轨迹向前运行，无论受害者是一个腐败的对冲基金大佬、一个保镖还是一个名不见经传的年轻人。对此，他不想去评判。

这时，一只手出现在他的鼻尖前，手指接着打出一个响指。他愣了一下，发现波普正怒气冲冲地看着他："奈特，醒醒吧。哈罗？"

"什么事？"他问道。

"我在问你，基尔德还能死里逃生吗？"

奈特摇了摇头，回答说："不能。我刚才已经感觉他的灵魂正离他而去。"

《太阳报》记者不无怀疑地看着他，问道："你说你刚才已经感觉到了，

那是什么意思?"

奈特用舌头沿着下唇内侧舔过去,然后说:"波普,我这一辈子中基尔德已经是第二个死在我怀里的人。几年前,当我第一次这样怀抱着一个人的时候,就感觉过同样的死亡经历。那辆救护车很可能会慢下来,不再为一个已经死亡的生命而疾驶。基尔德就像马斯科罗一样,已经死了。"

波普颇有些失望地微微耷拉下双肩,两人的谈话出现了短暂而尴尬的沉默。接着,波普开口道:"我得马上回办公室了,9点钟是我交稿的最后时限。"

"你应该在报道中加上一句话:基尔德临死前已经承认了他从事货币欺诈的行为。"奈特告诉她说。

"是吗?"波普追问道,并立刻从口袋里拿出了她的笔记本,"他的原话是什么?"

"他说,那是他一个人实施的骗局。那些钱并没有转入任何国际奥委会成员的账户里,而是进入了他个人的海外账户。丹顿爵士是无辜的,他是基尔德阴谋的牺牲品。"

波普停下了手中的笔,心中疑窦丛生。"我不信。"她说,"他怎么会为丹顿·马歇尔爵士背黑锅?"

"这就是他的临终遗言。"奈特反驳说,"我相信他说的是真话。"

"你当然愿意相信,因为这样一来就可以洗清你母亲未婚夫的罪名,对吗?"

"他就是这么说的。"奈特坚持道,"所以,你必须把它如实地写进你的报道里。"

"我会让事实去说话。"她答道,"我会写:你告诉我说,基尔德告诉你……"她很快地看了一眼手表,"我必须马上走了。"

"我们现在哪儿也不能去。"奈特一边说,一边突然感到身体十分疲惫,"苏格兰场会找我们谈话的,尤其是在发生了枪击事件的情况下。此外,我还得给杰克打电话,向他报告今天的调查情况,而且我还得给我的保姆打电话。"

"你的保姆?"波普感到很吃惊,"你有孩子?"

"一对双胞胎,一儿一女。"

波普低头看看他的左手,接着开玩笑说:"没戴结婚戒指。干吗要离婚?是不是你让你老婆也忍无可忍了,于是她丢下两个孩子离你而去?"

奈特冷冷地看着她,觉得这个人之愚蠢真让人啼笑皆非。他回答道:"我是一个鳏夫,波普。我妻子死于生孩子。两年十一个月零两周前,她就躺在我的怀里大出血。救护车赶来把她接走了,警笛'呜呜'地号叫不已——就像今天发生的事情一样!"

波普张口结舌,脸上流露出惊恐的表情:"彼得,对不起,我……"

但是,奈特已经转过身去背对着她,沿着人行道向刚刚到达的苏格兰场警司伊莱恩·波特斯菲尔德迎上去。

第十八章

黑夜笼罩了伦敦。再过整整24个小时,地球上最伪善的运动会就要开幕了。这是我命中注定的重要时刻,我的整个前半生都在为这一时刻的到来而不辞辛劳地准备着。一想到此,我的老朋友"仇恨"就躁动不已。

当我转过身面对我的三姐妹的时候,仇恨的怒火正在心中熊熊燃烧。这是几天来我们四人第一次在我的办公室里面对面地站在一起交谈。我仔细地把她们一一打量了一番。

蒂甘,一头金发、处事冷静,正从头上摘下白天驾驶出租车时戴的帽子、围巾和墨镜;玛塔,一头黑发、工于心计,正把她的摩托车头盔放到地板上的手枪旁,然后拉开拉链、脱下皮衣;佩特拉,皮肤白皙,最年轻、漂亮,也最善于演戏,因此也最任性。她正站在衣橱上的穿衣镜前,试穿一套时髦的灰色夜礼服,不时抚摸一下时尚的姜黄色短发。

看着眼前的这三个姐妹,我觉得自己对她们每一个人都是那么熟悉,很难想象我们竟然已经分别了很长一段时间,各自建立起了自己在公开场合下的生活,在外人看来我们之间根本就不可能有任何关系。

整整17年过去了,她们三姐妹为什么仍然又和我站在了一起?1997年,海牙国际法庭的一个特别庭对三姐妹进行了缺席审判,认定她们杀害60多名波斯尼亚人的罪名成立。去年,在波斯尼亚指挥塞尔维亚屠杀队进行大屠杀的拉特科·姆拉迪奇将军被捕后,有关当局开始加强了对"复仇女神"的搜捕行动。

这一切我都清楚地知道,我一直密切注视着有关她们的一切。这是因为,在她们身上寄托着我所有的梦想。

在过去漫长的岁月里,三姐妹无时无刻不生活在被人发现的危险之中,危险已经成为她们的DNA特性。然而,正是这种时时刻刻、无处不在的危险,促使她们更加狂热地忠实于我,无论在心理上、身体上、精神上还是在情感上，概莫能外。渐渐地，我仇恨的梦想随着岁月的流逝也变成了她们的梦想，变成了她们实现这些梦想的热切愿望，其强烈程度已经并不亚于我心中的渴望。

这些年来，我并不仅仅是她们的保护人，也是她们的老师。我为她们支付整容的费用，训练她们成为一流的神射手；我手把手教她们格斗，还把她们培养成了老练的江湖骗子和神鬼莫测的江洋大盗。这最后两门手艺可谓获利丰厚，至少十倍于我的投资，不过，这是另一个故事了。总而言之，根据我的判断，她们现在已经成为名副其实的"阴暗游戏"专家，其能力仅次于我，却高于这个世界上的其他任何人。

至此，你们中间那些见多识广的人也许会想，我是不是一个同上世纪60年代的查尔斯·曼森一样疯狂的所谓"先知"？当年的曼森曾经把一批饱受精神创伤的女人哄骗到一起，蛊惑人心地让她们相信自己是天神派到地球上的使者，她们的使命就是杀人放火，就是挑起世界末日的善恶大决战。但是，把我比作曼森、把我的"复仇女神"比作惊慌失措的小女子，确实是大错而特错了，就好像把一个人世间真实动人的故事比作神话故事中的无稽之谈一样荒谬。如果真要把我们同曼森相比，那么我们无疑要强大得多、卓越得多，而且也要致命得多，即使在他吸食毒品后最荒诞不羁的噩梦中，也不曾想象过我们即将成就的超凡脱俗的壮举。

蒂甘倒满一杯伏特加，举起杯一饮而尽。然后，她对我说道："我完全没有想到那个家伙竟然会突然跳到了我出租车的前面。"

"他叫彼得·奈特，是国际私人侦探公司伦敦分公司的侦探。"我告诉她说，同时把一张从因特网上下载下来的照片从桌上推到她的面前。在这张照片上，奈特手里拿着一杯酒站在他母亲的身旁，正出席阿曼达·奈特最近的一次时装发布会。

蒂甘看了看照片，点点头说："没错，就是他。当时他的脸撞上了我的挡风玻璃，所以我看得很清楚。"

玛塔皱起眉头，也拿起照片看了看，然后用她那黑玛瑙般的眼睛盯着我说："刚才在酒吧里，我开枪前同基尔德在一起的也是他。我可以肯定，我干掉基尔德的保镖后，就是他向我开枪还击的。"

我惊讶地扬起一边的眉毛：国际私人侦探公司？奈特？今天，他们差

一点两次毁了我的计划。这难道是命、是巧合还是警告?

"这个人很危险。"玛塔说。三姐妹中就数她最为敏锐,她的战略思想简直同我如出一辙。

"我同意你的看法。"我回答道。然后,我抬头看了看墙上的钟,把目光转向了仍然站在镜子前精心打扮、姜黄色头发的小妹妹。"佩特拉,时间到了,该去参加招待会了。晚些时候我们在招待会上见。别忘了我们的计划。"

"我并不傻,'克罗诺斯'。"佩特拉看着我的眼睛回答说。她已经戴上了专门为这次行动买的隐形眼镜,眼睛的颜色变成了迷人的祖母绿。

"确实不傻。"我不偏不倚地回答道,"但是,你容易冲动,喜欢随心所欲,而你今晚的任务需要的恰恰是严格把握好每一个细节。"

玛塔仍然目光炯炯地看着我,问道:"那么,那个奈特怎么办?"这再一次证明了她具有的另一个更加可爱的品质——残酷无情。

我回答说:"明天晚上之前,你们俩都没有任何任务。但是,我要你们利用这段时间好好研究一下奈特先生的问题。"

"有关哪些方面的问题?"蒂甘一边问,一边把酒杯放到了咖啡桌上。

"他的弱点,我的姐妹们。也就是他的软肋,以及任何我们可以加以利用的东西。"

第十九章

奈特的家在切尔西,那是一幢经过翻修的红砖联排别墅,是他母亲几年前为他买下的。奈特回到家的时候已经是当晚8点钟了,筋疲力竭、浑身酸痛。这一天的工作竟然会如此狼狈,这在他的一生中还是头一次——被车撞、遭枪击、咬着牙撕碎母亲的梦想,更倒霉的是今天竟然三次遭到那个凶恶的伊莱恩·波特斯菲尔德警司的无情审问。

那位伦敦警察厅的警司一到达埃尔德维奇一号酒店就气不打一处来,因为不仅这里发生了枪击事件并留下了两具尸体,而且她还得到了一个秘密情报,说《太阳报》已经接到了杀害丹顿爵士的凶手送去的一封信,国际私人侦探公司的犯罪实验室甚至抢在苏格兰场之前对那封信进行了法医学分析。

"我应该以妨碍公务罪立刻逮捕你!"波特斯菲尔德对奈特怒吼道。

奈特举起双手解释说:"做出那个决定的是《太阳报》的凯伦·波普,她是我们的客户。"

"她在哪儿?"

奈特环顾四周,哪里还有波普的身影?他告诉警司说:"她交稿的时限到了,肯定是赶回报社去了。但是,我知道他们计划在消息见报后就把所有的证据转交给你们。"

"你竟然让如此重要的物证离开了犯罪现场?"

"我为国际私人侦探公司工作,而不是为法院工作。再说,我无法控制波普,她有她自己的想法。"

听到此,苏格兰场警司露出了尖锐的眼光,警告说:"我好像以前也从你这里听到过同样的借口,而那次的后果却是非常严重的。"

奈特感到脸发烫、喉咙发烧:"又来了,我们现在不谈这个。你应该先了解基尔德和马斯科罗的情况。"

波特斯菲尔德仍在气头上,但是总算没有继续纠缠下去。她说:"说吧,不许隐瞒。"

奈特开始一五一十地讲述:他们如何去见德林和法雷尔,以及后来在大堂酒吧所发生的一切,尽量不漏掉任何一个细节。

他讲述完之后,警司问道:"你相信基尔德的供述吗?"

"将死之人,其言也善,不是吗?"奈特反问道。

奈特一步步走上家门前的石阶,心中再次想起了基尔德的供述。这时,他突然想到了德林和法雷尔,这两个人会不会参与了这几次谋杀事件呢?

德林难道不正是一个渴望着毁掉现代奥运会的十分可疑的幕后元凶吗?而在赛琳娜·法雷尔办公室的墙上,挂着一张她手持自动步枪的照片,难道她不正是那个身穿皮衣裤、戴着摩托车头盔的女枪手吗?

波普的直觉很可能是正确的,那个教授是否可能就是"克罗诺斯"?或者说至少她是"克罗诺斯"的同谋?那么德林博士呢?他不是说很久以前在什么地方结识了法雷尔?好像是90年代在巴尔干半岛?

然而,他脑子里又出现了另一个声音,说他应该少想罪犯的事情而多想想受害者的问题。不知道现在母亲的状况怎么样了?他已经一整天没有同她说过话了。

他决定,马上进屋给母亲打电话。但是,他还没有把钥匙插进门上的锁孔里,就听到女儿伊莎贝尔令人心惊的喊叫声:"不!不要!"

第二十章

奈特赶快打开前门跑进一楼的走廊里,只听见伊莎贝尔的喊声已经变成了刺耳的尖叫:"不,卢吉[①]!不要!"

等他跑进起居室的时候,只听见一阵尖声尖气的笑声和一双小脚丫子匆匆逃走的脚步声,整个房间仿佛刚刚遭遇了一场暴风雪,空中、家具上和他快满3岁的女儿身上到处都是白色的粉末。女儿一见到他,便立刻哭起来。

"爸爸,卢吉他……他……"

伊莎贝尔是个十分可爱的小姑娘,这时却哽咽着泣不成声,发疯似地向父亲跑过来。奈特正想弯下腰好好安慰一下女儿,可是左半身的撞伤却让他疼得龇牙咧嘴。他慢慢蹲下身体,终于把女儿抱进了怀里,而吸进鼻孔里的粉尘又害得他直想打喷嚏。伊莎贝尔的眼泪在脸上留下了两条混合着婴儿爽身粉的泪痕,但是即便如此,她仍然像她已故的母亲一样漂亮。她长着黄褐色的卷发和一双钴蓝色的大眼睛,这双眼睛即使在不流眼泪的时候也会让他倍感怜爱。

"好了,好了,宝贝儿。"奈特安慰道,"爸爸在这儿。"

女儿的哭泣变成了抽泣,委屈地说:"卢吉他……把爽身粉撒在我身上。"

"我看出来了,贝拉[②]。"奈特说,"他干吗这么做呀?"

"卢吉觉得爽身粉很好玩。"

奈特用没有受伤的右手抱着女儿,向厨房和通向楼上的楼梯方向走去。他一边走上楼梯,一边听着儿子在楼上什么地方发出"咯咯"的笑声。

来到楼梯顶端,奈特转身向育儿室走去,突然听到了一个女人的愤怒

[①]卢克的昵称。
[②]伊莎贝尔的昵称。

的声音:"噢!噢!你这个小野人!"

紧接着,奈特的儿子穿着纸尿裤从育儿室里跑了出来,浑身上下沾满了婴儿爽身粉。他怀抱着一大筒婴儿爽身粉开心地笑个不停,却突然发现他父亲正眯缝着眼睛盯着他看。

卢克惊呆了,一边往后退一边不停地向奈特挥舞着双手,好像要抹掉眼前的一个幽灵。"爸爸,不要!"

"卢克!"奈特板着脸喝道。

这时,孩子们的保姆南希出现在卢克身后的育儿室门口,挡住了卢克的去路。只见她同样浑身沾满了爽身粉,一只手紧紧捂着另一只手的手腕,脸色铁青。她一抬头,看到了奈特。

"我不干了。"她立刻对他说道,仿佛要吐出一口恶气,"他们是一对可恨的疯子。"她举起手指着卢克,整个手臂都在发抖,"这个尿裤子的家伙,简直就是个乱咬人的异教徒!我想带他到卫生间去,他却咬了我的手。瞧瞧,皮肤都咬破了。我不干了!你还得赔我医药费!"

"你不能不干哪,南希。"奈特说。保姆正躲开卢克准备离开。

"你看我能不能!"南希恶狠狠地道。她从他身边大步走过,冲下了楼梯,"他们都吃过了,没有洗澡。卢克今天下午已经穿着纸尿裤拉了三次。祝你好运气,彼得!"

她抓起自己的东西,愤愤然摔门而去。

伊莎贝尔又哭了起来,说:"南希走了。卢吉把她气走了。"

奈特实在是无法忍受了,他两眼盯着儿子愤怒而又沮丧地大叫道:"今年已经气跑四个保姆了,卢克!四个!而这一个只坚持了三个星期!"

卢克的脸上立刻露出了胆怯的神情,他连声说道:"卢吉对不起,爸爸。卢吉对不起。"

转眼之间,他儿子已经从一个胆大妄为的淘气包变回到一个可怜巴巴的小男孩,奈特心软了。他仍然抱着伊莎贝尔,忍着半边身体的疼痛蹲下来,用手向卢克做了个"过来"的手势。小家伙立刻向他冲过来,张开双臂紧紧地搂住奈特的脖子,害得他几乎喘不过气来,身上的创伤也再一次让他痛苦不已。

"卢吉爱你,爸爸。"儿子对他说道。

尽管儿子身上散发出一股臭气,但是奈特还是吹掉他脸上的爽身粉,吻了吻孩子的脸:"爸爸也爱你,儿子。"然后,他又用力亲了亲女儿的脸颊,惹得她"咯咯"地笑出声来。

"听着,卢克,现在去洗澡,然后换衣服。"他说着把伊莎贝尔放到地上,"伊莎贝尔,你也要洗澡。"

几分钟后,奈特脱下了卢克身上肮脏的纸尿裤,把两个孩子送进了他宽大卫生间里的淋浴隔间里,看着他们嬉笑打闹着开始洗澡。奈特看到卢克拿起一个泡沫板球拍"砰"地一声打到了他姐姐的头上。他无奈地摇摇头,伸手从口袋里拿出了手机。

"爸爸!"伊莎贝尔告状了。

"你也打他一下。"奈特回答说。

他看看墙上的挂钟,现在已经是晚上8点过,他用过的几家家政服务公司都已经下班了。他随即拨通了母亲的电话。

电话铃响到第三声的时候母亲接了电话,她虚弱的声音立刻传来:"彼得,你说这只是一个噩梦吧,我很快就会醒过来,对吗?"

"我很遗憾,妈妈,这不是一个噩梦。"

她捂着嘴巴抽泣起来,过了一会儿才又说道:"这一次比你父亲去世时感觉更痛苦。我想,你当年失去凯特的时候就是这种感觉。"

奈特立刻感到眼睛发酸,眼泪溢满了眼眶,胸膛里空荡荡的让人害怕。

"我现在也常常会再次感觉到当时的痛苦。"

他听见她擤擤鼻子,接着道:"告诉我你都发现了什么;告诉我你所知道的一切。"

奈特非常了解自己的母亲,他知道如果现在不告诉她,她是绝不会罢休的。于是,他很快地向她大致讲述了当天的事情。当他讲到"克罗诺斯"的那封信和他对马歇尔爵士的指控时,阿曼达喘着粗气愤怒地予以驳斥,而当听到基尔德临终前的供述已经洗清了她已故未婚夫的名声时,又禁不住伤心地哭泣。

"我知道那是污蔑。"奈特说,"丹顿是个非常诚实的人、一个伟大的人,他怀有一颗更加伟大的心。"

"你说得对。"母亲哽咽道。

"今天,无论我走到哪里,人们都在谈论他慷慨的为人和崇高的思想。"

"跟我讲讲。"阿曼达说,"求你了,彼得,我需要听听人们对他的评价。"

奈特告诉她,迈克尔·蓝瑟对丹顿爵士的死感到痛心,他把这位金融家称作自己的良师益友,称他是伦敦奥运会的幕后思想家之一。

"就连詹姆斯·德林也对他赞不绝口。就是在电视上频频露面的那个大英博物馆的家伙,记得吗?"奈特继续道,"他说,要是没有丹顿对他的大力支持,他那个有关古代奥运会的最新展览根本就不可能同观众见面。他还说,他要在今天晚上的开幕式招待会上公开向丹顿表示感谢。"

电话另一头沉默了一会儿。阿曼达问道:"詹姆斯·德林这么说了?"

"是啊。"奈特回答说,希望母亲能够从中得到一丝慰藉。

没想到,阿曼达却大声叫道:"那么,他就是一个厚颜无耻的骗子!"

奈特大吃一惊,问道:"你说什么?"

"丹顿确实为德林的电视节目提供过一些启动资金。"阿曼达解释说,"但是,他绝对没有支持过他的什么最新展览。实际上,他们俩在这个展览的问题上还有过一次激烈的争吵,丹顿告诉过我,说那个展览是对现代奥运会的诋毁。"

"这话没错。"奈特说,"我也看到了这一点。"

"丹顿对此很生气。"母亲告诉他说,"因此,他拒绝向他提供任何资金支持,他们俩已经彻底闹翻了。"

奈特心里想,这可绝对不是德林对我表达的意思。于是,他问道:"那是什么时候的事情?"

"两三周之前吧。"阿曼达回答说,"就是我们刚刚从克里特岛回来之后,而且……"

她又一次开始抽泣:"克里特岛之行就是我们的蜜月之旅,彼得,只是我们当时还没有意识到。但是,我会永远把它作为我们的蜜月记在心里的。"

奈特静静地听着母亲痛苦的讲述,感同身受。过了一会儿,他又问道:"妈妈,有人同你在一起吗?"

"没有。"她低声回答道,"你能过来吗,彼得?"

奈特感到左右为难:"我非常想过去陪陪你,但是我那个保姆又走了,而且——"

她难以置信地问:"又走了一个?"

"半个小时之前,她当着我的面发了一通火,然后就一走了之了。"奈特抱怨说,"奥运会到了,我每天都必须为保证它的安全而工作,真不知道该如何是好。这个城市里的几乎所有保姆中介公司我都用过了,恐怕已经没有哪一家还愿意再派另一个保姆过来。"

电话那一头又出现了长时间的沉默,奈特不安地问道:"妈妈,你还在吗?"

"我在。"阿曼达回答说。自从听到丹顿爵士的噩耗以来,她的声音还从来没有这么平静过,"我来想想办法吧。"

"这怎么行。"他不同意,"你现在还没有——"

"这可以让我有一些工作以外的事情做一做。"她坚持说,"彼得,我需要做一些不是我个人或者公司的事情,要不然我恐怕会发疯的,要不发疯就会酗酒或者靠安眠药度日,我不想变成那样。"

第二十一章

与此同时,在大英博物馆二楼接待大厅的走廊里,詹姆斯·德林博士有关古代奥运会的新展览开幕了,为此而举办的招待会正在热烈地进行之中。博士心花怒放,神气十足地在来自伦敦上流社会和权力阶层的达官显贵中穿梭,为自己获得的巨大成功而沾沾自喜。

真是个不错的夜晚,不,是一个棒极了的夜晚!

确实,前来参加展览开幕式的评论家们都对这位博物馆馆长赞不绝口,称这个展览勇敢而令人信服地重新诠释了古代奥运会的宗旨,并以此为鉴对现代奥运会做出了客观的评价。

而更让这位馆长感到高兴的是,好几位赞助商当场表示希望赞助这个展览和购买他的电视专题节目《历史的秘密》的广告时段。

这时,德林心中想起了丹顿爵士,他尖酸刻薄地对自己说:那个一命呜呼的混蛋懂得什么?他什么都不懂。

他深切地感受到了战胜马歇尔的喜悦,这件事他不仅干得很漂亮,而且远远超出了预期的效果。德林走到吧台前,又要了一杯伏特加马提尼,他要再次庆祝展览获得成功,更要庆祝他即将获得的额外奖赏。

更多、更多的奖赏。

接过招待递给他的鸡尾酒之后,德林又见到了他博物馆的另一个主要赞助人,不无同情地同他聊了聊丹顿爵士被害的惊人消息,然后便决定把招待会的事情撇到一边去。

她在哪儿?

德林用目光在人群中四处搜寻,很快便找到了那个小猫一样可爱的女人。她那一头姜黄色的头发披在袒露的雪白肩头上,在一套迷人灰色晚礼服的衬托下,那双祖母绿的眼睛简直让人痴狂。德林特别偏好绿眼睛、黄头发的女人。

馆长看着她想：这个女人确实在许多地方很像我的妹妹，比如她现在的那个模样——聊到开心处便略微歪着脑袋"咯咯"地笑。她手里拿着一个高脚香槟酒杯，正同一个比他年纪大得多的男人打情骂俏。这个人看上去很面熟。他是谁？

德林想了想：管他呢，这无所谓。他又把目光回到了佩特拉的身上。这姑娘，真是俊俏而放荡，还多少有些怪异。馆长感觉全身突然燥热起来。看看她对付那个男人的手法——显然是精心设计的动作却表现得自然而顺畅。俊俏、放荡、怪异。

佩特拉仿佛听见了他的心声。

她一边继续讲话一边转过头来，眼光穿过人群落到德林的脸上，向他送来一个饥渴而赞许的眼神。他禁不住颤抖了一下，预感到巨大的欢乐即将降临。佩特拉的眼光继续在他身上游走了一会儿，然后她眨眨眼睛，把注意力又放回到那个男人的身上。她把一只手放到他的胸脯上，再次发出欢快的笑声，然后转身离开了。

佩特拉侧身向他走来，但是眼睛却看着别处。她向招待要了另一杯酒，向后退到甜点桌前，表现出一副对焦糖布丁很感兴趣的样子。德林走上前，站到了她的身旁。

"那个人喝醉了，打出租车回家了。"佩特拉略带东欧口音地低声说，接着拿起餐钳在一盘猕猴桃里挑选起来，"我想，你我是不是可以离开了？你说呢，亲爱的？"

他看了她一眼，心想：一个绿眼睛的怪物！这位电视明星已经激动得满脸通红，他对她耳语道："当然该走了。我们这就向客人们告别，然后离开。"

"不能一起走，傻瓜。"佩特拉从果盘中夹起两片猕猴桃放到自己的盘子里，"我们可不想弄得尽人皆知，对吧？"

"不、不，当然不能。"德林低声附和着，出轨和欺骗的感觉让他感到兴奋，"我在下面的大街上等你，就在布鲁姆斯伯里广场边上。"

第二十二章

当晚9点钟刚过，也就在凯伦·波普的文章刚刚出现在《太阳报》网站上之后，伦敦广播电台就转播了这篇报道。他们不仅详细地介绍了"克罗诺斯"的希腊神话渊源，还反复地播放了那首阴森的笛子曲。

10点，奈特给两个双胞胎孩子读完了故事，再次为卢克换上了干净的纸尿裤，并给两人掖好了被子。而到这个时候，伦敦广播电台已经把整个事件闹得沸沸扬扬：他们不仅报道了凶手对丹顿爵士以及对奥运会选址工作的指控，而且公开了基尔德临终前的供述，说这一切都是他个人的阴谋。

奈特花了整整一个小时打扫房间，用吸尘器把满屋的爽身粉吸干净。11点整，他为自己倒了一杯啤酒和威士忌，多吃了几片止痛药，然后精疲力竭地爬上了床。就在这个时候，杰克打来了电话，马斯科罗的死让他心烦意乱，他要奈特把埃尔德维奇一号酒店发生枪战的情况详细向他报告一遍。

"他是个无所畏惧的特工。"奈特说，"立刻向枪手追了过去。"

"乔·马斯科罗一向英勇善战。"杰克伤心地说，"他原来是布鲁克林警察局最棒的探员之一。后来我把他挖过来，负责纽约地区的保安业务。两天前他才刚刚到达这里。"

"这太残酷了。"奈特说。

"是啊，看来情况还会进一步恶化。"杰克道，"我还必须打电话通知他的妻子。"

杰克挂上电话以后，奈特才突然想起他没有告诉自己的老板失去保姆的事情。他想了想，决定还是不告诉他为好，这个美国佬要操心的事情已经够多的了。

他打开电视，发现各个无线和有线电视台的晚间新闻都充斥着有关马歇尔和基尔德被谋杀的消息,事态已经扩大,各种耸人听闻的报道不绝于耳。有的认为这是两桩神秘的凶杀案,背后潜藏着一个巨大的丑闻;有的爆料奥运会的选址工作存在暗箱操作,指控其真实内幕极其复杂;有的则惊叹在奥运会即将开幕之际,伦敦乃至整个大不列颠及北爱尔兰联合王国都蒙受了巨大的耻辱。

尽管基尔德临死前把罪责揽到了他一个人的身上,但是据报道,"克罗诺斯"对奥运会腐败堕落的指控尤其让法国人怒不可遏。

奈特关掉电视机,默默地坐在床上。他拿起装着威士忌的酒杯,深深地喝了一口,然后扭头注视着梳妆台上那张相框里的照片。

照片上,他已故的妻子凯特侧身站在苏格兰高地的一片沼泽前,身体映照在6月的夕阳余晖中。她虽然已经身怀六甲,却依然那么漂亮迷人。她正扭头向镜头方向张望,她的目光仿佛正穿透相纸落在他的身上,目光中洋溢着无限的欢乐和爱情。然而,这一切在差不多三年前却突然都被残酷地夺走了。

"又是痛苦的一天哪,我的凯蒂姑娘。"奈特轻轻地向她倾述道,"真是狼狈不堪:有人想破坏奥运会;我妈妈的精神也垮了;孩子们又气走了一个保姆……我想念你,比任何时候都想念你。"

他发现自己的头和胸膛中再次出现了那种熟悉的沉坠感觉,使他心中的忧郁情绪变得更为凝重。他有意让自己再次体会这种心情——在一两分钟的时间里完全沉溺其中——然后,像往常在深夜里独自怀念完凯特一样离开床站起身来。

他拿起毯子和枕头,拖着沉重的双腿向育儿室走去。他在坐卧两用长椅上躺下来,静静地注视着婴儿床、闻着孩子们的气息,渐渐地终于在孩子们温柔的呼吸声中睡着了。

第二十三章

2012年7月27日，星期五

早上7点，止痛药的药效已经消失，奈特又开始感到左侧身体阵阵疼痛。他仍然躺在双胞胎育儿室的坐卧两用长椅上，接着就听到了婴儿床发出的"吱吱"声响和孩子翻动身体的声音。他抬头望去，看见伊莎贝尔宁静地俯卧在床上，仍然闭着眼睛，而卢克的床正在轻微地晃动。

他儿子正双膝跪在床上，胸部和头趴在枕头上，嘴里吮吸着自己的大拇指，身体不停地来回晃动。但是，他仍然在睡梦中。奈特坐起身来看着他。过去两年以来，卢克每天早上醒来之前总会做出这样一个奇怪的动作。

过了一会儿，奈特轻轻地溜出育儿室，心里仍在想着儿子摇晃身体是不是跟快速眼动睡眠有什么关系，是他的睡眠受到了打扰还是他患有呼吸暂停症？这是否正是卢克如此粗野而贝拉如此温顺的原因？他的说话能力滞后、始终不会上厕所，而他姐姐却比正常孩子早几个月就学会了这一切，这是否就是症结所在？还有，这是不是造成卢克喜欢咬人的根源？

奈特无法得出合理的解释。他一边洗澡、刮胡子，一边听着收音机。新闻报道说，由于丹顿爵士被谋杀和"克罗诺斯"发出的威胁，伦敦奥运会负责安全事务的委员迈克尔·蓝瑟、苏格兰场的代表和英国军情五处已经联合发出了命令，大幅度加强奥运会开幕式的安全保卫工作，同时告诫那些有幸获得开幕式入场券的观众于当日下午提前前往奥林匹克公园，以避免晚上各安检口过于拥堵，不能按时入场。

新闻中还说，国际私人侦探公司已经受雇参与加强现场的安保工作。于是，奈特给杰克拨了个电话，可是没人接听。但是奈特心里很明白，他这位美国老板很快就会需要他的。

现在必须马上解决孩子们的问题，虽然母亲表示会为他想想办法，但是眼下他就立刻需要一个保姆。他打开抽屉,拿出那个既熟悉又让他窝心的文件夹,打开来重新审视了一遍伦敦保姆中介公司的名单,然后拨通了其中的一个电话。这就是那家为他提供南希以及前一个保姆的中介服务公司。接电话的女士听完他的讲述后,便开始嘲笑他。

"又要一个新保姆?"她讥讽道,"而且现在就要?不可能。"

"为什么?"他质问道。

"因为你那两个孩子已经是声名狼藉了。再说,今天晚上奥运会就要开幕,我手里的每一个保姆早就被雇出去了,至少在未来两周内一个都回不来。"

奈特又给其他三家中介公司打了电话,得到的都是同样的答复,让他感到很绝望。他深爱自己的孩子,但是他也发誓要抓到杀害丹顿爵士的凶手,而且伦敦奥组委已经要求国际私人侦探公司同伦敦警方共同加强奥运会的安全保卫。公司需要他,奥运会需要他,他现在就必须去工作!

他顾不上生气,现在只能寄希望于母亲,但愿她的运气好,已经找到了保姆。于是,他开始做一些在家里能做的工作。他想起了自己从赛琳娜·法雷尔的发夹上收集到的头发样本,立刻给快递公司打了个电话,让他们派人来把这个证据送到国际私人侦探公司伦敦分公司的"流氓"手里。

接下来,他开始思考德林和法雷尔两人的关系,他必须对他们进行更加深入的了解,尤其是他们俩认识的时间。德林不是说过那是在巴尔干地区吗?法雷尔手持步枪拍下那张照片的地点会不会也是巴尔干呢?肯定是的。

然而,当奈特到因特网上查找法雷尔的时候,却看到了她发表的学术论著以及8年前她反对修建伦敦奥林匹克公园的事情。

"修建奥林匹克公园的决定是完全错误的。"法雷尔在《泰晤士报》上发表的一篇文章中声称,"奥林匹克运动会已经成为捣毁社区、夺走人们住所和饭碗的工具。我祈祷有一天,做出这个卑鄙决定的幕后之人将为他们对我和我的邻居们所做出的一切付出代价。"

奈特立刻感到了不安:付出代价,教授?付出什么样的代价呢?

第二十四章

几乎24小时前,那首笛子乐曲引发了赛琳娜·法雷尔剧烈的偏头痛和难以抑制的恶心感觉,直到现在她躺在窗帘紧闭的卧室床上时,那曲子依然像赶不走的阴魂一样萦绕在她的心中。

这一切怎么可能发生了呢?那个奈特和波普又会怎么看待她呢?教授惊慌失措地不辞而别,甚至没有给他们一个像样的理由,这样的事情不得不让人怀疑。一旦他们开始刨根问底,她又该如何是好呢?

自从上午逃离自己的办公室,躲进位于沃平区自己整洁的小公寓房里以来,她始终感到喉咙里灼热难耐,于是又不得不再次用力吞咽了一下,以缓解嗓子眼里干热想吐的感觉。其实,她不仅已经这样不停地干咽了无数次,整个下午还不停地喝水,而且还吃下了一大把抗酸药,但是效果却微乎其微。

她从孩提时代起就患有偏头痛。然而,虽然处方药能够遏止偏头痛带来的烦恼,但是却又往往会引起她后脑勺灼烧般的隐隐疼痛。

法雷尔努力控制住自己想用酒精缓解偏头痛的欲望,这不仅是因为她已经吃下了太多的药,再饮酒未免太不明智,而且因为每当她饮酒的时候,就会激发出潜藏在她内心深处的另一种截然不同的性格欲望。

她想,今天晚上我不能再去那个地方了。但是,很快那个坐在毛茸茸的粉红色沙发上、具有异域情调的女子形象又出现在她的脑海里。于是,她又立刻推翻了自己刚刚作出的决定。法雷尔下了床,走进厨房,打开冰箱拿出一瓶灰鹅牌伏特加酒。

很快,这位古希腊经典文学教授已经喝干了第二杯酒,后脑勺的疼痛随即也消失了,甚至连那首笛子曲带来的烦恼也已经烟消云散。实际上,那是一首用排笛吹奏出的曲子,这种排笛又被称为"西林克斯笛"或者"潘恩笛"①，由七根芦苇竿排列而成，是世界上最为古老的乐器之一。但是，由于这种乐曲吹起来声音怪异且带有急促的呼吸声，古希腊人认为它只适合丧葬的场合，因此禁止在古代奥运会上吹奏排笛曲。

"管他呢？"法雷尔嘟囔了一声，一仰脖子喝干了杯中的酒，"去他妈的奥运会！去他妈的丹顿爵士！去他妈的所有的一切！"

现在，法雷尔在伏特加的作用下已经变成了她性格中的另外那个人，她发誓只要能甩掉偏头痛，她就再也不在乎什么得与失、什么正义与非正义、什么压迫与反抗。现在是伦敦的星期五晚上，她要去她想去的地方，去见她想见的人。

潘恩与西林克斯

教授感到全身热血喷涌，继而饥饿难耐，于是她大步穿过走廊，回到了卧室里。她打开衣橱的门，拉开了其中一个挂衣袋的拉链。

衣袋中是一条黑色A字形紧臀裙，右侧高开口，极富挑逗性。另有一件栗色无袖缎子衬衫，裸露型设计，十分性感。

---

①西林克斯和潘恩是希腊神话故事中的人物。人头羊身的潘恩神爱上了河神的女儿西林克斯，而西林克斯却不爱他。为躲避潘恩的纠缠，西林克斯逃到河边，在父亲河神的帮助下变成了一丛芦苇。潘恩追到河边，已没有了心爱姑娘的身影，只见一丛芦苇在河风中摇曳。于是，悲痛的潘恩砍下芦苇做成排笛(亦称排箫)，吹起忧伤的曲子，以表达思念之情。

第二十五章

星期五下午5点，奈特正在自家的厨房里为双胞胎儿女准备晚饭，他已经认定自己不可能亲自到现场观看伦敦奥运会的开幕式了。

奈特感觉自己的精力似乎已经耗尽。从一大早卢克醒来大喊大叫开始，照顾两个孩子就忙得他团团转，不仅如此，保姆的问题也一直困扰着他，而不能进一步开展对"克罗诺斯"一案的调查更是让他心急如焚。

中午，趁孩子们自己玩耍的时候，他给母亲打了个电话，询问母亲身体和精神的状况。

"我只睡了两个小时。"她告诉他说，"每当我昏昏欲睡的时候，丹顿就会出现在我的眼前，而当我兴高采烈地苏醒过来的时候，又发现只是一个梦，不得不再次面对令人心碎的现实。"

"上帝啊，这太可怕了，妈妈。"奈特回答说，心中不禁想起了双胞胎出生和凯特去世后的几个星期里自己遭遇的失眠和痛苦，在那许许多多的不眠之夜里，他总是感觉自己已经到了疯狂的边缘。

他换了一个话题，说："我忘记告诉你了，麦克·蓝瑟邀请我作为他的特邀嘉宾参加奥运会的开幕式，如果你能为我找到一个保姆，我们就可以一起去，坐在奥组委的专用包厢里。"

"我恐怕现在还无法面对人们怜悯的目光。再说，马歇尔的追悼会都还没有安排，我怎么能参加如此盛大的庆祝活动呢？"

"奥运会正是丹顿留给我们的遗赠之一。"奈特想说服母亲，"如果你能去参加开幕式，他会感到莫大的荣幸。而且，你离开一下那所房子对你也有好处，如果你能和我一起向人们证明丹顿的清白，对你也是有好处的。"

"我考虑一下吧。"

"另外，还有保姆的问题。没有保姆，我就不可能去侦破丹顿的谋杀案。"

"我可不是个无所事事的闲人,彼得!"阿曼达厉声道。说完,她直接挂断了电话。

下午3点左右的时候,他又趁孩子们午睡的空闲给杰克打了电话。国际私人侦探公司的这位老板通常都十分冷静而放松,但是今天奈特却可以从电话中明显地感受到杰克现在所承受的巨大压力。

"我们正千方百计找到一个保姆。"奈特告诉他说。

"很好。"杰克回答说,"因为我们非常需要你。"

"该死!"奈特挂上电话后愤愤地骂道。

下午5点30分,他家的门铃突然响了起来。奈特从安全窥视孔向外看去,却发现是自己的母亲。她穿着时髦的黑色宽松衬衣、长裤和黑色高跟鞋,戴着一串灰色的珍珠项链和耳坠,脸上戴着的一副墨镜遮住了红肿的眼睛。他打开了门。

"今晚的保姆我已经安排好了。"阿曼达说完这句话,便侧身站到了一旁,满脸不快的加里·博斯出现在奈特的面前。他穿着骑自行车的人常穿的卡其布短裤,多色菱形花纹的长袜和皮便鞋,戴着一条红白色螺旋条纹的领带,就像理发店外的旋转立柱一样。

母亲的这位私人助理凑到奈特身上闻了闻,好像他是个恶心物品的承办商,然后说:"你知道吗,我亲自给伦敦的每一家保姆中介公司打过电话,什么'保姆股份有限公司'、'富勒姆保姆公司'、'甜心与天使中介服务公司',等等等等。我得说,你那两个孩子名气不小啊,彼得。好吧,他们现在在哪儿?那两个小野人呢?我想,你得告诉我他们的作息时间。"

"他们在起居室里,正在看电视。"奈特回答说。等博斯进屋后,他看着母亲问道,"他能干得了吗?"

"我给他开出的每小时工资是他现在已经很高的工资的三倍。我相信他会应付下来的。"阿曼达一边说,一边摘下太阳镜,露出了那双又红又肿的眼睛。

奈特跑到楼上的卧室里,迅速地换好了衣服。等他走下楼来的时候,发现双胞胎一起躲在沙发后面,两双警惕的小眼睛紧紧地盯着博斯,而他母亲却不见人影。

"公主殿下在车里。"博斯对他道,"正等着你呢。"

"我拉了,爸爸。"卢克用手拍着包着纸尿裤的小屁股。

他怎么就不会上厕所呢?

"好了。"他对博斯说,"他们的晚饭放在冰箱里的塑料饭盒里,热一热就可以吃了。卢克饭后可以吃一点冰激凌,但是贝拉过敏,只能给她吃全麦饼干。晚上9点上床睡觉,睡觉前要洗澡。我估计,半夜12点我们就能回来了。"

奈特走到孩子们身边,一一吻过他们,然后对他们说道:"现在,你们得当心博斯先生,今天晚上他当你们的保姆。"

"我拉了,爸爸。"卢克再次抱怨道。

"对了。"奈特转过身对博斯说道,"卢克又拉在纸尿裤里了,你得马上给他换一条新的,要不然再过一会儿你就只能为他洗澡了。"

博斯更加愁眉苦脸地回答说:"换尿裤?你要我去换?"

"现在你是保姆。"奈特说,忍住笑走出了家门。

第二十六章

奈特和母亲急匆匆地向圣潘克拉斯火车站赶去，从那里坐高铁到斯特拉福德，最后抵达奥林匹克公园。与此同时，赛琳娜·法雷尔教授正为自己性感的打扮感到洋洋得意，真他妈谢天谢地！

伦敦索霍区正渐渐被夜幕所笼罩，空气闷热而潮湿。法雷尔教授仗着酒兴，妖艳地出现在大街上。她沿着托特纳姆法院路向西走到卡莱尔街，一路上情不自禁地欣赏着路边商店玻璃橱窗里自己的身影，人行道上的男男女女无不瞪大了眼睛，身不由己地注视着她从他们身边款款走过：撩人的裙子像皮肤似的紧贴在身上，屁股挑逗地左右摇晃；无袖衬衣下，一双大乳急切地上蹿下跳。

她的脸浓妆艳抹，极具诱惑力；戴上隐形眼镜的瞳孔呈现出迷人的天蓝色；头巾早已不见踪影，一头染得乌黑的头发垂下脸颊，更加衬托出那张漂亮的脸蛋，也更显出右脸颊上下巴线上那颗小小美人痣的魅力。要是没有这颗美人痣的存在，就连她的研究助理也不可能认出她来。

法雷尔非常喜欢自己现在的这种感觉：隐姓埋名，妖冶性感，独自潜行。

现在的她已经同日常生活中的那个古希腊经典文学教授相去十万八千里，完完全全变成了另外一个人。这种脱胎换骨的感觉再一次让教授热血沸腾，让她充满了活力，让她感觉到自己不可抗拒的诱惑力和勾魂摄魄的能力。

走进卡莱尔街，法雷尔来到了4号门牌前，推门而入。"糖果酒吧"是伦敦资格最老、规模最大的女同性恋夜总会之一，也是法雷尔需要发泄时最喜欢光顾的地方。

教授径直向一楼的长形吧台走去，吧台附近许多美貌女子来来往往。不远处的椅子上坐着一个身材娇小但却不失其独特魅力的女人，她

手里拿着一杯莫吉托鸡尾酒。看到法雷尔走来,她向她送去一个会心的微笑,开口道:"圣詹姆斯妖女!"

"内尔。"法雷尔走上前,在她的脸颊上给了亲热的一吻。

内尔把手放到法雷尔的手臂上,上下打量着她一身的行头:"天哪、天哪,妖女!看看你这身打扮,比任何时候都光彩照人,真是秀色可餐哪。最近你都干什么去了?我差不多有一个月没有看到你了。"

"前几天我来过一次。"法雷尔回答说,"在那以前,我在巴黎。忙我的工作,一个新项目。"

"你这个幸运的家伙。"内尔说着,脸上露出饥渴的表情。她说:"你看,我们随时可以离开,然后……"

"今晚不行,亲爱的。"法雷尔温柔地说,"我已经有安排了。"

"太遗憾了。"内尔抽了抽鼻子说,"你的'安排'来了吗?"

"还没有来得及看呢。"法雷尔回答说。

"她叫什么名字?"

"这可是个秘密。"

"那好吧。"内尔有些不高兴了,"如果你的那个'秘密'不现身,就回来找我。"

法雷尔给内尔送去一个飞吻,继续向酒吧深处走去,在从地下室传来的阵阵激越舞曲的烘托下,心中的急切期待进一步加剧,她感觉到自己已经变得疯狂。她环顾了一遍这里每个阴暗的角落,然后走上楼梯。二楼中央摆放着一张粉红色的台球桌,许多女人聚集在它的四周。她用眼睛急匆匆地搜寻了一番——运气不好。

法雷尔掉头走下楼梯,然后继续向地下室走去,心里不无懊恼地以为自己被女伴抛弃了。地下室里,一个名叫V. J."恶魔"的唱片骑士正不断地搓碟,重复着一首迪斯科舞曲中铿锵的音节,一个女同性恋者正跟随着音乐跳着钢管舞。沿墙边摆放着一圈粉红色的沙发,把脱衣舞娘围在中间。

终于,在地下室远处的一个角落里,教授发现她的猎物正坐在一个沙发上,手里端着一杯香槟。她乌黑的头发一丝不苟地向后梳去,身上穿着高雅的黑色鸡尾酒会晚礼服,头戴小圆帽;小圆帽上覆盖着一帘黑色的花边面纱,模糊了她的容貌,但是她略显灰暗的皮肤和红宝石色的嘴唇却清晰可见。

"你好,玛塔。"法雷尔打了个招呼,在她旁边的一张椅子上坐下来。

玛塔把目光从脱衣舞女身上收回来,微笑着用温柔的东欧口音回答说:"我相信在这里一定能见到你,我的好姐妹。"

教授闻到了玛塔身上迷人的香水味,开始兴奋起来:"我怎么能不来呢?"

玛塔伸出涂着红宝石色指甲油的手抚摸着法雷尔的手:"是啊,你必须来。我们的游戏现在可以开始了吗?"

第二十七章

当天晚上7点，全世界的目光都聚焦在伦敦崭新的奥林匹克公园里，而这里原来只是伦敦东区一片面积接近4 000亩的破败码头区。奥林匹克公园包括一个有8万个座位的"伦敦碗"大型露天体育场，一个热闹的运动员村，以及其他各种漂亮而现代化的比赛场馆，如自行车场馆、篮球馆、手球馆、游泳馆和跳水馆。

这些场馆形态各异、美妙绝伦，但是媒体却选择了英国著名雕塑家安尼什·卡普尔设计的安赛乐米塔尔轨道塔作为这座公园乃至整个伦敦奥运会的标志性建筑。整个轨道塔高高地屹立在体育场的东侧，塔高115米，不仅超过了大本钟的高度也超过了纽约自由女神像的高度。塔身通体呈铁锈红，巨大而中空的钢质轨道呈螺旋状扭曲并相互缠绕，让奈特觉得颇似一个疯狂的DNA螺旋。在轨道塔上部，建有一个圆形的观景平台和餐厅，而在其上方还高高地伸出另一个"DNA螺旋"，形成一个巨大的拱形。

奈特现在所在的位置位于主体育场西侧的高处，这里是专门为伦敦奥组委成员们修建的豪华接待室，建在看台上方一个凸起的平台之上。他正站在接待室的一扇窗户前，手拿望远镜欣赏着远处巨大的奥林匹克火炬，它高高地矗立在安赛乐米塔尔轨道塔观景平台的屋顶上，奈特想象着今晚的点火仪式会是什么样子。这时，身边的电视机里播出的一则新闻吸引了他的注意，一名英国广播公司的主持人说，据估计全世界将会有40亿人观看当晚奥运会开幕式的实况转播。

"彼得？"杰克·摩根从他身后说，"有人想同你谈谈。"

奈特放下望远镜转过身来，发现伦敦奥组委主席马库斯·莫里斯正站在自己老板的身边。莫里斯曾在上届英国政府中担任体育部长，是一个颇受人们喜爱的人物。

"马库斯。"莫里斯一边自我介绍一边同奈特握了握手。

"不胜荣幸。"奈特说。

莫里斯说:"我想亲耳听到你告诉我,理查德·基尔德临终前对丹顿·马歇尔爵士的事情到底说了些什么。"

奈特把基尔德对他的供述告诉了莫里斯,最后说:"这个货币欺诈案同奥运会根本没有关系,而是基尔德个人的贪婪行为。我会为此作证的。"

莫里斯再次握了握奈特的手,然后说:"谢谢你。我一直希望伦敦奥运会不要发生任何舞弊行为。当然,这并不能丝毫减轻失去丹顿给我们带来的巨大悲痛。这无疑是一个悲剧。"

"是啊,对许多人来说都是一个悲剧。"

"你母亲看来挺住了。"

确实如此。当他们来到这里以后,许多人都向阿曼达表达了真诚的同情和慰问,现在她就站在他们身后的人群中。

"她是个非常坚强的人。当她听说那个疯子'克罗诺斯'企图诬陷丹顿的时候,她立刻变得火冒三丈。真是糟糕透了。"

"是啊,我能理解她当时的心情。"莫里斯脸上第一次露出了微笑,接着道:"对不起,现在我得去准备我的致辞了。"

"你还要操心整个奥运会开幕式的事情。"杰克补充说。

"那当然。"莫里斯说完,转身离开了。

杰克走到窗前,向下看了看已经座无虚席的看台,然后抬起头扫视着体育场的屋顶。

奈特见状,走到杰克身边对他说道:"看来安保工作做得非常好,杰克。阿曼达和我在斯特拉福德花了一个多小时才通过了安检;由全副武装的廓尔喀[①]人把守的路障随处可见。"

[①]廓尔喀原是尼泊尔中西部地区的一个小村,后发展为廓尔喀王国并征服了整个尼泊尔,于是人们把尼泊尔人通称为廓尔喀人。早在19世纪初,英国东印度公司就开始招募廓尔喀人维持殖民统治,后被英国政府正式征召加入驻印英军,并逐渐演变为英军的一支常备部队。廓尔喀人英勇善战的形象主要来自这支部队。至今,英军中仍然保留着一个总数约3 700人的廓尔喀佣兵旅。廓尔喀士兵的标志性武器是廓尔喀弯刀,号称"世界十大名刀之一"。

廓尔喀弯刀

"廓尔喀人是世界上最勇猛无畏的战士。"杰克点点头说。

"你需要我做什么事情吗?"

"我们干得很好,"杰克回答说,"你就好好地欣赏开幕式吧。这是你应得的。"

奈特环顾四周,问道:"呃,蓝瑟到哪儿去了?这可怜的家伙该不会错过自己辛辛苦苦筹备的这个盛会吧。"

杰克眨一眨眼睛,回答说:"这是一个秘密。麦克说了,再次对你表示感谢。另外,你是不是应该把我介绍给你的母亲,让我有机会向她表示哀悼?"

这时,奈特口袋里的手机突然响了起来。他急忙道:"当然应该。请稍等一下,杰克。"

他掏出手机一看,是"流氓"打来的。他刚一开口,整个体育场的灯光正好开始暗淡下来,数万观众顿时爆发出雷鸣般的欢呼声。

"我在体育场里,"奈特大叫道,"开幕式刚刚开始。"

"对不起,打搅了。不过,总得有人工作,对吗?""流氓"回答说,"你今天早上送过来的头发样本已经有检测结果了,是……"

"是什么?请重复一遍。"奈特吼道,同时用另一只手的手指堵住了另一只耳朵。

"我说的是'克罗诺斯'信封上的头发和赛琳娜·法雷尔的头发,""流氓"大声重复道,"它们来自同一个人!"

第二十八章

"我们总算逮着'克罗诺斯'了!"奈特挂断电话后低声道。这时,一束强大的探照灯光穿过黑暗的夜空,照射在体育场中心一个蜷伏着的人体身上。

"你说什么?"杰克不无惊讶地问道。

"或者是'克罗诺斯'的'复仇三女神'之一,反正是他们四人之一。"奈特回答。他把两处得来的头发的检验结果告诉了杰克,"为了修建这个体育场,法雷尔的房子被铲平了。她公开说过:做出这个决定的人必须为此付出代价,而且当我们把那首排笛曲放给她听的时候,她当场就吓得魂飞魄散。"

"那么,马上给波特斯菲尔德打电话吧,"杰克建议说,"让她立刻到法雷尔的住所去,把她监视起来,等逮捕令一到手就拘捕她。"

在窗外下面的运动场上,一首优美的单簧管独奏曲响起,奈特用眼睛的余光看到蜷伏在场地中央的人站了起来。他穿着一身绿色的衣服,手里拿着一张弓,斜挎在背上的箭筒里装满了箭。那是"罗宾汉"吗?

"如果法雷尔此时就在这个体育场里呢?"奈特问,心中突然感到了忧虑。

"这里应该可以查到每一个观众的名字。"杰克说着,转身离开窗前向接待室的门口走去,奈特紧随其后。

在他们身后,观众又爆发出一阵热烈的欢呼声,奈特知道由英国著名电影导演和制作人丹尼·博伊尔设计的展现伦敦丰富历史的歌舞表演开始了。在戒备森严的接待室外的走廊里,他仍然能够清晰地听到鼓乐齐鸣的声音。他用快速拨号拨了伊莱恩·波特斯菲尔德的电话,铃响三声后她接了电话。他告诉她DNA检测证明赛琳娜的头发同"克罗诺斯"信封上的头发来自同一个人。

与此同时,他听到站在身边的杰克正用手机把同样的信息告诉奥林匹克公园内的安保负责人。

"你是怎么得到法雷尔的DNA的?"波特斯菲尔德质问道。

"说来话长,"奈特回答说,"我们现在正在奥林匹克体育场里查找她是否在这里。我建议,你同时到她的家里去找。"

他和杰克几乎同时挂断了电话。奈特回头看了看负责守卫伦敦奥组委接待室的四名国际私人侦探公司的武装特工。

杰克看出了他的心思,对他说道:"没人能够偷偷溜进去的。"

奈特正要点头表示同意,却突然想起了基尔德和乔·马斯科罗,于是说:"我们不能只考虑伦敦奥组委成员的安全问题,他们不是唯一的目标,基尔德就是证明。"

杰克点头表示赞同:"我们确实不能忽视这个问题。"

两人一同走进体育场的看台,正好看到"玛丽·波平斯阿姨"[①]从安赛乐米塔尔轨道塔的顶端飘然而至,手里高高地举着那把标志性的雨伞。她飘过体育场的屋顶,又飘过兴奋不已的观众的头顶,向悄然间出现在运动场上的一个伦敦塔模型飘去。最后,她在伦敦塔附近着陆,紧接着便消失在一阵烟雾中。这时,红色和白色的光柱开始在空中闪烁,铜鼓声齐鸣,象征着第二次世界大战中纳粹对伦敦的闪电式空袭。

待"硝烟"散去时,数百名身穿各色艳丽服装的表演者开始在伦敦塔周围翩翩起舞。奈特想起有人对他说起过这个表演,它所表现的是现代伦敦的繁荣和生活在这个世界最大都市中的不同肤色、不同文化的人。

但是,奈特并没有被这个热闹的场面所吸引,而是极力揣摩着一个疯狂的女人在眼前的环境中究竟可能干出什么样的疯狂事情。他的眼睛不停地在整个体育场里警惕地搜索,最后把目光落到了体育场西面的一个出入口通道上。

[①]澳大利亚作家P. L. 特拉弗斯所著《随风飘来的玛丽·波平斯阿姨》童话故事中的主人公。该作品1934年出版,作品中的玛丽·波平斯阿姨貌似一个普普通通的英国女人:瘦高的身材、不苟言笑的黑眼睛、红扑扑的脸颊和一个玩偶似的翘鼻子,手里总是拿着一把鹦鹉头的雨伞和一个用毯子缝成的手提袋。但是,这个貌不惊人的阿姨却是一个魔力无边的超人,不仅能从她那个空空的手提袋里变出肥皂、牙刷、香水等东西,还能御风而行,来无影、去无踪。她是个既平常又超常,既严厉又善良,深受读者喜爱的童话形象。

"那个通道通向哪里?"他问杰克。

"通向练习场,"杰克回答说,"各国的代表团正在那里列队,等候入场式开始。"

出于某种奈特自己也无法解释的原因,这个通道引起了他的注意。他对杰克说:"我想过去看看。"

"我同你一起去。"杰克说。两人穿过看台向那个通道口走去的时候,场内的灯光又开始暗淡下来,仅留下一根聚光灯的光柱照射在"罗宾汉"的身上,而这时的他已经高高地站在了体育场南端看台的上方。

"罗宾汉"举起一只手指向高高矗立在体育场屋顶外的安赛乐米塔尔轨道塔的顶端,在观景台的上方,聚光灯照亮了两名女王卫队士兵的身影。他们全副武装,迈着正步从体育场屋顶的两侧相向而行,一步步向主火炬走去。来到主火炬前,两名士兵分别在主火炬左右两侧停下脚步,然后转身面向场内,以标准的立正姿势站立在那里。聚光灯下,他们身上的红色束腰制服和黑色的熊皮帽清晰可见。

接着,另外两名女王卫队士兵出现在主看台两侧,音乐声戛然而止,主持人用英语和法语庄重宣布说:"女士们、先生们:伊丽莎白女王陛下及王室成员驾到。"

安赛乐米塔尔轨道塔

第二十九章

主看台上灯光亮起,身穿蓝色服装的英国女王出现在看台上,微笑着向观众们挥手致意。女王走向一个麦克风,查尔斯王子、威廉王子、凯特和温莎王室的其他成员簇拥着她向前走去。奈特和杰克情不自禁地放慢了脚步,静静地聆听女王发表的简短祝词,女王还对世界各地的青年来到伦敦表示了欢迎。女王的祝词一结束,他们俩便继续向那个通道口走去。

当其他政府官员开始发表讲话的时候,奈特和杰克已经来到了这个隧道入口之上的看台上。他们向守卫出示了国际私人侦探公司的徽章,走到通道口上面的栏杆旁。在他们下面,两队全副武装的尼泊尔廓尔喀士兵守卫在隧道入口的两侧,其中几个立刻开始警惕地打量奈特和杰克,迅速地评估着他们的危险性。

"看看这些守卫,我可不想招惹他们中的任何一个人。"杰克正说着,阿富汗国家代表队开始出现在通道口,入场式就要开始了。

"是啊,这可是世界上最骁勇善战的士兵。"奈特一边回答,一边不由自主地盯着几个廓尔喀士兵们的腰间看——他们的皮带上都挂着廓尔喀的传统大弯刀,一种长长的、插在漂亮刀鞘中的锐利武器。

丹顿爵士的头就是被一种长形弯刀割掉的,不是吗?

他正准备把这个情况告诉杰克,却听见伦敦奥组委主席马库斯·莫里斯的讲话即将结束,他大声宣布道:"我们热烈欢迎世界各地的青年来到地球上最伟大的城市——伦敦!"

在体育场南面的看台上,英国著名的"谁人"摇滚乐队①开始演奏他们

---

①英国著名摇滚乐队,1964年成立于伦敦。在20世纪60年代的英国摇滚乐新时代中,曾经涌现出了一批极具影响力的摇滚乐队,如"甲壳虫"乐队和"滚石"乐队,但是最有个性,也最富有争议的乐队则是"谁人"乐队。"谁人"乐队以反叛的硬摇滚赢得了观众,他们把布鲁斯音乐和摇滚乐相结合,崇尚力量、极端主义和反对一切。

的名曲《孩子们都很好》,以阿富汗代表队为首的各国运动员开始走进体育场。

"谁人"乐队的演奏一结束,米克·贾格尔[①]和"滚石"乐队[②]又来到了舞台上,基斯·理查兹[③]拨动手中的吉他开始演奏他们的经典曲目《你听不见我敲门吗?》[④]如泣如诉的前奏曲,现场9万名观众群情激动,欢呼声一浪高过一浪。

成千上万部照相机发出密密麻麻的闪光,整个伦敦都开始为奥运会而疯狂。

在杰克和奈特下方,喀麦隆代表队走进了体育场。

"哪一位是蒙达荷啊?"杰克问奈特,"他是喀麦隆人,对吗?"

"是的,没错。"奈特回答说,两眼在身穿绿色和鲜黄色服装的喀麦隆代表队中四处搜索,终于发现了一个身材高大而体格强健的男运动员,他的头发上装饰着珠子和贝壳,满脸露出自信的笑容,"在那儿。"

"他真的认为他能战胜齐克·肖吗?"

"他对此非常自信。"奈特告诉他说。

就在伦敦奥运会开幕前七个月,名不见经传的喀麦隆选手菲拉特里·蒙达荷出现在柏林举行的一次国际田径比赛中,出人意料地夺走了全部

[①] 英国著名摇滚乐手,"滚石"乐队创始人之一,自1969年起担任乐队主唱至今。贾格尔出生于肯特郡的一个中产阶级家庭,1963年组建乐队之前在伦敦金融学院读书。虽出身富庶家庭,但他对社会下层青年对中产阶级的不满和愤恨十分熟悉,因此引导"滚石"乐队与中产阶级划清界限,将自己和乐队里其他中产阶级子弟塑造成为放荡不羁的粗俗形象,热衷于酗酒、吸毒和滥交。

[②] 1962年在英国成立,乐队成员:歌手米克·贾格尔、吉他手兼歌手基斯·理查兹、吉他手兼歌手布莱恩·琼斯、贝司手比尔·怀曼、钢琴手伊恩·斯图尔和鼓手查利·沃茨。"滚石"一名取自于前辈艺人马蒂·沃特斯的歌曲《滚石》。"滚石"乐队是音乐史上最杰出的乐队之一,流行乐史上最重要的乐队之一,摇滚史上最有影响的乐队之一,现场演出表现最棒的乐队之一,也是摇滚史上最成功和最长寿的乐队之一,至今仍活跃在世界乐坛上。"滚石"乐队以即兴节奏编配和狂野不羁的身体语言为特点,将乡村摇滚的粗犷风格融入其中。与同时代的另一支伟大乐队"甲壳虫"相比,"滚石"具有更强的攻击性和叛逆色彩——他们是天生的坏小子,狂放不羁,处处透着锐利狡黠的气息。

[③] "滚石"乐队创始人之一,吉他手兼歌手。

[④] "滚石"乐队1971年冠军专辑《粘手指》中的著名歌曲,由基斯·理查兹演奏的前奏曲尤其闻名遐迩。

男子短跑项目的金牌。蒙达荷身高腿长、肌肉健硕,同出类拔萃的牙买加短跑名将齐克·肖如出一辙。

虽然肖没有参加柏林的赛事,但是世界上其他跑得最快的男人都参加了。蒙达荷参加了三个短跑项目的比赛:男子100米、200米和400米,并且都以令人信服的优势赢得了金牌,这在类似大型国际运动会上还是史无前例的壮举。

蒙达荷突如其来的成就在全世界引起了轰动,人们纷纷猜测他在伦敦奥运会上将会取得何等辉煌的成绩。在1996年的亚特兰大奥运会上,美国人亨利·艾维一举夺得了男子200米和400米短跑的金牌,同时还创造了这两个项目的新的世界纪录。在2008年的北京奥运会上,齐克·肖赢得了100米和200米短跑的金牌,并同样刷新了这两个项目的世界纪录。但是,在此之前还没有任何一个男子或女子运动员在同一个运动会上同时夺得过所有三个短跑项目的金牌。

而这正是喀麦隆短跑新星菲拉特里·蒙达荷在伦敦奥运会上想要实现的目标。

据蒙达荷的教练们讲,蒙达荷还是一个孩子的时候就被喀麦隆反政府军绑架并成为一名"娃娃兵",后历经磨难才逃了出来。在喀麦隆东部的一次区域性运动会上,人们发现了这个极具短跑天赋的年轻人。

"你读过几天前报纸上的那篇文章吗?蒙达荷自己说,他的速度和体能是在枪林弹雨中逼出来的。"杰克问道。

"没有读过,"奈特回答说,"不过,我可以想象枪林弹雨对一个人是多么可怕的动力。"

"谁人"乐队和"滚石"乐队交替演奏,各自都拿出了他们最经典的曲目。20分钟后,美国代表队进入体育场,旗手是长着满脸络腮胡子的保罗·提特尔,杰克是在洛杉矶认识这位运动员的。

"保罗是加州大学洛杉矶分校的学生,"杰克介绍说,"掷铅球的好手,身体非常强壮。他还是一个非常善良的人,为城市青年组织干了不少工作。人们普遍认为他将在这里一鸣惊人。"

奈特的目光离开提特尔向后看去,立刻认出了紧随其后的那位女运动员,在过去一周里她身穿比基尼的照片多次出现在伦敦《泰晤士报》上。她的年龄不到40岁,但却是他见过的最健美的女人。她本人比照片看起来更漂亮。

"那是汉特·皮尔斯,对吗?"奈特问。

杰克点点头,脸上露出钦佩的表情。"她的故事简直就是一个传奇。"

两年前,皮尔斯的丈夫在一场车祸中丧生,留下她和三个不满10岁的孩子。她本人现在是圣地亚哥一所医院急诊室的医生,21岁时当过跳水运动员,还差一点入选参加1996年奥运会的美国代表队。后来,她放弃了体育事业,转向医学并结婚生子。

为了弥补丈夫去世后孤寂的生活,她又重新开始跳水,而这已经是她离开泳池后的第15个年头了。在孩子们的鼓励下,皮尔斯在36岁高龄时重返跳水赛场。18个月后,她的孩子们坐在看台上,亲眼目睹了自己的母亲在美国的伦敦奥运会资格选拔赛上技惊四座,一举拿下了女子10米跳台的冠军。

"真是个了不起的女人。"奈特看着微笑着向观众挥手致意的皮尔斯感叹道。在美国队之后,津巴布韦代表队走进了运动场。

最后入场的是主办国英国代表队,在北京奥运会上夺得两枚游泳金牌的23岁运动员奥德利·威廉姆森手举国旗走在队伍的最前面。

奈特把英国队中有望夺得金牌的各类运动员一一指给杰克看,如马拉松运动员玛丽·达克沃斯、18岁的女子短跑新秀米米·马歇尔、拳击运动员奥利弗·普赖斯,以及英国举重队的队员们。

紧接着,乐队奏起了英国国歌《天佑女王》,然后是奥运会会歌。运动员代表宣誓完毕之后,现场的数万名观众和运动员都期待着接下来的那个激动人心的时刻,无数急切的目光同时投向了奈特和杰克下方的通道口。

"不知道谁会是点燃火炬的人?"杰克问道。

"不仅你不知道,全英国的人也都不知道。"奈特回答说。

今年5月,奥运圣火乘船从希腊来到英国,随后被送到了现代奥运之父皮埃尔·德·顾拜旦的家乡什罗普郡的马奇温洛克小镇。1892年,顾拜旦第一个提出了恢复举办奥林匹克运动会的倡议。

从那里开始，奥运火炬先后在英格兰、威尔士和爱尔兰蜿蜒传递。随着圣火一站站的传递，各种猜测和流言也越来越多。

"赛艇运动员塞德里克·达德利爵士连续夺得过5届奥运会的金牌，胜算很大。"奈特对杰克说，"不过，也有人认为点燃主火炬的火炬手应该由西摩·彼得森-艾伦爵士担当，因为他是世界上第一个在4分钟内跑完一英里的运动员。"

就在这个时候，会场中响起了电影《烈火战车》的同名主题曲，两名英国运动员共同举着火炬从奈特和杰克下方的通道口跑进体育场，全场爆发出热烈的欢呼声。

他们是塞德里克爵士和……

"天哪，是蓝瑟！"奈特惊呼道。

麦克·蓝瑟满脸微笑，一边兴高采烈地向观众挥手致意，一边同塞德里克爵士一起沿着跑道向伦敦塔模型的旋转楼梯跑去，楼梯前一位全身穿着白色服装的人正站在那里等候他们的到来。

第三十章

这个时候,凯伦·波普正坐在《太阳报》新闻室的一台电视机前。这间办公室位于一幢现代化办公大楼的18层,就在泰晤士河北岸的托马斯·摩尔广场附近。她本想回家去好好睡上一觉,但是又舍不得放弃正在实况转播的伦敦奥运会开幕式。

在电视机的屏幕上,蓝瑟和达德利爵士正向站在伦敦塔模型陡峭旋转楼梯下端的白衣人跑去。看到现场观众脸上都洋溢着无比喜悦的笑容,波普历来玩世不恭的心态也随之消失,甚至感觉到自己的喉咙开始哽咽起来。

无论对伦敦还是对整个英国而言,眼下这个时刻都是无比激动人心的。

波普抬起头看了看她的编辑芬奇,这位脾气暴躁的老牌体育新闻编辑此时的眼睛里正闪动着激动的光芒。他看了她一眼,问道:"你知道那个人是谁,是吗?我是说最后点燃奥运火炬的那个人?"

"不知道,老板。"波普回答说。

"真他妈——"

"你是凯伦·波普吗?"一个男人的声音从她身后传来,打断了芬奇的诅咒。

波普转过身来,发现一个满身汗臭、衣着邋遢的自行车速递员正带着百无聊赖的眼神看着她。

"是啊,"她回答道,"我就是波普。"

速递员拿出一个信封递给她,信封上用不同颜色和字体的大写字母写着她的名字,看起来非常怪异。一见到这个特别的信封,波普立刻感到自己仿佛掉进了一个巨大的无底深渊。

第三十一章

当身穿白衣的最后那名火炬手开始沿着伦敦塔模型外的旋转楼梯向上攀登时,全场观众沸腾了,欢呼声、口哨声和跺脚声震耳欲聋。

奈特不觉皱起了眉头,抬头看看安赛乐米塔尔轨道塔的顶端和守卫在主火炬两侧的女王卫队士兵,禁不住琢磨着他们怎么才能把圣火从体育场上的伦敦塔模型的塔顶传送到体育场外的安赛乐米塔尔轨道塔的顶端?

最后那名火炬手已经爬到了伦敦塔的塔顶,他高高地把火炬举过头,场内立刻爆发出雷鸣般的掌声。但是,紧接着人们的欢呼声戛然而止,数万人张口结舌地瞪大了眼睛,把目光聚集在了体育场的上空。

"罗宾汉"张弓搭箭,从搭建在体育场南端的一个高台上一跃而起,在一根钢索的牵引下划过体育场上空,向伦敦塔模型上高举的奥林匹克火炬"飞"去。

就在"罗宾汉"从火炬旁插身而过的一刹那间,他把箭头伸进了火炬喷出的火焰之中,点燃了箭头。接着,他继续向前"飞行",而且越飞越高,同时展开双臂满满地拉开了手中的弓。

当"罗宾汉""飞"到几乎与安赛乐米塔尔轨道塔相同高度的时候,他略微调整一下身体,射出了火箭。火箭划出一道漂亮的弧形,越过体育场屋顶的上空,穿透黑夜,从两名女王卫队士兵中间、高出主火炬几寸的地方呼啸而过。

一股熊熊的火焰立刻从主火炬的顶端燃起,体育场内再一次爆发出雷鸣般的欢呼声。紧接着,扩音器里传来国际奥委会主席雅克·罗格洪亮的声音:

"我宣布,2012年伦敦奥林匹克运动会开幕!"

罗格的话音刚落,从安赛乐米塔尔轨道塔上就喷射出了无数烟火,在伦敦东区的夜空中绽放出绚烂的礼花,全城的教堂里同时钟声齐鸣。在"伦敦碗"体育场中央的运动场上,各国运动员热情地相互拥抱、互赠纪念章,照相机、摄像机闪烁不停,纷纷记录下这一激动而神奇的时刻。此时此刻,各国运动员心中的奥运金牌梦想显得那么真切、那么唾手可得。

奈特看着兴高采烈的运动员们,又抬头仰望熊熊燃烧的奥林匹克火炬和夜空中繁花似锦的烟火,禁不住热泪盈眶。他从来也没有料到过,自己会为这座城市和这个国家感到如此莫大的骄傲。

就在这个时候,他的手机突然响了。

凯伦·波普近乎歇斯底里的声音从手机里传来:"'克罗诺斯'刚刚给我送来了第二封信,宣称对美国铅球运动员保罗·提特尔之死负责!"

奈特脸色大变,但又感到很疑惑。"不可能啊,我刚才还亲眼见到过他。他还……"

奈特突然明白过来了。他向杰克大声喊道:"保罗·提特尔在哪儿?"他拔腿向运动场内跑去。"'克罗诺斯'要谋杀他!"

奈特和杰克挤过欢呼雀跃的人群向运动场跑去,杰克同时通过手机大声喊叫着,把这个可怕的情况通报给主体育场的现场安保司令。两人高举着国际私人公司的徽章,终于跑到了运动场上。

奈特远远地看见了提特尔,他正举着美国国旗同喀麦隆短跑新星菲拉特里·蒙达荷交谈。于是,他加快速度穿越场地中间的草地向提特尔奔去,却突然看到这位美国旗手开始站立不稳,很快便瘫倒在地,浑身抽搐、口吐白沫。

等到奈特跑到美国队跟前的时候,只听见人们已在大声呼叫医生。汉特·皮尔斯医生拨开人群来到提特尔的身旁,而蒙达荷正吓得目瞪口呆地看着眼前发生的一切。

"他刚才突然就倒下了。"喀麦隆小伙子对气喘吁吁的奈特说道。

杰克脸上的表情同奈特一样震惊不已,这一切发生得太快了——仅仅三分钟的预警。他们只有这三分钟的时间,除了跑向受害者还能做什么?他们怎么可能及时挽救这个美国人的生命?

突然间,扩音系统中发出几声"咔咔"的声音,接着"克罗诺斯"那首怪

异的排笛曲开始在整个体育场里回荡。

奈特感到一阵恐惧贯穿了他的整个身体,赛琳娜·法雷尔在她办公室里突然失态的情景闪现在他的脑海里,但是他很快又注意到,他身边的许多运动员正用手指着竖立在奥运会主会场四周的几个巨大显示屏,上面正同时显示出几个血红的大字:

揭开奥林匹克的耻辱!

PRIVATE GAMES

第三部 地球上跑得最快的男人

第三十二章

奈特感到怒不可遏，因为这个"克罗诺斯"再次毫发无损地实施了谋杀，他不仅设法给提特尔下了毒，而且成功地侵入了奥林匹克公园的电脑系统，占据了记分牌。

法雷尔教授可能干出这样的事情吗？她有这个能耐吗？

麦克·蓝瑟这时也跑到了奈特和杰克身旁，看上去在这短短的几分钟里他已经衰老了10岁。他指着显示屏吼叫道："那是他妈的什么意思？这个该死的音乐又是什么东西？"

"麦克，这是'克罗诺斯'的杰作，"奈特回答说，"他这是在宣称对这次谋杀负责。"

"你说什么？"蓝瑟大叫道，脸色已经变得几近疯狂。接着，他看到了围在提特尔周围的皮尔斯医生和刚刚赶来的两名救护人员，"他死了吗？"

"在皮尔斯医生来到他身边之前我就看到了他，"奈特说，"他的嘴巴上吐满了带血的白沫，全身抽搐，呼吸困难。"

蓝瑟感到十分震惊，疑惑地问道："中毒了？"

"我们必须等验血后才能确定。"

"也可能检尸后才知道。"杰克补充说。医护人员把人事不省的提特尔抬上一副轮式担架，推着他匆匆向不远处的一辆救护车跑去，皮尔斯医生紧随其后。

这时，现场的一部分人开始轻轻地为这位不幸的美国运动员鼓掌。但是，与此同时更多的人却开始涌向运动场四面的出口，他们纷纷用手捂着自己的耳朵，以遮挡那首鬼哭狼嚎般的音乐的冲击，不时忧虑地看一眼仍然明亮地显示在各个显示屏上的那几个字：

揭开奥林匹克的耻辱！

救护车呼叫着匆匆离去。杰克用颤抖的声音对他们说道："我不管这个'克罗诺斯'的指控是什么,保罗·提特尔都是一个好人,一个温和的巨人。我曾经到他服务的几家洛杉矶诊所之一参观过,那里的孩子们都崇拜他,真心实意地崇拜他。在这样一个欢乐的夜晚,对这样一个心地善良的好人干出如此卑鄙的事情,这样的人只能是一个丧心病狂的混蛋!"

而在这个时候,奈特想起了法雷尔教授前一天惊慌失措地逃离她办公室的情景。她现在在哪儿?波特斯菲尔德警司已经拘留她了吗?她会不会就是"复仇三女神"中的一个?他们又是如何给提特尔下毒的呢?

奈特走到蒙达荷跟前,做完自我介绍后,便向他询问他所看到的情况。这位喀麦隆短跑健将用生硬的英语告诉他说,提特尔在突然倒下之前的几分钟里,曾经满脸冒汗、脸色绯红。

然后,奈特又抓住在场的其他几名美国运动员,问他们是否看见提特尔在开幕式前喝过水或者什么饮料。一名跳高运动员告诉奈特说,他看到那位铅球健将喝过水,是在列队等候入场的时候从伦敦奥运会志愿者手中得到的塑料瓶装水。这些志愿者又称"奥运会主人",他们当晚发送出去的这种瓶装水无疑有几千瓶。

奈特把这一情况报告了杰克和蓝瑟,蓝瑟立刻火冒三丈地拿起无线通话器,吼叫着命令立即扣留奥林匹克公园内的所有"奥运会主人",等候进一步的命令。

几分钟前,体育场的安保司令也来到了事发现场。他抬起头看了一眼显示屏上的文字,然后对着无线通话器下达了命令:"立刻关掉公共广播系统,让那个该死的笛子音乐停下来!还要立刻把记分牌上显示的文字清除掉。我要知道,我们的电脑系统是他妈怎么被人做了手脚的。给我马上去办!"

第三十三章

2012年7月28日,星期六

著名田径运动员、残疾青年的热心支持者保罗·提特尔,当晚午夜刚过便在被送往医院的路上死亡,年仅26岁。

几小时之后,奈特在睡梦中噩梦连连:阴森的排笛曲不时响起,丹顿·马歇尔头颅上那双死不瞑目的眼睛木然地望着他,理查德·基尔德的胸膛不断地冒出鲜血,乔·马斯科罗的躯体砸向大堂酒吧里的玻璃鸡尾酒桌,还有那位美国铅球运动员嘴唇上带血的白沫。

突然,他从噩梦中惊醒过来,感到心脏正"突突"地狂跳,好一阵子他都想不起自己现在身在何处。

后来,他听到了卢克吮吸大拇指的声音,才想起自己已经回到家里,躺在育儿室的长椅上。他渐渐平静下来,拉拉毯子盖住自己的肩膀,回想起了凌晨3点回到家里见到加里·博斯时的情景。

整个家里乱成了一锅粥,他母亲的私人助理向他赌咒发誓说,他绝不会再给奈特的那两个疯狂的小崽子当保姆了,就算阿曼达给他五倍的工资,他也不干。

母亲对奈特也很生气,因为他昨晚不仅先是掐断了她打给他的电话,而且在提特尔已经死亡之后又多次不接她的电话。他当时实在是忙得一团糟。

奈特想再迷糊一会儿,但是脑子却不听使唤,为孩子找保姆的事情、母亲面临的痛苦以及"克罗诺斯"第二封信中的内容走马灯似的交替冲击着他的神经。凌晨1点的时候,波普把"克罗诺斯"的第二封信带到了国际私人侦探公司伦敦分公司,奈特、杰克和"流氓"一起在一尘不染的犯罪实验室里阅读了那封信。

"不靠实力赢得的胜利算什么荣誉?""克罗诺斯"在信的开头这样写

道。"用欺骗手段战胜对手也值得骄傲吗?"

"克罗诺斯"宣称,保罗·提特尔是一个彻头彻尾的大骗子,是"腐败的现代奥林匹克运动中肆意滥用非法药品以提高竞技能力的一大批运动员的典型代表"。

信中还进一步指控说,提特尔和其他一些参加伦敦奥运会的运动员正在使用一种从鹿和麋鹿的鹿茸中提取的药物,以此增强他们身体的力量、速度和疲劳后的恢复能力。鹿角是世界上生长最为迅速的物质,这是因为包裹在生长期的鹿角外的鹿茸极富营养,其中含有大量的IGF-1——即胰岛素样生长因子1,这是奥运会明令禁止的一种超级生长激素。然而,如果谨慎使用,通过口腔喷雾而不是直接肌肉注射,则使用这种鹿茸提取物的痕迹几乎无法检测出来。

"非法使用IGF-1获得的'好处'十分巨大,""克罗诺斯"继续写道,"尤其是对保罗·提特尔那样的力量型运动员而言,因为它能够促使肌肉更快生长,同时还能使疲劳的肌肉更快得到恢复。"

信中同时还指控两名草药医生充当了提特尔的同谋。这两个人一个在洛杉矶,另一个在伦敦,是提特尔欺骗行为的幕后帮凶。

随信附有一些证明文件,看起来确实能够支持"克罗诺斯"的指控。其中包括四张由这两个草药医生开出的收据,上面写着销售的药品名称为赤鹿鹿角,发货地址为新西兰,收货地址为洛杉矶的一家建筑公司的邮箱,而这家建筑公司属于提特尔的姐夫菲利普所有。其他几份文件都是提特尔的验血报告,分别来自几家独立的新锐检验机构。

"验血报告清楚表明,在过去的四个月里从提特尔体内都检测出了胰岛素样生长因子,""克罗诺斯"在来信的结束部分写道,"这足以证明保罗·提特尔是有意欺骗。因此,他必须作为牺牲敬奉给诸神,以净化奥运会,使其回归纯洁的本质。"

从读到这封信到现在已经几个小时过去了,奈特躺在育儿室的长椅上,望着婴儿床上两个孩子模糊的身影,心中久久不能平静:这就是你净化奥林匹克运动的手段吗?以谋杀生命为代价?什么样的癫狂之人才会产生如此野蛮的逻辑?而且,又是为了什么?

第三十四章

保罗·提特尔在世界舞台上倒毙之后,我在这座城市的大街小巷里溜达了好几个小时,独自沉浸在我们成功复仇的喜悦之中,陶醉在我们战胜外强中干的苏格兰场、军情五处和国际私人侦探公司的巨大优越性之中。他们不可能找到我和我的姐妹们,做梦都别想。

无论我走到哪里,即便是在如此深沉的夜晚,我看到的伦敦人无一脸上不流露出惊恐的神情;我见到的报纸上无一不登载着"伦敦碗"体育场上超大显示屏的照片,上面赫然写着:"揭开奥林匹克的耻辱!"

还有醒目的大字标题:"死神降临奥运会!"

啊哈,他们在想什么呢?难道说,他们还以为我们会让他们继续上演丑化古代奥运会的闹剧吗?以为我们会容忍他们继续玷污公平竞争、优胜劣汰等伟大而不朽的奥运原则吗?

绝不可能!

现在,全世界几十亿人都在热烈地谈论着"克罗诺斯"和他的"复仇女神":神出鬼没、肆意杀戮,下定决心揭露和铲除世界上最伟大的体育盛会的恶疾。

有些愚蠢的家伙居然把我们同1972年慕尼黑夏季奥运会绑架和杀害以色列运动员的事件相提并论,说我们是一伙怀有不明政治目的的恐怖分子。

如果把这些蠢货排除在外,我感觉到这个世界已经开始理解我和我的姐妹们了。而当我意识到世界各地的人们已经感受到了我们的伟大创举,就感到激动不已。他们现在都在问自己:在他们中间,怎么会存在着如此强大的生灵,生杀予夺,锄奸反腐,以有罪之人为牺牲敬奉给世间的善良和荣誉?

然而,在我的脑海里我所看到的却是那些对我实施"石刑"的魔鬼,是我枪杀那几个波斯尼亚人时"复仇女神"僵死的眼神,是播报提特尔死亡消息的播音员脸上惊恐的表情。

我坚信:我要让所有魔鬼为他们对我做过的一切付出代价。

就在这个时候,天开始破晓,飘浮在伦敦上空的淡淡乌云渐渐染上了一抹殷红的颜色,就像悬挂在半空中的无数彩练。

我最后来到了"复仇女神"们居住的那所房子的侧面,敲门后走了进去。三个姐妹中只有玛塔一人还没有睡觉,一见到我她那双玛瑙色的眼睛立刻闪烁出激动的泪花,冲上前来兴奋地与我拥抱。她脸上的兴奋之情溢于言表,而且丝毫不亚于我激动的心情。

"一切都进行得完美无缺,"她说着关上了我身后的门,"就像一只精确的时钟一样。蒂甘把那瓶水递到了那个美国人的手里,然后换掉志愿者的衣服,在混乱开始之前溜出了体育场。这一切岂不是天意!"

"当年伦敦获得这一届奥运会主办权的时候,你不是也说过同样的话吗?"我得意地问道,"当我们终于发现现代奥运会的腐败和欺骗证据的时候,你不也是说过同样的话吗?这一切早在我的意料之中。"

"一切都应验了,"玛塔回答说,脸上流露出烈士般的狂热情绪,"真是老天保佑。我们比他们更加优越。"

"此话不假。不过,我们决不能犯一丁点儿错误。现在,他们就要开始对我们进行大搜捕了。"我告诫自己要冷静,"你刚才说一切都进展得非常顺利?"

"一切顺利。"玛塔立刻变得严肃起来。

"工厂的事情呢?"

"蒂甘保证她已经把那里牢牢地封起来了,没有人会发现任何蛛丝马迹。"

"你的任务呢?"

"圆满完成。"

我满意地点了点头。"那么,接下来我们就暂时躲在阴影里,让苏格兰场、军情五处和国际私人侦探公司随时绷紧了他们的神经,直到他们渐渐倦怠了,以为我们已经就此罢休,自觉或不自觉地放松安保工作后再行动。"

113

"要继续执行我们的计划,"玛塔说,但是又多少有些犹豫不决,"那个彼得·奈特会成为我们的威胁吗?"

我想了想,然后回答说:"如果确实要发生什么对我们有威胁的事情的话,那就一定是他。"

"不过,我们在他身上也有所发现。他有一个弱点,而且是一个致命的弱点。"

第三十五章

奈特的手机突然响起来,他猛地一惊挺身从育儿室的长椅上坐起身体。阳光已经洒满了整个房间。他摸出手机,按下接听键。

"法雷尔失踪了,"苏格兰场警司伊莱恩·波特斯菲尔德在电话里说道,"办公室里没人,家里也没有人。"

奈特坐直了身体,眼睛模糊不清地问道:"你们搜查过她的办公室和家里吗?"

"在我的实验室得出同'流氓'相同的结论之前,我是拿不到搜查令的。"

"昨天晚上,'流氓'在'克罗诺斯'的第二封信里又有新的发现。"

"你说什么?"波特斯菲尔德大叫道,"哪儿来的第二封信?"

"已经送到你们的实验室了。"奈特回答说,"'流氓'在信封上找到了一些人体皮肤细胞。他把其中一半样品给你送过去了。"

"真他妈该死,彼得!"波特斯菲尔德吼叫道,"国际私人侦探公司不能私自分析任何同这个案子有关的物证,除非——"

"那不是我的要求,伊莱恩,"奈特反驳说,"是《太阳报》的要求。而《太阳报》是国际私人侦探公司的客户!"

"我才不管它是你们的什么人——"

"你那边是不是也应该加紧工作?"彼得问道,"到目前为止,一直都是我向你提供信息。"

波特斯菲尔德停顿了一下,然后回答说:"我们把精力主要放在调查'克罗诺斯'是怎么侵入……"

奈特突然发现婴儿床上并没有孩子们的身影,他不敢再听下去了。他抬头往墙上的挂钟看去——10点!自从他的双胞胎儿女降生以来,他还从来没有睡到过这么晚才醒来。

"我得挂了,伊莱恩!孩子们不见了!"

像任何一个处在这种情况下的父母一样,一个个可怕的念头顿时出现在了奈特的脑子里。他冲出育儿室的门,向楼梯口跑去。他们要是摔倒了可怎么办?要是瞎摆弄……?

这时,他听到了从电视机里传来的400米自由泳接力赛现场直播的声音,突然间全身的肌肉都立刻松弛下来,只感到浑身软弱无力。他不得不扶着楼梯的栏杆,一步步走下一楼。

卢克和伊莎贝尔把沙发上的坐垫全部扯下来叠在一起放到了地板上,两个孩子端坐在坐垫上,身旁摆着几个麦片粥和果汁的空盒,活像两个化缘的僧人。见到孩子们的这副模样,奈特觉得这是他有生以来见到过的最美丽的画面。

他立刻为他们做了早餐,再给他们换上了干净的衣服,耳朵里留意着有关提特尔谋杀案的最新消息。苏格兰场和军情五处都没有做出任何公开表态,伦敦奥组委雇佣的另一家负责各场馆现场安保的机构F7公司也没有发表任何声明。

但是,麦克·蓝瑟却出现在各种新闻里,他一次次向记者们保证伦敦奥运会的安全是有保障的。他一方面坚持认为他的安保措施既严密而有效,另一方面却又把提特尔被杀事件的责任归咎于安保工作中出现了漏洞。他义愤填膺而又坚定地发誓说,他们一定会阻止"克罗诺斯"的恐怖活动,将其抓获并绳之以法。

然而就在这个时候,奈特却仍然在为没有保姆而苦恼,找不到保姆他就不可能全身心地投入侦破"克罗诺斯"案件的工作中去。他给母亲拨打过几次电话,但是她始终没有接听。后来,他又给另一家家政中介公司打了电话,述说自己的苦衷,请求他们为他派一个临时保姆来。但是,公司经理回答说,星期二也许能够为他找到一个临时保姆。

"星期二?"他失望地叫道。

"这已经是我能够争取到的最好结果了。现在,所有保姆都被伦敦奥运会给抢走了。"那位女士说完,不耐烦地挂断了电话。

中午时分,双胞胎想到室外的游戏场玩耍,考虑到这将有助于他们睡午觉,奈特同意了。他把孩子们放进双胞胎婴儿车里,在路边买了一份

《太阳报》,然后推着孩子们向大约10分钟路程外的皇家医院花园里的儿童游戏场走去。今天的气温已经降下来,天空中万里无云,这是伦敦最好的日子。

来到游戏场后,奈特在一条长凳上坐下来,看着卢克在滑梯上上上下下、伊莎贝尔在沙地里挖坑。但是,他的思绪却并没有放在孩子们的身上,也顾不上欣赏奥运会第一个比赛日格外舒适的天气,他满脑子都是"克罗诺斯"一案的问题,并且苦苦思考着什么时候"克罗诺斯"会采取他的下一个行动?

这时,他的手机收到了"流氓"发来的一条短信:

"第二封信上的皮肤细胞来自男性,尚无比对结果。已出发去考文垂观看英国同阿尔及利亚的足球赛。"

男性?奈特想了想,这么说"克罗诺斯"是一个男人?那么,法雷尔就应该是"复仇女神"之一?

奈特想来想去仍然不得要领,只好暂时放弃。他拿起了刚刚买来的《太阳报》,波普的报道占据了头版的主要篇幅,通栏标题是:"**死神降临奥运会。**"

文章开头,这位体育记者以简洁而客观的语言描述了伦敦奥运会的开幕式和保罗·提特尔突然倒地和不久后死亡的事件。而在文章结尾前,她引用了来伦敦观看奥运会的提特尔的姐夫菲利普对"克罗诺斯"指控的反驳。他宣称,"克罗诺斯"提供的验血报告全是伪造的,因为真正购买和使用鹿茸制剂的是他自己。因为他每天在建筑工地工作,又患有慢性背肌痉挛症,只有使用鹿茸制剂才能有效地减轻他的病痛。

"哈罗?先生?"一个女人的声音在奈特耳边响起。

因为来人背对着明媚的阳光,奈特只看见自己面前站着一个人影,这个人正把一份传单一样的东西递到他的面前。他本想直接告诉她他没有兴趣,但是却又不忍心立刻回绝,于是举起手挡住迎面刺眼的阳光看了看这个人。她是一个相貌平平的女人,身材矮小、黑头发、黑眼睛,但是身体结实,颇有几分运动员的体格。

"什么事？"他一边问一边伸手接过了传单。

"很抱歉打扰你了。"她带着谦卑的微笑说道。这是奈特第一次听到带有轻微东欧口音的英语，"我看到你有两个孩子，所以我……想问问你是否知道什么人或者你本人需要保姆吗？"

奈特惊讶得连续眨了眨眼睛，然后低下头仔细阅读传单上的文字，上面写着："保姆：经验丰富，有推荐信，颇得雇主好评；幼教学士文凭，语言及语言病理学硕士课程在读学生。"

传单上还有其他介绍，但是奈特已经满意了。他抬起头看着她问道："你叫什么名字？"

她脸上露出渴望的微笑，在他身边的长凳上坐下来。

"玛塔，"她回答说，"玛塔·布拉兹诺娃。"

"我一直在向上天祈祷，没想到老天有眼，把你玛塔·布拉兹诺娃送来了，真的是太及时了。"奈特兴奋地说道，心中为自己的好运气高兴不已。"我叫彼得·奈特，说实话眼下我真是太需要一个保姆了。"

玛塔脸上流露出难以置信的表情，但是很快便喜笑颜开，情不自禁地用手摸了摸自己的嘴唇，说："你知道吗，你是我发出第一张传单的人。真是天意啊！"

"大概是吧。"奈特说，玛塔开心的模样同样感染了他。

"不是大概，就是天意！"她坚持说，"那么，我可以申请做你孩子们的保姆吗？"

奈特又看了看他手上的传单，问道："你能提供一份简历吗？还有推荐信呢？"

"都有，都有。"她毫不迟疑地回答说，接着把手伸进提包里，拿出了一份看起来相当专业的个人简历和一本爱沙尼亚护照，"现在，你对我就很了解了。"

奈特迅速地浏览了一遍玛塔的个人简历和护照，说道："告诉你吧，我的两个孩子就在那儿。卢克在滑滑梯，伊莎贝尔在沙坑里玩。过去做个自我介绍吧，我现在要仔细看看你的简历和推荐信，然后给推荐人打个电话。"

奈特想先看看孩子们对这个完全陌生的玛塔有什么反应，他们天生叛逆，同以前的那么多个保姆都相处得很糟糕。要是玛塔同双胞胎还是搞不到一块儿，他也就没有必要给推荐人打电话了。无论他多么需要一个保姆，要是她同孩子们合不来，雇来了也是白搭。

但是，他却惊讶地发现，玛塔直接走到双胞胎中性格更为叛逆的伊莎贝尔身边，并且几乎立刻就赢得了她的好感。她十分投入地帮助伊莎贝尔很快建起了一座沙堡，连卢克也被她所吸引，离开滑梯跑过去凑热闹。用了不过三分钟的时间，卢克·奈特这个切尔西出了名的咬人坏小子就被她摆弄得服服帖帖，不停地傻笑着、殷勤地往小桶里装着沙子。

看到孩子们如此轻易地接受了玛塔的"统治"，奈特开始仔细阅读她的个人简历。她是爱沙尼亚人，现年35岁，在巴黎美国大学获得了学士学位。

在大学学习的后两年以及大学毕业后的6年里，玛塔先后为巴黎的两个家庭当过保姆。两个家庭里的母亲的名字和电话都写在推荐信里。

玛塔的简历中还写明了她能讲的几种语言，包括英语、法语、爱沙尼亚语和德语，目前她已经被伦敦城市大学录取，即将攻读语言及语言病理学硕士学位，2014年毕业。奈特心想，目前大批受过良好教育的妇女涌入伦敦，为了在这个世界上最伟大的城市里生存和生活下来，很多人宁愿接受远远低于她们资历的工作，玛塔就是典型的代表。

奈特不禁觉得自己真是幸运至极。他拿出手机，开始给推荐人打电话，心里还不断地祈求：上帝啊，让我心想事成吧。让她们马上接电话……

电话几乎立刻就接通了，话筒里传来一个名叫佩特拉·莫里哀的女人说法语的声音。奈特报上了自己的名字，并问对方能不能说英语。佩特拉说她能讲英语，但是听得出她立刻变得十分谨慎。他告诉她，自己正考虑是否雇佣玛塔·布拉兹诺娃为自己年幼的双胞胎孩子做保姆，所以打电话向她以前的雇主和推荐人了解情况。听到此，佩特拉立刻变得热情洋溢了，说她有四个孩子，用过几个保姆，而玛塔是最棒的一个，不仅有耐心、有爱心，而且在必要时对孩子们的无理要求也绝不妥协。

"那么，她为什么会离开你们家呢？"奈特问道。

"我丈夫当时被派到越南工作两年，"她解释说，"玛塔不愿意跟我们

一起去，但是我们双方分手时都十分友好。你能找到她做保姆是你的运气。"

第二个推荐人叫蒂甘·丽莎，她的态度多少有些不满。她说："当玛塔接到伦敦城市大学的录取通知书时，我简直就想哭。我的三个孩子都哭了，就连我们家一贯最勇敢的'小大人'斯蒂芬也哭了。要是我是你，我就马上把她雇下来，省得别人雇了她。不过，最好你还是告诉她，让她回到巴黎来，我们张开双臂欢迎她。"

对方挂断电话以后，奈特仍然举着手机想了想，还是认为他应该再向巴黎美国大学和这里的伦敦城市大学进一步核实，但是最早也要等到星期一大学里才有人接电话。不过，他很快就想到了一个好办法。他犹豫了一下，然后拨通了波特斯菲尔德的电话。

"你居然挂断了我的电话！"波特斯菲尔德一开口就吼道。

"我也是迫不得已。"奈特解释说，"我想请你帮我核实一个爱沙尼亚的护照。"

"我凭什么要帮你。"她仍然怒气未消。

"我是为了双胞胎的事，伊莱恩。"奈特恳求道，"我终于碰到了一个可以给孩子们当保姆的人选，她提供的简历和推荐信都棒极了。我只是想进一步核实她的可信程度，但是今天是周末，我没办法通过其他渠道去核实。"

电话里出现了长时间的沉默，最后波特斯菲尔德终于说道："把名字和护照号码告诉我，你总该知道吧。"

奈特把名字和护照号码告诉了这位苏格兰场的警司，一边听着电话里她敲击电脑键盘的声音一边看着玛塔抱着伊莎贝尔爬上了滑梯。他的女儿也敢滑滑梯了？这可是前所未有的事情。两个人一起从滑梯上滑了下来，伊莎贝尔的脸上却仅仅闪过了一丝难以察觉的恐惧，紧接着便兴奋地拍了拍手。

"玛塔·布拉兹诺娃，"波特斯菲尔德回到了电话上，"看上去相貌平平嘛，对吗？"

"你以为我能找一个超级模特做兼职保姆吗？"

"我看你也没有那个本事。"波特斯菲尔德继续道，"她是10天前坐飞机从巴黎来到伦敦的,持有教育签证,学校是伦敦城市大学。"

"语言及语言病理学硕士课程,对吗?"奈特道,"谢谢你,伊莱恩。我欠你一个情。"

他挂上电话,耳边传来卢克激动的笑声,他抬头一看发现儿子和女儿正同玛塔一起挂在儿童攀爬架上,三个人你追我赶地玩着"快乐魔鬼"游戏,尖叫声、傻笑声不绝于耳。

奈特自言自语道:你虽然貌不惊人,但是感谢上帝,你被雇佣了。

第三十六章

2012年7月30日，星期一

当天下午，奈特来到赛琳娜·法雷尔的住所外。比利·卡斯帕警督用怀疑的目光上下打量他一番之后，对他说："按理说，你是不该插手这里的事情的。不过，波特斯菲尔德要你亲眼看一看。你赶快上去吧，她在二楼右手边。"

奈特迈步走上了楼梯。自从玛塔·布拉兹诺娃神奇地出现在奈特的生活中以后，他已经全身心地投入到"克罗诺斯"一案的侦破工作之中。这个女人简直就是一个奇迹，在不到两天的时间里，两个孩子就像着了魔似的被她彻底迷住了，不仅身上干净多了，行为举止也规矩多了，不用说他们的心情也开朗多了。奈特今天仍然向伦敦城市大学进行了核实——情况属实：玛塔·布拉兹诺娃确实已经被他们录取为该校语言及语言病理学硕士课程的学生，于是他认为已经没有必要再向巴黎美国大学求证。他觉得，他生活中的这一重要的方面已经彻底安定下来，甚至还给那家表示愿意为他提供兼职保姆的家政公司打了电话，取消了原先的要求。

伦敦警察厅的伊莱恩·波特斯菲尔德警司正站在赛琳娜·法雷尔的公寓房间门口，等待着奈特的到来。

"发现什么问题没有？"他问她。

"问题还真不少。"她回答道。等奈特戴上手套和鞋套后，她带他走进了法雷尔的家。一大帮来自苏格兰场和军情五处的犯罪现场调查人员正彻底搜查房间的每一个角落。

他们走进教授的卧室，呈现在他们眼前的是各种令人眼花缭乱的奢华用品：一个带有三面镜子的超大梳妆台，梳妆台的几个抽屉都已经拉开，里面装满了各式各样的化妆品——包括大约20种不同种类的唇膏和同样数量的指甲油，以及无数瓶其他化妆用品。

这是法雷尔博士的东西吗？它们同他和波普那天在她大学办公室里见到的那个邋遢的教授实在是不相吻合。他又看了看四周，看到了同样已经打开着的衣橱，里面挂满了昂贵的高档女性时装。

他正想表达心中的疑惑，波特斯菲尔德却指了指一名正在检查梳妆台上的一台手提电脑的犯罪调查技术员身后的一个角落，那里摆放着一个文件柜。"我们在那里面发现了很多手写的文件，都是攻击在伦敦东区和码头区为修建奥林匹克公园而进行的拆迁工程的，其中还有几封用语相当恶毒的信，是写给丹顿……"

"警司？"犯罪调查技术员兴奋地打断了她的话，"我想，我们已经找到证据了！"

波特斯菲尔德皱起眉头问："是什么？"

技术员在手提电脑上按下了一个键，电脑中立刻传出了一首排笛演奏的乐曲，而这正是保罗·提特尔被毒死当晚在奥林匹克体育场中久久回荡的同一首瘆人心魄的乐曲，也正是"克罗诺斯"在他送到凯伦·波普手中的第一封指控信中附带的音乐贺卡所播出的恐怖乐曲。

"这是在电脑中发现的吗？"奈特问。

"是的。这是电脑里一个简单执行文件的一部分，专门用来播放这首乐曲和同步显示下面这一句话的。"

技术员将手提电脑显示屏转向他们俩，屏幕上赫然显现着以下文字：

揭开奥林匹克的耻辱！

第三十七章

2012年7月31日，星期二

我头戴手术束发帽和面罩，身穿橡胶长围裙，手上戴着屠夫们给牛开膛破肚时使用的长袖橡胶手套，小心翼翼地把写给凯伦·波普的第三封信装进信封里。

从除掉魔鬼提特尔到现在，72个多小时过去了，伦敦奥运会仍在继续，不少人已经如愿以偿地夺得了金牌，而我们在全球媒体上制造的第一波新闻狂澜也已经大大地消退了。

星期六那一天，我们占据了所有有关奥运会开幕式的广播、电视和报纸新闻；到星期天，关于我们恐怖威胁的故事开始变得简短，媒体开始把注意力转向政府的执法能力，要求查出奥运会的电脑系统怎么会被黑客侵入，以及美国运动员在运动场上为腐败的提特尔举行的毫无意义的现场悼念活动。

昨天，媒体的新闻特写里虽然也提到了我们，但是却是在他们自我吹嘘的时候，说什么2012年夏季奥运会除了提特尔被谋杀事件之外，一切都进行得完美无缺。而到了今天早上，报纸的头版上已经再也见不到我们的名字，人们又把注意力放到了对赛琳娜·法雷尔住所和办公室的搜查上，新闻报道中声称警察已经找到了决定性的证据，证明她同"克罗诺斯"的几起谋杀案有关；还有传闻说，苏格兰场和军情五处已经在全国范围内展开了对这位古希腊经典文学教授的大搜捕行动。

这个消息在某种程度确实让我们担心，但是也在我们的意料之中。事实证明，一两个腐败分子的死亡还不足以摧毁现代奥林匹克运动，对于这一点早在伦敦获得2012年奥运会主办权的那个晚上我就清楚地意识到了。从那个时候起到现在的7年里，我和我的姐妹们精心策划出了我们的复仇计划；我们用7年的时间侵入奥运会的整个运转体系以使之为我所用；我们用7年的心血制造出了一个个环环相扣的假象，让警察像无头的苍蝇忙得团团转，哪里还有能力预见到我们的最终目标，等他们醒悟过来的时候，一切都已经为时晚矣。

我仍然穿戴着橡皮围裙和橡皮手套，把封好的信封再装进一个密封塑胶袋里，最后再把它交到佩特拉的手中。佩特拉和蒂甘站在一起，两姐妹已经把自己彻底地伪装起来，现在站在我面前的这两张胖乎乎的脸除了我和她们的姐姐，任何人再也不可能认出她们来。

"一定要记住潮汐的时间。"我告诫她们说。

佩特拉一言不发，把目光转向了一旁，看起来她内心里似乎产生了疑虑。这个情况让我感到不安。

"我们会记住的，'克罗诺斯'。"蒂甘回答道，同时把一副黑色的太阳镜戴到了鼻梁上，头上戴着一顶正式的伦敦奥运会志愿者的帽子。

我走到佩特拉面前，问道："你还好吗，妹妹？"

虽然她的目光里透露出一丝矛盾的心理，但她还是点了点头。

我吻过她的脸颊，转向我的冷血勇士蒂甘。

"工厂的事情办妥了吗？"我问她。

"今天上午已经办妥，"她回答说，"准备了足够四天的食物和药品。"

我上前拥抱着她，在她耳边悄声道："看好你的妹妹，她容易冲动。"

我们分手时，蒂甘的脸上看不出一丝表情。这就是我可信赖的冷血勇士。

我目送着两姐妹离开，然后脱下围裙和手套，抬起手抚摸着后脑上蟹足状的疤痕。每当我抚摸这个疤痕的时候，就会立刻点燃我心中仇恨的火花，我多么希望我能成为刚刚消失在夜色中的两姐妹之一。但是，我提醒自己，最后的终极复仇行动将由我来完成，仅仅我一个人。想到此，我的内心又得到了慰藉。这时，我口袋里那部随时准备扔掉的手机响了起来。玛塔打来了电话。

"奈特离家上班之前，我已经设法在他的手机里装上了窃听器，"她向我报告说，"等两个孩子睡觉以后，我会再在他家的电脑里装上监视器。"

"他同意你今晚放假了吗？"

"我根本就没有提出这个要求。"玛塔说。

我发誓，如果这个愚蠢的婊子现在就在我的面前，我会立刻拧断她那漂亮的小脖子。"你没有提出要求，这是什么意思？"我严厉地质问道。

"放松，"她轻描淡写地回答道，"我一定会在需要我的时候出现在需要我的地方。到时候孩子们都睡着了，他们根本不知道我已经离开，奈特也不可能知道，因为他明确告诉我说，午夜前他是回不了家的。"

"你怎么能肯定那两个小混蛋到时候会睡着？"

"我还能有什么办法？给他们吃安眠药呗！"

第三十八章

数小时之后,在奥林匹克公园的水上运动中心内,美国跳水运动员汉特·皮尔斯从10米跳台上以向后跳水方式跳离跳台,在略带氯气气味的空气中转体两周后跃入水中,在水面上仅留下了轻微的水波。

奈特站在座无虚席的水上运动中心的看台上,同观众们一起欢呼、鼓掌、吹口哨。但是,人群中最激动的人还是这位美国跳水运动员的一儿两女,他们坐在看台的前排,当他们的母亲带着满脸胜利的微笑露出水面时,他们一个个跺着脚、不停地向空中挥舞着拳头。

这是皮尔斯的第四跳,奈特估计也是她目前为止最完美的一跳。前三轮跳完之后,她的成绩排在第三位,仅次于一位韩国选手和一位巴拿马选手,令人感到意外的是两名中国选手却排在了第四、第五位。

奈特认为:皮尔斯现在正处在自己的巅峰状态,她自己无疑也清楚地意识到了这一点。

在过去的两个小时的时间里,奈特一直站在10米跳台对面看台的进出口处,静静地观察着人群和比赛的进程。自提特尔被谋杀至今已经过去了整整四天,而这四天里竟然再也没有发生一起谋杀案;在赛琳娜·法雷尔的手提电脑里发现侵入奥林匹克体育场电子记分牌系统的程序以来,也已经过去了一整天。

现在,几乎所有人都认为谋杀风波已经过去,而抓到那个疯狂的古希腊经典文学教授只是个时间问题,整个调查工作剩下的仅仅是搜捕嫌疑犯而已。

但是,奈特的心中仍然无法摆脱恐惧的压力,始终预感到另一次谋杀很可能即将发生。他已经仔细研究过当晚每个小时的奥运会赛事安排,希望自己能够提前发现"克罗诺斯"再次行凶的目标。他认为,这个目标必定是某个备受人们关注的人物,同时也必定是媒体集中报道的焦点。

今晚在水上运动中心举行的10米高台跳水比赛就正是这样一个备受关注的项目,美国运动员皮尔斯将在这里放手一搏,力争夺得年龄最大的女子高台跳水冠军的荣耀。

皮尔斯从泳池中爬上来,抓起一条毛巾向孩子们跑过去,一一拍打过孩子们伸出的双手后走进了按摩池,让自己的肌肉得到松弛。这时,记分牌上显示出了她第四跳的得分:都是8分和9分的高分。现在,她的成绩已经上升到了第二位。

奈特带着更大的热情为她鼓掌。他知道,伦敦奥运会现在非常需要一个激动人心的好故事,以抵消"克罗诺斯"在人们心头留下的阴影,而皮尔斯正是这个故事的最佳主人公。皮尔斯勇敢地向自己的年龄挑战,向几乎不可能的现实挑战,同时也是在向"克罗诺斯"之流的谋杀犯挑战。实际上,她现在在很大程度上已经成为整个美国代表队的发言人,在保罗·提特尔遇害后不顾"克罗诺斯"的诽谤继续奋斗,并且离金牌已经只有咫尺之遥。

奈特觉得:自己能在这里目睹这个奇迹发生的全过程,真是莫大的荣幸。同时,他也相当得意地认为,尽管发生了一些恐怖的凶杀事件,但是他本人在许多事情上仍然是吉星高照,得到玛塔做保姆就是最好的证明。

对他而言,这个女人就像是一个从天而降的礼物;而对他的孩子们而言,她就像神话传说中的那个花衣魔笛手①,孩子们都痴迷地跟着她团团转。卢克甚至说要上"大男孩

传说中的花衣魔笛手

---

①欧洲中世纪的一个传说。德国普鲁士的哈姆林小镇笼罩在鼠疫肆虐的死亡威胁之中,一个身穿红黄色花衣的少年带着一支魔笛出现在人们面前,声称能帮助他们消灾祛病。小镇的人承诺倾其所有作为回报,于是这个少年吹起魔笛,所有老鼠都在魔笛的指挥下跳入河中溺毙。鼠疫的威胁消除了,但是小镇居民们却吝惜钱财,不愿意践行他们的承诺。于是,少年再次吹起了魔笛,带走了全镇所有的孩子。

厕所"。玛塔真是个让人难以置信的专业保育人才。现在,他的家也早已焕然一新,整齐利落而又一尘不染。总而言之,他就像放下了长期压在肩头的一副沉重的担子,能够完完全全地脱出身来,投入到搜捕破坏伦敦奥运会的那个狂人的工作中去。

然而,与此同时他母亲却开始退回到认识丹顿·马歇尔爵士之前的自我封闭状态之中。她准备在奥运会结束以后举行一次追悼丹顿爵士的活动,然后便埋头于她的工作,彻底从公众的视野中消失。每当奈特同她见面的时候,他都能从她的言语中感受到她难以愈合的心灵创伤。

"奈特,你是不是从来不接别人的电话?"凯伦·波普颇为不满的声音在他耳边响起。

奈特吓了一跳,连忙环顾四周,却惊讶地发现那位《太阳报》的体育记者正站在他的身旁。"我的电话这一阵子都不正常,也不知道什么原因。"他回答说。

奈特说的确实是真话。在过去的一天里,他的手机在通话时总是出现奇怪的静电干扰声音,而他还一直没能抽出时间解决这个问题。

"那就再买一部新手机,"波普道,"我现在承受着各方面的巨大压力,我需要你的帮助。"

"依我看,没有我你自己照样干得很好。"奈特回答说。

说实话,她不仅及时报道了在法雷尔家的电脑里发现的有力证据,还发表了一篇详细介绍提特尔验尸结果的文章:铅球运动员保罗·提特尔喝下的并不是致命的毒药,而是一种混合药物,导致他的血压和心率突然急剧升高,造成肺动脉出血,所以在他嘴唇上才会出现带血的白沫。

在这篇报道中,波普还披露了她从麦克·蓝瑟那里率先得到的独家新闻,说明法雷尔是如何发现和利用了伦敦奥运会电脑系统中的一个漏洞,从而得以侵入奥运会的服务器和记分牌系统。

蓝瑟说,他们已经找到了电脑系统中的这个漏洞并将其隔离开来,同时还对所有志愿者再次进行了严格的安全审查。据他讲,安保摄像头在运动员入场式之前拍到了一个身穿"奥运会主人"制服的女人把一瓶瓶装水递给保罗·提特尔的画面,但是由于这个女人同时带着志愿者的帽子,所以无法辨认出她的面孔。

"求你了，奈特，"波普再次请求道，"我真的需要了解这里的一些情况。"

"你知道得比我多啊。"奈特道。他看到排在第三位的巴拿马运动员完成了她的最后一跳，但是却在空中转体时失误，丢掉了至关重要的几分。

接着是排在第一位的韩国运动员，她的起跳高度不够，结果影响到整套动作的发挥，得分平平。

奈特觉得，对皮尔斯来说通向最终胜利的大门已经打开，心里不禁为她激动不已。他手拿望远镜紧紧地盯着她再次爬上了10米跳台，看着她准备进行第五跳，也是决定胜利的最后一跳。

波普用手戳了戳他的手臂，说道："有人告诉我，波特斯菲尔德警司是你的大姨子。所以，你肯定知道一些我不知道的事情。"

"除非迫不得已，否则伊莱恩什么都不会告诉我。"奈特回答道，同时放下了望远镜。

"为什么？"波普敏感地问道。

"因为她认为我应该为我妻子的死负责任。"

第三十九章

奈特看了看站在三层楼高的跳台上的皮尔斯,然后回头看着波普,发现这位体育记者脸上露出了震惊的表情。

"是吗?你应该为她的死负责吗?"她追问道。

奈特长叹一声,回答道:"凯特怀孕期间就出现了一些问题,但是她一直希望自然生产,而且想在家里生下我们的孩子。我知道那样会有风险,她也很清楚,但我还是顺从了她的愿望。如果她当时在医院里,现在应该还活着。我的后半生都会因此而不得安宁,因为伊莱恩·波特斯菲尔德绝不让我忘记这一点。"

奈特的坦白既让波普感到困惑也让她感到悲伤,她说道:"你真是一个十分复杂的人,有人告诉过你吗?"

他没有回答,而是把注意力完全转到了皮尔斯的身上,希望她挺过这决定性的最后一跳。其实,他从来都不是一个铁杆体育迷,但是却感觉到这一场比赛……怎么说呢,具有某种里程碑似的意义。看看眼前这个女人,38岁了,一个寡妇和三个孩子的母亲,她就要去完成她的第五跳而且是最后的一跳,显然也是她整个运动生涯中最为困难的一跳。

能否夺得奥运会的金牌,全在这最后的一跳。

但是,皮尔斯看上去相当镇定。她稳稳地站好,然后迅速地迈出两大步来到跳台的边沿,纵身向外向上跃起,屈体向后翻腾、转体,再接连翻腾两周后入水。

全场观众立刻爆发出雷鸣般的掌声,皮尔斯的儿子和女儿欢呼雀跃、彼此兴奋地拥抱在一起。

"她成功了!"奈特大叫一声,发觉自己已经热泪盈眶,不禁感到疑惑:为什么自己会突然变得如此多愁善感?

他无法回答自己提出的这个问题,但是当皮尔斯向她的孩子们跑去,

记分牌上的总分确认了她已获得金牌,全场再次爆发出震耳欲聋的欢呼声的时候,他却突然感到有些不寒而栗。

"好了,现在她赢了。"波普尖酸刻薄地说,"行行好吧,奈特,你得帮帮我这个可怜的姑娘。"

奈特忍无可忍地板起了脸,猛地打开手机的翻盖说道:"我只有这份他们在法雷尔的公寓和办公室搜查出的证物的清单。"

波普喜不自禁地瞪大了眼睛,赶忙道:"谢谢你,奈特。我欠你的情。"

"愿意效劳。"

"这么说,实际上这个案子就算了结了。"波普的话里多少带着一点遗憾的口气,"从现在起,只剩下把她抓捕归案一个问题了。现在已经大大加强了安全保卫,法雷尔再想行凶也是不太可能。我说的对吗?"

奈特默默地点了点头,目光仍然停留在皮尔斯的身上。她同自己的孩子们拥抱在一起,脸上流着幸福的眼泪,洋溢着胜利的喜悦。这位美国跳水运动员的成功,在某种程度上抵消了提特尔被谋杀所带来的消极情绪。

当然,在过去四天的比赛中,还有其他许多运动员已经展现出了同样可歌可泣的坚毅精神。在男子400米自由泳比赛中,一名曾经摔断过腿的澳大利亚运动员重返赛场并一举夺得了金牌;来自尼日尔的一位轻量级拳击运动员,在赤贫的环境中长大,经历了长期营养不良的煎熬,却拥有一颗狮子般勇猛的心,在比赛中连赢两场,并且都是在第一回合的比赛中以击倒对手获胜。

皮尔斯的故事以及她勇敢驳斥"克罗诺斯"的话语言犹在耳并被世人广为传颂,这无疑证明了现代奥运会仍然保持着古代奥林匹克的精神。这名美国医生在难以想象的巨大压力下将她的勇敢和优雅展现在世人面前,她不仅没有被提特尔的死所吓倒,反而以义无反顾的精神赢得了胜利。至少在奈特看来,她的成功使整个奥运会从沉重的阴霾中解放了出来。

这时,他的手机响了,是"流氓"打来的。

"你又得到了什么我不知道的情况,朋友?"奈特愉悦的口气让站在一旁的波普不以为然。

"还记得我们在第二封信上发现的皮肤细胞吗?""流氓"问道,言语中流露出十分惊讶的情绪,"我一直比对了三天也一无所获,于是我通过军情五处的一个老朋友进入了布鲁塞尔北大西洋公约组织的数据库,结果很快就比对成功了,而这个结果却让人百思不得其解。"

皮尔斯的胜利给奈特带来的喜悦之情立刻被冲淡了。他转身背对着波普说道:"快告诉我。"

"皮肤细胞的DNA同数据库中的一个90年代中期采集的样本完全吻合。当时巴尔干地区刚刚达成了停火协议,北大西洋公约组织准备派出一支维和部队前往该地区监督停火协议的执行情况。在对维和顾问人员进行的药物筛选实验过程中,医生留下了所有顾问人员的DNA记录。比对出的那个样本就是其中之一。"

奈特感到迷惑不解,法雷尔确实在90年代期间的某个时刻到过巴尔干地区,但是"流氓"对"克罗诺斯"第二封信上的皮肤细胞的最初检验结果表明,细胞来自一个男人。

"那么,那个DNA样本是谁的?"奈特问道。

"印第安纳·琼斯,""流氓"回答说,显然感到非常失望,"就是他妈的那个印第安纳·琼斯的DNA!"

第四十章

在8公里之外格林威治半岛阴沉的天空下,佩特拉和蒂甘正向位于泰晤士河以南几百米处的 O_2 体育馆的安检口走去。O_2 体育馆位于格林威治半岛的北端,这座超现代化的建筑带有一个巨大的白色穹顶,由12根巨大的黄色钢桅杆悬挂固定起来。这里通常是举办音乐会和大型戏剧的场所,为了满足伦敦奥运会赛事的需要,O_2 体育场现在已经被改建成为竞技体操和蹦床等比赛的场馆并重新命名为"北格林威治竞技场"。

佩特拉和蒂甘都穿着伦敦奥运会志愿者的制服,带着经官方选拔和审查后为当晚最重大的赛事——女子团体体操决赛而颁发的志愿者证件。

两人向等候安检的志愿者和其他特许人员的队伍走去。蒂甘神情严肃、专注而坚定,而佩特拉则步履迟疑、神情犹豫。

"我已经说过对不起了。"佩特拉对蒂甘说。

"那绝不是一个优越人的所作所为。"蒂甘冷冰冰地回答道。

"我当时只是分心了。"佩特拉解释说。

"什么时候分心不好?这可是我们等候了多年的关键时刻!"

佩特拉迟疑了一下,继续道:"'克罗诺斯'这次交给我们的任务同过去的任务大不相同,我觉得这完全是一个自杀行动,是我们这两个'复仇女神'的末日行动。"

蒂甘停下脚步,瞪大眼睛盯着自己的妹妹问道:"先是你那封信出问题,现在你又变得疑神疑鬼了?"

佩特拉下定决心,终于说出了心中的恐惧:"我们如果被抓住怎么办?"

"不可能。"

"但是,要是——"

蒂甘立刻打断了她的话,威胁道:"你是不是真想要我现在给'克罗诺斯'打电话,说你事到临头却要甩下我一个人溜之大吉?你真想自找没趣吗?"

佩特拉眨了眨眼睛,脸上立刻出现了恐惧的表情。"不,不,我可从来没有说过要逃跑的话。求你了。我要……要干下去的。"她挺直了身体,伸手拍了拍衣服上看不见的灰尘。"我只是突然有些担心,"佩特拉解释说,"仅此而已,并没有别的意思。即使是比别人优越的人偶尔也会产生疑虑,姐姐。"

"不对,他们是绝不会疑神疑鬼的。"蒂甘说着,心中想起了"克罗诺斯"对她妹妹的评价——"容易冲动"。

"克罗诺斯"的话确实切中要害,佩特拉刚才的表现已经证明了这一点,不是吗?

她想到的是,她们刚才在国王学院附近的人行道上等候快递公司的收件人到来时发生的事情,那是她们前往北格林威治体育馆途中唯一的一次停留。佩特拉从提包里取出了"克罗诺斯"写给波普的第三封信,但是蒂甘发现她妹妹竟然忘记了戴上手套。于是,蒂甘立刻拿出一块一次性擦拭布把整个信封擦拭了一遍,然后用擦拭布拿着那封信,直到一个表情木讷的自行车快递员到达并把信件交给了他。当时,那个快递员对这两个胖乎乎的女人几乎都懒得看上一眼。

佩特拉好像看出了蒂甘的心事,不服气地抬起下巴对她说道:"我知道我是谁,姐姐,也很清楚自己的命运。现在一切都过去了,放心吧。"

蒂甘虽然仍然放心不下,但是还是做了个手势,让佩特拉走在前面。尽管她这个妹妹心存疑虑,但是她自己却充满了信心和激情。毒杀一个人是一回事,直接面对一个你即将屠杀的人、展示你生杀予夺的权力却完全是另一回事。

自从她在波斯尼亚的那个时刻开始到现在,已经很多年过去了。但是,她当时大开杀戒的行为却并没有成为她后来生活中的梦魇,蒂甘绝不是一个软弱而自责的人。

在她们的父母被杀害、自己被轮奸之后,她曾经疯狂地报复,而那些死在她枪口下的男人和男孩子现在依然常常出现在她的睡梦中。但是,

那些充满血腥的梦境并不是噩梦，而是蒂甘引以为傲的杰作，是憧憬般的回忆，她在梦中一次次再现杀戮的经历并从中获得快乐。

一想到自己今天晚上即将实施的行动，蒂甘的脸上就禁不住露出得意的微笑：在今后数年的时间里，她将会拥有另一个崭新的梦，一个在黑暗中独自庆贺的胜利，一个在世道艰难时聊以自慰的经历。

最后，她们终于来到了 X 光安检机的前面。眼见手持自动步枪、神情严峻的廓尔喀士兵分列在安检口的两旁，蒂甘不禁为佩特拉担心，唯恐她在如此强悍的军人面前临阵退缩，露出马脚来。

但是，她妹妹却表现得极其专业，神态自若地把自己的证件交到了守卫的手里。守卫把她的志愿者徽章放进一个识别器，然后仔细核对了电脑记录中的照片和资料，确认她就是"卡洛琳·索尔森"。电脑资料显示，她患有糖尿病，因此她可以携带一个注射胰岛素的小药盒进入体育馆。

守卫用手指着一个灰色的塑料箱，对她道："把你的胰岛素注射盒和所有金属物品放到塑料箱里，还有你身上的首饰。"说着，他又指了指佩特拉手指上的一枚带有纹孔的戒指。

佩特拉微微一笑，摘下戒指放到塑料箱里的胰岛素注射盒旁边，然后顺利地通过了金属探测器。

蒂甘从手指上取下了同她两个姐妹一模一样的戒指，同样放进塑料箱里，她的证件也经过了检查。守卫看了看塑料箱里的戒指，问道："同样的戒指？"

蒂甘微笑着指着佩特拉说："我们是堂姐妹，这两枚戒指是我们的祖母送给我们的礼物，她是个奥运会迷。可怜的祖母去年去世了，为了纪念她老人家我们无论参加哪个赛事的工作都会戴着它。"

"真是个感人的故事。"他挥挥手，让她走进了安检口。

第四十一章

安赛乐米塔尔轨道塔的观景台沿着顺时针方向缓慢地旋转,为人们提供了一个极佳的全景式观景点。奈特站在观景平台上向下望去,整个"伦敦碗"体育场的内部一览无余,运动场上几个运动员和教练员正在查看比赛的跑道。从这里,他同样也能眺望到他刚刚离开的水上运动中心。

浅灰色的天空下,一缕凉爽的东风吹动着片片浮云,奈特手把栏杆极目远眺。麦克·蓝瑟和杰克·摩根站在他身旁,麦克斜眼看看他问道:"你说的是经常在电视上出现的那个家伙吗?"

"他是大英博物馆'希腊古代史馆'的馆长。"

杰克问:"苏格兰场知道这个情况吗?"

早些时候奈特给杰克打过电话,得知杰克和蓝瑟两人都在安赛乐米塔尔轨道塔上,正在检查奥运主火炬的安保情况后,立刻赶了过来。他点了点头回答说:"我刚才同伊莱恩·波特斯菲尔德通过电话,她已经派人前往大英博物馆和馆长的住所搜查去了。"

三个人一时都沉默无语,奈特只感到位于他们头顶上方的奥运火炬正"呼呼"地燃烧,空气中充满了碳的气味。

"我们怎么知道德林已经失踪了呢?"杰克又问。

奈特回答说:"我先给德林的秘书打了一个电话,听说他失踪后才给伊莱恩打的电话。她告诉我说,最后有人看到他是在星期二晚上大约10点左右,他当时正从自己展览开幕式的招待会上离开。也是那一天,在有人最后看到德林的大约6个小时之前,有人最后看到过赛琳娜·法雷尔。"

蓝瑟不解地摇摇头道:"彼得,你事先想到过事情会是这样的吗?我是说,他们两个人可能就是这个案件的同案犯?"

"我根本就没有想到过这种可能性,"奈特坦白地说,"但是,他们俩都曾经在90年代期中期为北大西洋公约组织工作过,都对现代奥林匹克运

动有异议,而且DNA检测的结果也没有排除他们作案的可能性。"

蓝瑟说:"现在,我们总算知道他们是什么人了,抓到他们也只是时间问题。"

"除非在我们抓到他们之前,他们又设法再次实施了谋杀。"杰克说。

伦敦奥组委安保委员的脸色立刻变得煞白,他吐了一口气,忧心忡忡地道:"他的目标会是谁呢?我一直在问自己这个问题。"

"肯定是一个大目标,"奈特回答道,"他们之所以在奥运会的开幕式上实施谋杀,就是因为他们想要让全世界的观众都能看到。"

杰克说:"有道理,那么剩下的赛事中影响最大的是哪一个?"

蓝瑟耸了耸肩膀,分析说:"短跑始终是人们最感兴趣的竞技项目。男子100米的决赛将在星期天晚上举行,申请购票观看这场比赛的人多达数百万,因为这场比赛很可能是一场齐克·肖和菲拉特里·蒙达荷两人的终极对决。"

"今天和明天有什么重大赛事吗?有没有那种一票难求的比赛项目?"

"我认为,只有女子团体体操的比赛,"杰克道,"因为在美国观看这项比赛的电视观众最多。"

蓝瑟抬手看了看手表,仿佛突然感到肚子疼似的说道:"女子体操团体决赛不到一小时就要开始了。"

奈特也立刻感到了忧虑,他说道:"如果我是'克罗诺斯',想要收到一鸣惊人的效果,我肯定会把女子体操作为我的下一个目标。"

蓝瑟满脸愁容,迈步向电梯口走去,同时道:"我不想承认你说得对,彼得,但是我确实认为你很可能不幸言中了。"

"我们走黑墙隧道[①]。"奈特对他道。

"不行,"蓝瑟回答说,"为了防止有人实施汽车爆炸,整个奥运会期间这条隧道都被苏格兰场封闭了。我们还是坐水上巴士吧。"

---

① 连接伦敦南部的一条隧道,是英国最有名的堵车地点。

第四十二章

进入 O_2 体育馆之后,佩特拉立刻向她的上级主管报到,姐妹俩按照主管的安排找到了佩特拉充当引座员的观众区域。这里位于体育馆的北看台的下部,就在即将举行跳马比赛的场地边上。蒂甘离开妹妹找到了分配给她的那个包厢,她的工作是在这里做服务员。她对领班说她得先上一趟卫生间,很快就回来。

蒂甘来到女卫生间里,看到佩特拉已经在那里等待她的到来。于是,两个人分别走进了相邻的两个厕位。

蒂甘打开马桶垫圈上的一次性座套,从垫圈下取出了用胶带固定在那里的两个细长的绿色二氧化碳容器和两把塑料钳子。

她把一个二氧化碳容器和一把塑料钳子留下,把另两件东西从厕位隔板下方的空隙处递给了佩特拉。佩特拉接过容器和钳子,又把两支微型飞镖递给了蒂甘。这种飞镖的镖尖还不如一只蜜蜂的蛰刺长,镖身由胰岛素注射针头做成,后部用强力胶粘着细小的尾翼,两只镖并排粘在一条布基胶带上。

紧接着,佩特拉又递给蒂甘一根约15厘米长的透明塑料气体导管,管子非常细小,两头都带有微型管接头。蒂甘摘下手指上的戒指,将管子一头的阳螺纹接头拧进戒指底部的一个银质纹孔之中。

蒂甘确信连接没有问题之后,重新把接头从戒指上拧下来,将气体导管另一头的阴螺纹接头拧到了二氧化碳容器的接口上,再把塑料导管仔细地盘起来。然后,她卷起右手的衣袖,拿出一块胶布把容器和导管一起粘到前臂上,最后再把戒指戴回到手指上。

她刚刚完成这一系列准备工作,佩特拉又从隔板下递过来她从胰岛素注射盒里取出的一个小药瓶。蒂甘用塑料钳子夹起一支飞镖,将镖尖刺入药瓶的橡胶封口,让镖尖浸入药水中,然后拔出镖尖,将微型飞镖的

尾部插入戒指正面与气体导管插孔相对的另一个纹孔里。

然后,她又将第二只飞镖的镖尖浸上了药水,吹干镖尖的液体,小心翼翼地将它插入制服的翻领下面。这支飞镖是备用的,只有在第一镖不中的情况下才会使用。最后,她慢慢地放下右手的衣袖,按下冲水把手,然后走出了厕位。

蒂甘洗手时佩特拉也从厕位里走了出来。她有些迟疑地冲着姐姐微微一笑,然后凑到她耳边悄声道:"仔细瞄准。"

"准确击发。"蒂甘接着道。她觉得自己现在所做的一切已经是将来梦境中的一部分了,"你的'小蜜蜂'装好了吗?"

"一切就绪。"

第四十三章

水上巴士穿过泰晤士河上的蒙蒙细雨和不期而至的雾气一路向西前进，经过爱犬岛后继续向格林威治半岛北端的女王伊丽莎白二世码头驶去。船上挤满了手持当晚女子体操团体决赛门票的观众，他们都注定要迟到了，因为比赛几分钟之内就要开始了。

然而，奈特此时的思绪并不在身边的其他乘客身上，他正密切地关注着水上巴士的前方，两眼紧盯着越来越近的灯火辉煌的O_2体育馆的拱顶，心中也越来越强烈地感觉到那里很可能就是法雷尔和德林再次实施谋杀的地方。

蓝瑟站在奈特身旁，一直不停地给手下的安保机构打电话，命令加强安保工作的每一个细小环节，他已经把警戒级别提高到了最高级。他还同苏格兰场的水上警察分队打过电话，得知一艘巡逻艇已经在O_2体育馆后面的水面上停泊待命。

水上巴士驶过半岛终端向码头接近，杰克用手指着南面的方向对蓝瑟说："巡逻艇在那儿。"透过朦胧的雨雾，他们看到了一艘带有两个舷外发动机的大型橡皮艇，发动机正"突突"地怠速运转。

巡逻艇上站着5名身穿黑色雨衣的警察，每个人手里都握着自动步枪，警惕地看着渐渐驶近的水上巴士。一名身穿干式潜水服、身材苗条的女警察驾驶着一辆黑色超静喷水摩托艇引导水上巴士缓缓驶进码头。

"那些都是专门用于水上快速反恐行动的船只，尤其是那种喷水摩托艇。"杰克赞赏道，"有这些快艇和摩托艇四处巡逻，恐怖分子想从水路进入或逃离O_2体育馆看来是不可能的了。"

北格林威治体育馆周围的安保工作同样十分严密，整个体育馆由一道3米高的铁丝网围墙所包围，围墙外每隔45米左右就有一名荷枪实弹的廓尔喀士兵把守。安检程序也十分苛刻，到现在为止等候安检的观众

仍然排着长队。要是没有蓝瑟在场,他们至少要花上30分钟才能通过安检,而在蓝瑟的带领下他们仅仅花了5分钟。

"我们该如何查找呢?"奈特问道。这时,从他们前方的通道口内传出了热烈的掌声,紧接着一个女人的声音通过公共广播系统宣布说,女子体操团体决赛第一轮比赛现在开始。

"任何异常的人和事情,"蓝瑟回答说,"任何可疑之处都不能放过。"

"嗅弹犬最后一次检查这个场馆是什么时候?"杰克问道。

"三个小时之前。"

"我建议立刻把它们再调回来,"杰克说着,三人来到了体育馆内,"你们对无线通讯进行监听了吗?"

"我们把整个场馆都屏蔽了,"蓝瑟回答,"这样更加简单有效。"

蓝瑟说完拿起无线通话器,命令拆弹小组立刻带着嗅弹犬返回体育馆。奈特和杰克仔细查看了赛场上的情况,发现参加决赛的各国女子体操代表队已经分别站在不同的体操器械旁等候比赛开始。

俄罗斯队站在比赛场地的南面,准备参加高低杠的比赛。在他们身后不远处是中国队,队员们正在活动身体,准备参加平衡木的比赛。英国队则站在自由体操比赛的地毯旁,由于体操明星妮莎·坎普的出色表现,英国女子体操队在前面的资格赛中取得了相当好的成绩。在比赛场地的最远处,美国队的队员们正准备进行跳马比赛。整个比赛场地里站着许多廓尔喀士兵,他们每个人都背对比赛场地站在自己的岗位上,因此选手们的比赛丝毫不会影响他们的注意力,而观众席上的一举一动却很难逃过他们警惕的眼睛。

奈特认为,要对比赛场地上的某个运动员实施谋杀实际上是根本不可能的。

但是,他们的更衣室是否同样安全呢?还有他们从运动员村到体育馆来回的路途中是否安全呢?

除此之外还必须考虑到另外一个问题:下一个目标会不会根本不是一个运动员呢?

第四十四章

就在这个星期二晚上的6点15分,俄罗斯女子体操队的最后一名选手从平衡木上一跃而下,稳稳地站在了地面上,整套动作完成得毫无瑕疵。

在体育馆看台的高处,俄罗斯体操协会豪华包厢里的要人们立刻欢呼起来。只要顺利完成剩下最后一个项目的比赛,俄罗斯队即将以近乎完美的表现夺得女子体操团体比赛的金牌。英国人异军突起,暂列第二位,美国人则处在第三位。中国人的表现让人感到十分意外,竟然落到了第四名的位置上。

在俄罗斯体操协会的豪华包厢里,蒂甘穿过欢呼雀跃的俄罗斯人,来到吧台前。她把托盘放到吧台上,然后有意将自己身上的一支圆珠笔掉到了地上。然后,她蹲下身体佯装找笔,利用这短短几秒钟的时间从衣袖里抽出了那根细小的塑料气体导管,沿着手腕、手掌拉到小手指处,并迅速将其接头准确地拧进了戒指底部的那个纹孔之中。

她站起身来冲吧台服务生微微一笑,说:"我再去收几个杯子回来。"

吧台服务生点点头,转过身去继续给客人们倒酒。比赛场上,俄罗斯队开始向最后一项比赛的跳马场地走去,蒂甘的整个身心也开始兴奋起来。她若无其事地从豪华包厢中的人群中穿过,向站在窗户前的一位身穿灰色套装、体态敦实的女人走去,那个人正全神贯注地看着场上俄罗斯队员们的表现。

她的名字叫安娜斯塔西亚·拉夫连科,是俄罗斯体操协会——简称"俄体协"——全国委员会的主席。这个人同保罗·提特尔和丹顿·马歇尔爵士一样腐败透顶,只是方式不同而已。蒂甘认为:"克罗诺斯"说得很对,安娜斯塔西亚之流必须被揭露并处以死刑。

她一步步向安娜斯塔西亚接近,右手低垂在腰间,左手则伸进志愿者制服的口袋里,摸到了那个长满刚毛的小东西。当她走到离安娜斯塔西

亚不到两尺远的地方时，她迅速地举起右手，将戒指正面对准安娜斯塔西亚的后颈窝，用小手指按了下戒指上的一个隐秘的开关。

戒指上发出"噗"的一声，但是在喧闹的包厢里谁也没有听到这个轻微的声响。微型飞镖从戒指正面飞出，不偏不倚地扎到了安娜斯塔西亚的脖子上。只见这位俄罗斯体操协会全国委员会主席的身体痉挛似的抽动了一下，她脱口骂了一句脏话，同时抬起手伸向自己的后颈窝。就在她的手即将摸到后颈窝的时候，蒂甘挥起手一巴掌拍打在了她的后脖子上，顺势把微型飞镖刮到了地上，并迅速上前一步用鞋底将其碾碎。

安娜斯塔西亚怒不可遏地转过身来，两眼冒出凶狠的目光。蒂甘毫不避让地直视着这个受害者的眼睛，不无欣赏地把它们牢牢地铭刻在自己的记忆里。然后，她对"俄操协"主席说道："我打死它了。"

她不等俄罗斯人开口便弯下腰去，用左手做了一个从地上捡起什么东西的动作，然后直起身来，把左手掌心里的一只死蜜蜂拿给安娜斯塔西亚看。

"夏天是蜜蜂活动的季节，"蒂甘告诉她说，"不知怎么搞的它们经常会飞到这里来。"

安娜斯塔西亚低头看看蒂甘手中的死蜜蜂，又抬头看看站在她面前的蒂甘，怒气开始消退，但是仍然不满地说道："你倒是身手敏捷，但是还是比这只该死的蜜蜂慢了一步，它已经狠狠地蜇了我一下！"

"实在是非常抱歉，"蒂甘回答道，"你要不要用冰块冷敷一下？"

安娜斯塔西亚点了点头，伸手抚摸着自己的脖子后面。

"我马上去给你取。"蒂甘说。

她收拾了一下"俄操协"主席面前的桌子，最后看了一眼安娜斯塔西亚的那双眼睛，然后回到吧台前把手中的杯子放到吧台上。接下来，她转身向豪华包厢的门口走去，她很清楚自己再也不会回到这里来了。她一边走一边在脑海里重现刚才无声攻击的每一个细节，就像电影里精彩动作的慢镜头回放。

佩特拉沿着看台最下面的栏杆向前走去，她现在正好处在同跳马场地平行的看台最下面一层，前面不远处一名长着淡淡黑胡须的廓尔喀士兵就站在栏杆外的场地上。她在心中默默地告诫自己：我比他们优越；他们只是微不足道的凡人，而我是一支复仇的利箭，是一把净化世界的利器。

她双手捧着一叠毛巾，右手上的戒指被毛巾遮蔽得很严实。她径直走到长着黑胡须的廓尔喀士兵面前，对他微笑道："这是给跳马运动员用的毛巾。"

廓尔喀士兵点了点头，丝毫没有怀疑，因为这已经是这个胖女人第三次向这里送毛巾了，他认为再次检查已经毫无必要。

佩特拉再次默默地告诉自己：我比他们都优越。而就在这个时候，眼前的一切仿佛突然变得离奇的安静和缓慢，就好像多年前还是一个年轻姑娘的她被人轮奸、目睹亲人被人屠杀时候的感觉。就在这种奇怪的状态下，她看到了自己的猎物——一个身穿红色拉链运动衫和白色短裤的瘦小男人。当俄罗斯女子体操代表队的第一名选手开始调整跳板的距离、准备她的第一跳的时候，这个男人便开始在场地上来回踱步。

这个人名叫弗拉迪姆·卢波夫，是俄罗斯女子体操队的主教练，重大比赛时总是喜欢在场地边上不停地踱步。佩特拉早就仔细研究过介绍俄罗斯女子体操队的几个影片，知道这位主教练是一个情绪外露而又精力充沛的男人，总能激励他的运动员充分发挥出他们的高水平。但是，他同时也是一个多次严重违背奥林匹克理想的罪犯，也正是他犯下的罪行决定了他灭亡的命运。

卢波夫的助手是一个名叫伊莲娜·彼得罗夫斯卡的女人，也是个地地道道的罪犯。她稳稳地坐在教练席上，一张毫无表情的脸同卢波夫激动而滑稽的表现形成鲜明的对比。同来回踱步的主教练比起来，纹丝不动的伊莲娜·彼得罗夫斯卡显然是一个更容易打击的目标，但是"克罗诺斯"给佩特拉下达的命令是先干掉主教练卢波夫，如果条件允许再干掉助理教练彼得罗夫斯卡。

佩特拉开始放慢脚步，以便与卢波夫的移动同步。她隔着栏杆把毛巾递给场地里的另一名志愿者，然后向俄罗斯女子体操队的主教练靠近。卢波夫此时正弯着腰，给一个小不点儿运动员鼓劲打气。

这个时候，俄罗斯队的第一名选手开始助跑。

佩特拉把手放到栏杆上,仔细地将戒指上的飞镖对准了主教练的脖子。就在第一名选手踏上跳板的一刹那间,佩特拉击发了。

当飞镖准确地击中卢波夫的后脖子的时候,佩特拉再一次在心中对自己说:我是一个比他们都优越的人。

无论从哪方面讲,我都比他们优越。

第四十五章

俄罗斯主教练一巴掌拍到自己的后脖子上,紧接着他的第一名选手稳稳地落到了垫子上,全场响起了一片欢呼声。卢波夫痛苦地皱起了眉毛,扭头看看身后,茫然不知发生了什么。然后,他晃了晃脑袋,飞镖落到了地上,他一边拍手一边向走下赛场的第一名选手跑去。这名成功完成第一跳的选手满脸洋溢着灿烂的笑容,她高高举起双手同卢波夫热烈握手。

"那个小姑娘可是一跳惊人呐。"杰克脱口道。

"是吗?"奈特放下手中的望远镜问道,"我刚才一直在看卢波夫。"

"你是说体操界的那个乔·库克①吗?"杰克问道。

奈特会心地笑起来,但是却突然看见俄罗斯主教练伸手揉了揉自己的后脖子,过了一会儿,当他的第二个选手站到跳马跑道上的时候,他又开始了众所周知的踱步仪式。

"我觉得这个'乔·库克'被什么东西蜇了一下。"奈特说,再一次放下了手中的望远镜。

"被什么蜇了一下,一只蜜蜂吗?你从这里怎么看得见一只蜜蜂?"

"我并没有看见任何蜜蜂,"奈特回答说,"但是,我看见了他身体做出的反应。"

奈特听见站在身后的蓝瑟正对着无线通话器喊话,语气十分紧张。他要求体育馆内外的安保负责人要格外加强对即将到来的颁奖仪式的安保工作。

---

①英国著名摇滚歌手,1944年5月20日出生于英格兰约克郡的谢菲尔德。20世纪60年代出道,1968年11月以其翻唱的披头士乐队的一首《在朋友们的帮助下》登上英国歌坛第一的位置。此后,他的两张专辑《在朋友们的帮助下》和《乔·库克!》让他在美国获得金奖,并跻身全美前10名。现在,乔·库克虽已失去他70、80年代红极一时的光彩,但是仍然活跃在歌坛上。

奈特心中隐隐感到一种不祥之兆,他再次举起望远镜观察俄罗斯主教练的情况。卢波夫的前三名选手都顺利地完成了自己的动作,他也兴奋地欢呼了三次。当他的第四名选手开始助跑时,他已经兴奋得手舞足蹈,活像一名伏都教的巫师。就连他那位沉默寡言的助理教练伊莲娜·彼得罗夫斯卡也坐不住了,只见她站起身来,一手情不自禁地捂住嘴巴,两眼紧盯着她的队员从跳马上腾空而起,在空中转体、翻腾……

突然,伊莲娜·彼得罗夫斯卡感觉到脖子后面被什么东西狠狠地蜇了一下,抬起手用力在后脖子上拍打了一下。

俄罗斯队的最后一名运动员同时完美地落地,胜利地举起了双手。

观众席上沸腾了。俄罗斯体操队赢得了金牌,英国队喜获银牌——这也是有史以来英国奥运体操队在团体比赛项目上取得的最好成绩。俄英两国的教练员和运动员纷纷拥抱在一起,比赛场上洋溢着胜利的喜悦。美国人也在庆祝,他们毕竟夺得了铜牌。

奈特一直密切关注着赛场上发生的一切,同时也用望远镜扫视着看台上疯狂的人群,只见他们不仅激动得吼破了嗓子,同时也纷纷拿起相机对准了跳马场地。卢波夫亢奋地跳起了强劲有力的俄罗斯舞蹈,他的姑娘们也跟着他翩翩起舞,现场观众都把目光集中到了获胜的俄罗斯女子体操队员的身上。

然而,一名胖乎乎的淡金黄色头发的"奥运会主人"的反应却截然与众不同。她转过身背对场地上欢呼雀跃的运动员们,迈着有些不自然的步伐从场地边上迅速爬上石阶,很快走进了进出看台的通道,直奔体育馆的外厅走廊而去。

奈特突然感到呼吸急促,他放下望远镜急切地向杰克和蓝瑟说道:"肯定出事了。"

"你说什么?"蓝瑟问。

"俄罗斯的两个教练出事了。我看到他们俩先后拍打自己的后脖子,就好像被什么东西狠狠地蜇了一下似的。先是卢波夫,后来是彼得罗夫斯卡。就在那个助理教练拍打脖子后不久,当这里的所有人都把注意力放到了俄国人身上,庆祝他们最后一跳成功的时候,我却发现一个体态臃肿的淡金黄色头发的女性'奥运会主人'匆匆地离开了现场。"

杰克眯缝起眼睛,仿佛在瞄准远处的某个目标。

蓝瑟怀疑地撅起嘴唇,问道:"两个人拍打了他们的脖子,一个超重的引座员离开了她的工作岗位?就这些吗?"

"就这些。但是,这种事情与现场的情况很不协调……肯定不正常,我就是这种感觉。"

杰克问道:"那个志愿者去哪儿啦?"

奈特用右手指了指对面看台上的一个进出通道,说:"她走进了看台上的那个进出口通道,就在115区和116区之间,大约15秒钟之前。她走路的样子也有些奇怪。"

蓝瑟抓起无线通话器大喊道:"监控中心,立刻查看115区外厅走廊出口处的监视器,是不是有一个淡金黄色头发、身体较胖的'奥运会主人'从那里走出来?"

异常紧张的几分钟过去了,这时奥运会的工作人员已经把颁奖台推到了比赛场上。

终于,蓝瑟的通话器响了起来:"一直没有看到你说的那个人。"

奈特不解地皱起了眉毛,说道:"这不可能,她肯定就在那儿的什么地方。她刚刚从那里走出去。"

蓝瑟看着他想了想,然后对着通话器命令道:"告诉那个区域的有关官员,如果他们看到一个胖乎乎的'奥运会主人',淡金黄色头发,立刻把她扣下来,我们有事要问她。"

"我看,我们应该立刻通知医生去看看那两个教练。"奈特建议说。

蓝瑟答道:"运动员都拒绝接受陌生医生的治疗,但是我可以马上通知俄罗斯体操队的队医,这样行吗?"

奈特正想点头,突然想到了另一个问题,于是问道:"那些安保摄像头的监视终端在哪里?"

蓝瑟抬起手指了指位于他们上方看台上一个封闭的玻璃房间。

"我上去看看,"奈特说,"让我进去,好吗?"

第四十六章

佩特拉走进体育馆北部上层通道西面的女卫生间里,选择中间的厕位走进去,随即关上了门。她极力控制住急促的呼吸,深深地吸了一口气,多年来几乎已经淡忘的那种力量在身体里涌动,她很想放开喉咙大喊几声。

看到了吗?我就是一个超人。我杀死了魔鬼,我成功地复了仇;我是一个真正的"复仇女神"。看看希腊神话吧!

在肾上腺素的刺激下,佩特拉的身体不由自主地颤抖。她从头上取下淡金黄色的假发,露出了用发卡紧紧固定在头皮上的姜黄色头发。她拔下塑料发卡,让头发自然下垂下来。

然后,她伸出双手抓住马桶坐垫纸盒两侧的金属把手,把整个纸盒从墙上取下来,放到马桶盖上。接着,她把手伸进墙上暴露出来的空洞里,从中取出一个深蓝色的橡胶防水背包,里面装着她换装所需要的衣服。

她把背包放在坐垫纸盒上,脱下志愿者制服挂到厕位门后的衣物挂钩上。然后,她把用胶水粘在臀部、腹部和大腿上的肌肉假体逐一揭下来,让身体恢复了原有的苗条状态。她低头看了看橡胶防水背包,心想要是把这些橡胶肌肉假体都放进去,逃跑途中不知会有多么沉重和困难。于是,她把假体和假发一起塞进了墙上的空洞里。

四分钟之后,马桶坐垫纸盒已经重新安放到了墙上,她脱下的志愿者制服已经放进了防水背包里。一切收拾妥当后,佩特拉走出了厕位。

她走到盥洗台前,一边洗手一边在镜子里欣赏自己的全新打扮:上身里面穿着一件白色纯棉无袖运动衫,外面套着一件蓝色亚麻运动衣,下身穿着一条白色紧身短裤,脚上是一双蓝色低帮帆布运动鞋,胸前挂着一条朴实无华的金项链。她最后又戴上了一副时尚的平光眼镜,冲着镜子中的自己微微一笑。现在,她就是一个普普通通的爱美女人罢了。

这时,佩特拉身后右边一个厕位的门打开了。

"准备好了吗?"佩特拉并没有回头看上一眼就问道。

"就等你了,妹妹。"蒂甘说着,来到镜子前站在佩特拉的身旁,头上的黑色假发已经不见了,代之以一头棕金色的头发。她一身休闲打扮,手里提着一个与佩特拉相似的防水背包,"成功了吗?"

"两个。"佩特拉回答说。

蒂甘带着对她刮目相看的表情略微歪着头道:"人们该为你写新的神话故事了。"

"没错,会有人写的。"佩特拉笑道。两个"复仇女神"一起向盥洗间的门口走去。

这时,门外走廊里的扩音器里传来现场主持人的声音,她用法语和英语大声宣布道:"女士们、先生们,请坐下。女子体操团体比赛的颁奖仪式即将开始。"

第四十七章

奈特站在监控中心的安保终端监视器前,密切注视着体育馆115区和116区二楼走廊外的情况,每一个人都没有放过,但是却一无所获。现在,走廊里仍然有一些人,他们如厕后又匆匆赶回了场内。

画面上曾经出现过两个同行的女人,一个身材苗条,一头时髦的棕金色头发;另一个的身材也不胖,一头姜黄色的短发。两个人从女卫生间里走出来,然后同其他观众一起回到了场内。奈特寻找的是一个体态肥胖、长着淡金黄色头发、身穿"奥运会主人"制服的女人,因此他只是稍稍看了她们一下,并没有太在意。

但是,当那个姜黄色头发的女人从卫生间走向通道口时,她走路的姿势却让奈特觉得似曾相识。于是,他立刻看了看监视屏幕,两个女人现在已经不在他刚才看到她们的地方。她是不是走路的样子有些不自然?从刚才的录像中看起来确实是,但是她身材比他看到的那个志愿者苗条,并不是一个胖女人,而且她长着姜黄色而不是淡金黄色的头发。

比赛场上,女子体操团体比赛的颁奖仪式已经开始,奥组委官员正向美国队颁发铜牌。奈特拿起望远镜,透过安保监控中心的玻璃向体育馆北看台看去,希望在匆匆赶回座位上的观众中找到那个姜黄色头发的女人和她的同伴。

奈特还没有找到他的目标,主持人已经宣布向英国女子体操队颁发银牌。身为主办国英国的观众们纷纷站起身来,鼓掌声、口哨声和尖叫声响成一片,同时也使奈特的目标完全淹没在人群中。不仅如此,一些人突然在体育馆北看台上展开了几面硕大的英国国旗并不停地挥舞,从而使得奈特更加无法看清楚看台上的人。

当英国国旗仍在看台上挥舞的时候,俄罗斯女子体操队站到了颁奖台正中间的最高领奖台上。奈特只好暂时放弃搜索,把目光转向两个俄罗斯的教练。

卢波夫和彼得罗夫斯卡站在自由体操比赛场地的边上,他们身旁站着一个身材矮小而肥胖的50多岁的俄罗斯女人。

"那个女人是谁?"奈特向身边的一名监控中心工作人员问道。

他看了看奈特指着的那个女人,回答说:"哦,她叫安娜斯塔西亚·拉夫连科,是俄罗斯体操协会的主席。一个大人物。"

体育馆里响起了俄罗斯的国歌,俄罗斯国旗开始缓缓升起。奈特用望远镜紧盯着卢波夫和彼得罗夫斯卡,心想那位俄罗斯主教练一定又要感情勃发、大展手舞足蹈的身手了。

然而,卢波夫的表现却大大出乎奈特的意料:面对自己刚刚夺得奥运会金牌的体操健儿,他脸上的表情却显得那么古怪和忧郁。卢波夫一反常态,他并没有抬起头仰望着正在徐徐升起的俄罗斯国旗,而是呆呆地看着地板,一只手竟然抚摸起自己后颈窝来。

奈特正想把望远镜再次转向北看台,继续找寻那两个女人,却看见安娜斯塔西亚·拉夫连科突然两腿一软,仿佛感到头晕目眩的样子。站在她身边的助理教练彼得罗夫斯卡赶忙伸出手抓住了"俄体协"主席的手肘,帮助她重新站好。

紧接着,安娜斯塔西亚抬起手抹了抹自己的鼻子,然后低头看着手掌,她的脸上立刻充满了恐怖的表情,对彼得罗夫斯卡说了一句什么。

但是,就在这个时候,奈特却突然看到站在"俄体协"主席另一边的卢波夫猛地抽搐了一下,俄罗斯的国歌正好也到了最后几个音符。紧接着,卢波夫迈着蹒跚的步子走上了自由体操比赛的地毯,踏着弹性地板向颁奖台走去,左手捂着自己的喉咙,右手伸向自己刚刚获胜的体操队伍,就好像她们是一根救命的绳索,他自己是一个行将溺毙的可怜人。

俄罗斯国歌结束了,俄罗斯姑娘们从国旗上收回了她们的目光,激动的泪水流淌在她们的脸颊上。然而,她们却突然都看见了痛苦地向她们走来的主教练,并目睹他一个跟跄倒在了她们面前。

几个姑娘惊恐万状地尖叫起来。

奈特虽然远在半个体育馆的距离之外,但是他仍然清楚地看到卢波夫的口鼻处流出了鲜血。

现场医护人员还没有来得及跑到倒地的俄罗斯主教练身旁，安娜斯塔西亚·拉夫连科突然歇斯底里地叫喊着说她什么也看不见了，随即也瘫倒在地，口眼鼻耳七窍出血。

看台上的体操迷们都突然明白过来，难以置信地叫喊着、哭泣着，恐惧很快笼罩着整个 O_2 体育馆。许多人开始抓起自己的随身物品，迅速向出口通道跑去。

奈特站在上层的安保监控中心里，虽然他心里很清楚俄罗斯女子体操队的助理教练伊莲娜·彼得罗夫斯卡也必定危在旦夕，但是他却不得不强迫自己把眼光从场地上混乱的场面上拉回到监视器的屏幕上，他必须盯着115区和116区间的通道出口，找到从那里走进去的那两个女人。安保监控中心的工作人员则一个个忙于应付突然来自体育馆各处的呼叫。

突然，一名工作人员大声喊道："场馆东南面近距离发生爆炸，就在泰晤士河的河岸上！水上警察已经出动！"

感谢上帝，体育馆内的人们并没有听到爆炸声，否则更多人涌向出口势必造成踩踏事故。但是，就在这个时候伊莲娜·彼得罗夫斯卡也突然倒地、七窍流血，现场气氛变得更加恐怖。

这时，奈特突然在操纵台上相邻的一台监视器上瞥见了那个姜黄色头发的女人和她棕金色头发的同伴，她们挤在观众人群中走出了北看台的通道口。

他虽然无法看清楚她们的长相，但是那个姜黄色头发的女人无疑是一个跛脚。"就是她！"奈特大喊一声。

这时的安保监控中心内，从场馆内外传来的无线通话器的呼叫声不绝于耳，工作人员已经手忙脚乱、难以应付，他们对奈特的叫喊只是匆匆抬头看了他一眼。奈特意识到，体育馆内外的突发事件已经让他们自顾无暇，于是立刻转身向监控室的门口跑去。他迅速打开门，冲进上层走廊里，在人们惊讶目光的注视下推推搡搡地向前挤进，希望自己能够及时截住那两个女人。

但是，她们往哪个方向去了？东边还是西边？

奈特认定，她们肯定会向离交通工具最近的出口逃窜，于是沿着走廊向西追去,两眼不停地在人群中搜索。突然,他听到了杰克的声音:"奈特!"

他扭头循声向右看去,发现他的老板刚刚从一个通道里挤出来。

"我看到她们了!"奈特大叫道,"两个女人,一个姜黄色头发、一个棕金色头发。姜黄色头发走路的样子有些不自然!赶快呼叫蓝瑟,让他把这个区域封锁起来。"

"该死!"杰克急躁地骂道,"整个无线通话系统已经超负荷!"

"那么,只能靠我们自己了。"奈特说着加快了步伐,下定决心决不让那两个女人从这里逃脱。

很快,他们已经跑到了奈特在监视器上看到的北看台外的走廊上,但是却没有发现那两个女人的身影。奈特分析,她们是不可能从他身边溜过的,只得暗暗叫苦,后悔没有向走廊东面追赶。但是,就在这个时候他突然看见了那两个女人,她们就在一百多米之外,正从一个消防逃生口向外走。

"看到她们了!"奈特大吼一声,拔腿就跑,左手高举着自己的徽章,右手拔出了"贝雷塔"手枪。他朝天花板开了两枪,同时大喊道:"卧倒!卧倒!"

枪声和喊叫声立刻产生了效果,就像《圣经》故事里摩西挥杖分开红海之水一样,走廊上的人们纷纷卧倒在水泥地面上,捂着头躲避着向消防逃生口奔去的奈特和杰克。就在这时,奈特突然明白了。

"她们想逃到河边去!"他向杰克喊道,"她们引爆了一个炸弹,只是为了转移注意力,把水上警察从这里调开!"

就在这个时候,体育馆里的灯闪烁了一下便同时统统熄灭了,整个场馆立刻陷入了一片漆黑之中。

第四十八章

奈特在黑暗中几步踉跄才站住了脚跟,就好像悬崖勒马似的突然止住了脚步,只感觉到头里一阵眩晕。他听见周围躺在地上的人们发出一片尖叫声,立刻伸手取出了口袋里的钥匙链,上面始终挂着一只袖珍手电筒。他拨开电筒开关,墙上的红色电池应急灯也随即开始发光。

他和杰克再次起跑,冲过了最后20多米的距离,来到了消防逃生梯的门口。奈特想用肩头撞开门,却发现门已经被锁上了。于是,他举起手枪向门锁开了一枪,枪声再次在恐惧的观众中引起一阵尖叫。不过,当他们一起用脚向门踢去时,门终于打开了。

两个人沿着消防逃生梯冲下去,发现体育馆的后面正是这个场馆的货物装卸码头,这里满满地停放着新闻媒体的转播车和其他场馆辅助设备。虽然这里的红色应急灯也已经点亮,但是奈特一时还是没有看到那两个逃跑的女人,因为下方的地面上到处是奔跑的人群,一个个都在大喊大叫,彼此询问到底发生了什么事情。

不过,奈特还是很快发现了她们,但是两个身影一闪又消失在体育馆东北端一扇打开的门外。奈特三步并作两步冲下楼梯,躲避着媒体工作人员从人群中穿过。跑近门口时,他才发现门口突然多出了一名守卫。

于是,他举起自己的徽章,上气不接下气地问道:"两个女人……去哪儿啦?"

守卫感到疑惑,看着他回答说:"什么两个女人?我刚才……"

奈特一把把他推到一边,冲出门外。他发现,整个格林威治半岛北端都已经断电,天空中正雷声隆隆,闪电不时划破漆黑的夜空,投下一阵阵短暂的光亮。

不期而至的雾气在空中飞旋,大雨倾盆而下,奈特不得不举起胳膊遮住眼睛。又一轮闪电接踵而至,他定睛沿着近三米高的铁丝网围墙望去,围墙外是一条公路,沿着泰晤士河向东南方向直通码头。

棕金色头发的"复仇女神"正蹲伏在围墙外的地面上,而姜黄色头发的女人已经翻过围墙顶部,正爬下围墙。

奈特迅速地举起手枪,但是天空已再一次恢复了黑暗,而在这样一个疾风暴雨的夜晚他那支钢笔电筒根本起不了作用。

"我看到她们了。"杰克说。

"我也看到了。"奈特回答。

然而,奈特没有向两个女人所在的地方冲去,而是疾步跑向离他最近的一段围墙。他把电筒塞进口袋里,再把手枪插到后腰皮带下,奋力爬上围墙,然后纵身一跳落到了外面的马路上。

虽然这已经是奈特被汽车撞上后的第五天了,但是当他翻过围墙、重重地跳到马路水泥地面上的时候,受伤的肋骨还是传来一阵疼痛。他抬头向左面的泰晤士河面上望去,发现下一班水上巴士正向格林威治半岛驶来。

杰克也紧接着翻过围墙、落到奈特身旁,两人一起向不远处的码头跑去,码头上可见几盏红色应急灯散发出微弱的光亮。当他们跑到离通向水上巴士泊位的坡道不到20米远的距离时,同时放慢了脚步——两名廓尔喀士兵直挺挺地躺在滂沱大雨中,两人的喉咙都已经被利刃所割断。

雨水敲打在码头的地面上,发出一片"噼噼啪啪"的声响,正在接近的水上巴士的引擎声从雨声中传来。而就在这个时候,奈特隐约听到了一台舷外发动机启动的声音。

杰克也同时听到了,他大叫道:"他们有一艘船!"

奈特顾不得多想,一纵身跳过横在坡道上的铁链,向码头上冲去,同时挥舞着手枪和钢笔电筒寻找着任何可疑的动静。

就在码头边的地上,躺着一个女人,她正是那位不久前骑着喷水摩托艇为水上巴士导航的伦敦警察厅水上分队的女警官。她两眼凸出,脖子怪异地歪向一边。奈特没有停下脚步,从女警官的尸体旁一跃而过,跳到了码头上,同时清楚地听见那台舷外发动机已经在雨雾中开始加速。

他看见女警官的喷水摩托艇仍然拴在码头上,于是立刻跑过去,发现钥匙还插在点火器上。奈特纵身跳上摩托艇,发动了引擎,而紧随其后的

杰克则伸手从地上抓起女警官的无线通话器跟着跳上了摩托艇，坐到了奈特的身后。"我是国际私人侦探公司的杰克·摩根。一名伦敦警察厅水上分队的警官被杀，尸体躺在女王伊丽莎白二世码头上。我们正在河上追赶凶手。重复：我们正在泰晤士河上追赶凶手。"

奈特拧动摩托艇手把上的节流阀，摩托艇猛然启动，毫无声息地飞速离开了码头，冲进河面的茫茫迷雾之中。

雾正变得越来越浓，能见度已经下降到不足10米，而且又正好赶上退潮时间，波浪汹涌地向东翻滚。杰克身上的无线通话器响了，有人在回应他刚才的呼叫。

他没有搭理通话器里喊话，而是立刻把它的声音调小，使他们能够听到前方迷雾中舷外发动机传来的"突突"声音。奈特发现，在这艘喷水摩托艇的仪表盘上装有一个数字罗盘。

根据罗盘显示的方向，那艘船正朝着泰晤士河主航道东北偏北的方向低速航行，大概是因为能见度太低而不得不缓慢行驶。奈特现在感到信心十足，他们肯定能抓到那两个女人，于是他猛地加大了油门，心中暗自祈祷千万不要撞上什么东西。河面上有浮标吗？肯定是有的。当他们驶到河中心的时候，奈特终于看到了"三一"浮标码头上的灯塔闪烁的光芒。

"他们正朝利河驶去，"奈特扭过头对杰克说道，"想从奥林匹克公园中穿过。"

"凶手正逃向利河河口。"杰克冲着无线通话器大声喊道。

紧接着，他们听到了从泰晤士河两岸同时传来的警笛声，前方的船随即开始加速。河面上的雾已经不如刚才浓密，奈特终于瞥见了前方不到30米外一艘快艇飞驰而过的身影。那艘快艇没有打开船头的灯，但是咆哮的马达声却清晰可闻。

奈特把油门拧到极限，力图缩小同快艇之间的距离，但是与此同时，他突然发现逃窜的快艇并非朝利河河口而去，它前进的方向显然偏离了河口好几度，正朝着两河交汇处东面高高矗立的水泥防波堤冲去。

"她们要撞到防波堤上了！"杰克叫道。

奈特刚刚关闭了喷水摩托艇的节流阀，就看见快艇迎面撞到了防波堤上,随着几声连续的爆炸声,几个火球在蘑菇状烟雾的推动下从河面腾起,耀眼的火焰舔舐着夜空中的雨和雾。

快艇的碎片在他们四周纷纷落下,奈特和杰克不得不迅速掉转方向、远离火海,他们根本不可能听到三个人在水中游动的声音,他们正顺着潮水向东游去。

第四十九章

2012年8月1日,星期三

凌晨4点,暴风雨已经过去,奈特筋疲力尽地钻进一辆出租车,让司机把自己送到切尔西的家中。

奈特不仅浑身湿透,而且感到头昏脑涨、怒气冲天。从"复仇女神"驾驶着快艇撞上泰晤士河的防波堤到现在,已经发生了许多事情,现在这些事情都一股脑儿地在他沉重的脑袋里交替出现,让他不得安宁。

撞船事件发生后不到半个小时,警方的专业潜水员就赶到了现场,他们在水中反复寻找凶手的尸体,但是退潮的强大水流让搜寻工作无果而终。

接着,正在搜查詹姆斯·德林办公室和住所的伊莱恩·波特斯菲尔德被上司紧急调到格林威治半岛的O_2体育馆,同苏格兰场的其他警察一起组成了一只庞大的侦破组,对刚刚发生的三起谋杀案进行调查。

她首先听取了奈特、杰克和蓝瑟的情况报告:电力突然中断后整个场馆立刻陷入了一片混乱之中,他们三人都迅速地冲到了楼下。前十项全能冠军蓝瑟听到奈特在上层走廊里开枪的声音后,曾想立刻封锁整个体育馆的出口,但是没想到"复仇女神"仍然先他们一步逃脱了。

于是,蓝瑟立刻下令电工恢复供电,结果发现有人把一个非常简单的定时断路器连接到了体育馆的主电源线上,并且破坏了启动备用发电机的继电器,从而造成断电。后来,不到30分钟电力供应就恢复了,使奈特和波特斯菲尔德能够仔细地查看安保监视器留下的监控录像,而蓝瑟和杰克则赶去帮助甄别和询问三起谋杀案的数千个目击证人。

但是,他们却懊恼地发现监控录像上两个"复仇女神"的脸一直无法看清,这两个女人显然非常清楚监视摄像头的位置和角度,知道什么时候该把头转向什么方向。奈特想起来,那个胖乎乎的"奥运会主人"是在颁奖仪式开始前从看台上消失的,后来他就看见这两个女人从女卫生间里一起走出来。他对波特斯菲尔德说:"她们肯定是在盥洗间里换掉了伪装。"

于是,他和波特斯菲尔德一起向女卫生间走去,准备仔细搜查那个地方。在路上,他的大姨子告诉他说,她在德林家的电脑里也发现了那首排笛吹奏的乐曲,此外还找出了不少文章甚至是长篇论著,都是大力抨击现代奥运会如何充满了铜臭和可耻的商业勾当的。在这些文章中,那位电视明星和博物馆馆长至少两次明确表示,现代奥运会的这些腐败和欺骗行为如果发生在古代奥运会上,都必然会被迅速而有力地清除。

"他说,奥林匹亚山上的众神会毫不留情地将他们一个个打倒在地,"波特斯菲尔德说,两人走进了女卫生间,"他还说,他们的死将成为献给众神的'最好的牺牲品'。"

奈特心里感到十分痛苦:最好的牺牲品?三个活生生的人死了,到底是为了什么?

当他们搜查女卫生间的时候,奈特突然又想到了波普,她为什么一直没有给他打电话?现在,她应该已经收到"克罗诺斯"的第三封信了。

搜查进行了20分钟之后,中间厕位墙上松动的马桶坐垫纸盒引起了奈特的注意。他用手把纸盒从墙上拉了出来,很快就在墙上的空洞里摸出了一副淡金黄色的假发。他把假发递给波特斯菲尔德,说道:"她们犯了一个严重的错误,这上面肯定给我们留下了DNA证据。"

女警司并未感到兴奋,勉强接过假发并把它塞进了一个证据袋里。她严肃地告诉奈特:"彼得,干得不错。但是,在我完成对它的分析之前,我不想你我之外的任何一个人知道它的存在,尤其是你的那个叫凯伦·波普的客户。"

"绝不会再有任何人知道。"他做出了保证。

到凌晨3点左右,奈特正准备回家的时候又碰到了杰克,他很守信,一个字都没有提到假发的事情。但是,私人侦探公司的老板却告诉他,体育馆"奥运会主人"专用入口处负责安检的一名警卫说,他清楚地记得两个肥胖的堂姐妹从他那里经过了安检门,其中一个患有糖尿病,姐妹俩都带着相同的戒指。

电脑记录显示,这两个"志愿者"一个叫"卡洛琳·索尔森",另一个叫"阿妮塔·索尔森",姐妹俩一起住在利物浦北街。派去调查的警察很快就向总部报告说,他们在那里的一套公寓房间里确实找到了名叫卡洛琳·索尔森和阿妮塔·索尔森的两姐妹,当时两个人正在家里蒙头大睡。她们发誓说自己根本没有去过什么O_2体育馆,甚至连体育馆附近也没有去过,更没有荣幸地被选为伦敦奥运会的"奥运会主人"。警察把她们俩一起带回了新苏格兰场,准备对她们进行进一步的询问,但是奈特相信在她们身上已经不可能找到任何突破口,因为这两个索尔森姐妹无疑是被人利用了——"复仇女神"盗用了她们的名字和身份。

当出租车在奈特家的门前停下的时候,天已经快亮了。他刚刚得出了一个结论:"克罗诺斯"或者"复仇三女神"之一一定是一个黑客高手,她们也一定有机会接触到O_2体育馆电力设施的某个关键部分。

对吗?

他实在是筋疲力尽了,已经无法回答自己提出的这个问题。他把车费递给出租车司机,然后告诉他稍等一会儿。奈特拖着沉重的步子走到前门,打开门走进去,伸手打开了过道里的灯。他听到一阵"咯吱咯吱"的声响,于是抬头向游戏室里看去,发现玛塔从长沙发上坐了起来,正伸着双手打哈欠,盖在身上的毯子从肩头滑落到了地上。

"真是太抱歉了,"奈特轻声说道,"我一直在体操馆工作,因为手机信号都被屏蔽了,所以我无法给你打电话。"

她用手捂着张开的嘴巴,回答说:"我在电视上都看到了。你刚才也在那里吗?他们抓到凶手没有?"

"没有,"他说,心里感到非常恼火,"我们甚至不知道她们是死是活。不过,她们也犯了一个致命的错误,如果她们还活着,肯定会被抓到的。"

她又打了一个哈欠,嘴巴张得更大了。然后,她迷迷糊糊地问道:"犯什么错误了?"

"一言难尽。"奈特回答说,"门口有一辆出租车等着你,车费已经付过了。"

玛塔疲惫地微微一笑,说道:"你真好,奈特先生。"

"叫我'彼得'吧。你明天什么时候可以来?"

"下午1点钟,行吗?"

奈特点点头。他有9个小时的休息时间,如果运气好,双胞胎醒来之前他可以睡上4个小时。虽然时间不多,但是总比不睡强。

玛塔好像看出了他的心思,一边朝门口走去一边说:"伊莎贝尔和卢克今晚都非常疲倦。我估计,为了你他们肯定会睡过头的。"

第五十章

那天的黎明刚过,我就感到头疼欲裂,仿佛我的头被人用斧子劈成了两半。我怒不可遏地问玛塔:"什么致命的错误?"

她的眼睛里流露出死亡的目光,当年我在波斯尼亚把她从枪口下救下来的时候就曾经看到过这种目光。"我不知道,"她回答说,"他不肯告诉我。"

我愤怒地转向其他两姐妹,质问道:"什么错误?"

蒂甘摇了摇头,回答说:"我们没有犯过任何错误,一切都是完全按照计划执行的。佩特拉甚至还干掉了彼得罗夫斯卡,取得了最大的战果。"

"是啊,"佩特拉看着我说。她目光里流露出一种近乎疯狂的神情,"'克罗诺斯',我是超人,是冠军,没有任何人能比我干得更好了。在泰晤士河上也一样,我们就在快艇撞上防波堤之前跳进了河里,时机拿捏得非常准确,而且我们也恰到好处地利用了潮水。无论从哪方面讲,我们都获得了10分的满分。"

玛塔点了点头,说:"我在奈特回到家之前差不多两个小时就回到了那里。我们胜利了,'克罗诺斯'。现在,他们肯定不得不中止奥运会。"

我摇摇头,告诉她们说:"根本不会有丝毫影响。那些赞助奥运会的大公司和新闻媒体都不会允许奥运会半途而废的,他们都是些不见棺材不掉泪的家伙。"

但是,我们到底犯下了什么样的错误呢?

我把目光转向蒂甘:"工厂方面的情况呢?"

"我离开前,已经把大门封得很严实。"

"再去检查一遍,"我告诉她,"确保不出任何问题。"然后,我走到窗户前坐到一张椅子上,继续苦苦思考着我们可能犯下的错误。我想到了几十种可能性,但是因为我获得的信息有限,仍然无法做出准确的判断。如果我连这个错误的性质都一无所知,又怎么可能采取有效的应对措施呢?

最后,我抬起头看着玛塔说:"你要想办法查清楚。我不管你采取什么样的方式,但是必须找出我们所犯的错误是什么。"

第五十一章

星期三上午11点40分，奈特在皇家医院花园内的儿童游戏场上推着伊莎贝尔荡秋千。卢克已经找到了荡秋千的诀窍，双腿和双手一起使劲，一心想荡得更高，奈特只好不断温柔地让他慢下来。

"爸爸！"卢克尖叫道，"卢吉飞起来了！"

"别荡得太高，"奈特告诉他说，"你会掉下来摔破脑袋的。"

"不会的，爸爸。"卢克回答。

伊莎贝尔"哈哈"笑道："卢克的脑袋早就摔破了！"

奈特觉得这样下去可不行，于是不得不把两个孩子从秋千上抱下来并把他们分开，伊莎贝尔走进了沙坑，卢克则去了攀爬架。当两个孩子各自专注于自己玩耍的时候，他打了一个哈欠，然后抬起手看了看表——到玛塔说好回来的时间还有1小时15分钟。他走到一旁的长凳上坐下来，打开iPad，开始了解最新的新闻报道。

弗拉迪姆·卢波夫、伊莲娜·彼得罗夫斯卡和安娜斯塔西亚·拉夫连科被杀事件，在整个英国乃至全世界都引起了强烈的反响，世界各国首脑纷纷谴责"克罗诺斯"、"复仇女神"和他们的野蛮行径，各国运动员也都义愤填膺。

奈特点击了一下iPad上的一个链接，转到英国广播公司的新闻频道上。新闻报道了俄罗斯教练被杀后社会各界的反应，重点报道了来自西班牙、中国和乌克兰运动员的父母们的反应，他们纷纷对伦敦奥运会的安保工作感到忧虑，一些人甚至坚决要求自己的孩子立刻回国，哪怕放弃自己的奥运梦也在所不惜。俄罗斯不仅已经向国际奥委会提出了强烈抗议，而且发表了一个措辞严厉的声明，指责主办国没有能力为奥运会提供安全的比赛场馆，而在4年前的北京奥运会上，安保工作却做得无懈可击。

但是，英国广播公司却试图把矛头转向安保工作中的各种漏洞，其中甚至包括了伦敦奥组委雇佣的F7安保公司提供设备的质量和安保人员的素质问题。F7公司的一名发言人立刻发表了一个声明,信誓旦旦地为自己的公司辩护,声称不仅他们提供的安保设备"质量一流",而且使用设备的人员也是"行业中的佼佼者"。英国广播公司的报道还披露说,场馆的电脑安全系统是由苏格兰场和军情五处的专家们设计的,奥运会开幕前曾被吹嘘得天花乱坠,号称"不可能被侵入"和"坚不可摧"。但是,苏格兰场和军情五处这两个执法机构至今都一直保持沉默,未对电脑系统中存在的明显安全漏洞做出任何解释。

这样一来,当几名英国国会议员强烈呼吁早已"四面楚歌的麦克尔·蓝瑟"立刻下台之后,一时间蓝瑟便成为公众发泄愤怒的对象,他不得不站出来向媒体公开表态。

"我绝不会推卸自己应负的责任,"蓝瑟说,听起来既愤慨又伤心,"那些恐怖分子设法找到了电脑系统中我们没有发现的漏洞。我向公众保证,我们不仅正在全力堵上所有的漏洞,而且我也知道,苏格兰场、军情五处、F7和国际私人侦探公司等机构都在千方百计地寻找凶手,阻止他们的进一步犯罪,防止新的灾难再次降临奥运会,确保这一全球青年的盛会获得成功。"

为了声援已成众矢之的的麦克·蓝瑟,伦敦奥组委主席马库斯·莫里斯态度强硬地表示,他绝不会向"克罗诺斯"妥协,并且坚信蓝瑟和整个英国安全机构在伦敦布下的天罗地网一定能够有效地防止新的袭击事件再次发生,并且一定能够抓到凶手并将他们绳之以法。

虽然整个报道的基调令人沮丧,但是它在结尾处仍然展示出了人们正直的一面。就在三名俄罗斯人被害的第二天黎明,奥运村里出现了十分令人感动的一幕:数百名各国运动员来到草坪和人行道上,点燃蜡烛追悼亡者。美国跳水运动员汉特·皮尔斯、喀麦隆短跑运动员菲拉特里·蒙达荷以及俄罗斯女子体操队的姑娘们都发表了讲话,怒斥凶杀事件是"对奥林匹克精神的疯狂、无耻和公然的挑衅"。

英国广播公司的报道最后说,警方潜水员仍然在泰晤士河与利河交汇处昏暗的河底继续搜寻。警方已经掌握的证据表明,撞上防波堤的快艇上装有炸药。到截稿时为止,潜水员仍然没有找到任何一具尸体。

记者在报道的最后写下了这样一句话:"已经遍体鳞伤的伦敦奥运会正面对着十分严峻的考验。"

"奈特?"

《太阳报》记者凯伦·波普正穿过儿童游戏场的大门向他走来,脸上的表情焦急而沮丧。

奈特皱起眉头问道:"你是怎么找到我的?"

"'流氓'告诉我说,你喜欢带孩子们到这里来玩耍,"她回答说,一张脸已经变得更加阴沉,"我先去了你的家,然后找到这里。"

"出什么事了?"奈特问,"你还好吗?"

"我没事。事实上,我一切都好。"记者的声音开始颤抖,眼眶里溢满了泪水。她在奈特身边的长凳上坐下来,继续道:"我觉得我已经成为别人的工具了。"

"你指的是'克罗诺斯'?"

"还有他那些'复仇女神'。"她说着,用手愤愤不平地擦了擦眼睛,"这根本不是我自己找来的事情,但是现在我已经成了他们疯狂杀戮和实施恐怖活动的一部分了。你也知道,一开始我对这个故事确实感到如获至宝,这种独家消息对我的事业肯定大有好处,但是现在却……"

波普哽咽着说不下去了,她扭过头去望着别处。

"他又给你寄来了一封信?"

她点了点头,声音沙哑地回答说:"我感觉自己就像一个出卖灵魂的人,奈特。"

波普的话让奈特不得不改变自己的成见,重新看待这位记者的为人。是啊,她这个人有时候确实说话伤人,而且对别人的感受麻木不仁,但是在她内心深处,她仍然是一个善良的人。她有灵魂、有原则,而这个案件却把两者都撕得粉碎。他对波普的评价突然大大地提高了。

"你千万不能这么想,"奈特宽慰她说,"你是反对'克罗诺斯'的所作所为的,是不是?"

"当然啦。"她擤了擤鼻涕说。

"那么,你只是在做自己的工作,虽然不同寻常,但是却很需要。那封信你带来了吗?"

波普痛苦地摇摇头,说:"今天早上我已经把它送到'流氓'那里去了。"她停顿了一下。"一个面无表情的快递员昨天晚上把它送到了我的公寓里。他说是两个胖女人在国王学院门前把这封信交给他的,两个女人都穿着正式的伦敦奥运会志愿者的服装。"

"这同我们知道的情况完全吻合。"奈特说,"那么,'克罗诺斯'谋杀俄罗斯人的理由又是什么?"

"他指控他们犯有国家支持下的奴役儿童罪。"

"克罗诺斯"声称:俄罗斯一贯无视奥运会有关运动员年龄的限制,肆意篡改运动员的医院出生证明,强迫儿童从事体育苦役。这些都是地地道道的欺骗行为。弗拉迪姆·卢波夫和伊莲娜·彼得罗夫斯卡对此都心知肚明,俄罗斯女子体操队60%的队员都达不到法定的年龄。俄罗斯体操协会主席安娜斯塔西亚·拉夫连科当然也清楚地知道这一情况,"克罗诺斯"把她称作整个阴谋的策划者。

"信里附带着不少证明文件,"波普继续道,"'克罗诺斯'的指控材料看起来很完备。信中说,俄罗斯人'奴役未成年儿童,使其为国争光',因此惩处的办法就是死亡。"

她看着奈特不停地摇头,再一次哭起来。"我昨天晚上就可以把它们全部发表在报纸上,也可以给我的编辑打电话,把截稿时间定在今天,但是我不能那样做,奈特。我就是……他们知道我的住处。"

"卢吉要喝牛奶,爸爸。"卢克的声音突然从奈特身后传来。

奈特把目光从忧心忡忡的体育记者身上移开,转身发现自己的儿子正用期待的目光看着他。紧接着,伊莎贝尔也跑了过来,嚷嚷道:"我也要喝牛奶!"

"真该死!"奈特骂道,然后转过身不无歉意地对波普说,"我忘记带牛奶了。不过,我可以现在就去取。孩子们,这是凯伦,她在报社工作,是我的朋友。你们同她在这里坐一会儿,我很快就回来。"

波普闻言立刻变得愁眉苦脸的样子,匆匆道:"我可不会……"

"就10分钟,"奈特安慰她说,"顶多也不超过15分钟。"

体育记者看了看卢克和伊莎贝尔,两个孩子正好奇地看着她,然后她极不情愿地说道:"那好吧。"

"我很快就回来。"奈特再次保证道。

他拔腿跑过草坪,穿过皇家医院的地界,向位于切尔西的家里跑去。他花了正好6分钟跑到家,已是汗流浃背、气喘吁吁。

奈特来到门前,急忙把钥匙插进锁孔里,却发现门并没有锁上。他感到懊恼,自己竟然忘记了锁门?这对他来说确实是破天荒的第一回,不过回头一想,自己连日来不仅每天的睡眠严重不足而且常常睡得很不踏实,忘记锁门恐怕也在所难免。

他抬腿走进前厅的走廊里,却突然听到楼上的楼板发出踩踏的声音,紧接着一扇门轻轻地关上了。

第五十二章

奈特轻轻地向前走了四步,来到了前厅的壁橱前。他把手伸向壁橱高处,从一个架子上取出一把备用的"贝雷塔"手枪。

接着,他听到了好像家具移动的声音。他脱下鞋子,暗暗地想:是我的房间还是孩子们的房间?

奈特像一只猫那样无声无息地爬上楼梯,看看四周,又听到有声音从自己的前方传来。这次他听清楚了,声音来自他自己的房间。他举起手枪,蹑手蹑脚地向前移动,然后探出头向他的卧室里窥视,发现桌子上的笔记本电脑好好地关着。

他停下脚步仔细聆听,好一会儿再也没有听到任何声音。

突然,从卧室的盥洗间里传出了冲马桶的声音。奈特几年前就发现,窃贼常常喜欢在受害者家里大小便,他估计家里一定是进了贼。于是,他走进卧室,举起枪瞄准了盥洗间紧闭的房门。这时,门上的把手开始转动,奈特立刻拨开了手枪的保险。

门打开了。

玛塔出现在门口,猛不丁地看到了奈特和对准自己的手枪。

她张口结舌,双手立刻捂住了自己的胸脯,尖叫道:"别开枪!"

奈特的眉毛拧成了一团,他大舒一口气,把枪口放低了几寸。"玛塔?怎么是你?"

他的保姆已经吓得上气不接下气,回答说:"你吓死我了,奈特先生!哦,上帝啊,我的心脏都快要跳出来了。"

"抱歉,"他回答说,拿着手枪的手下垂到身旁,"你在这里干什么?你应该一个小时之后才来的。"

"我想,如果我早点来,你就可以早点去上班。"她喘着气说,"你给了我房门的钥匙,于是我就自己进来了。我发现孩子们不在,估计你带着他

们上公园了,所以我就开始打扫厨房,然后又上楼来打扫育儿室。"

"但是,你现在是在我的卧室里。"他逼问道。

"对不起,"玛塔有些痛苦地回答,然后又难为情地解释说,"我尿急,所以不得不到这里用你的盥洗间。"

他沉默了一会儿,觉得保姆的话没有什么值得怀疑的地方,于是把手枪塞进了口袋里。"我向您道歉,玛塔。我太紧张了,所以反应过度。"

"看来我们两个都有错。"玛塔说。这时,奈特的手机响了。

他打开手机翻盖,按下接听键,立刻听到伊莎贝尔和卢克歇斯底里的叫喊声。

"波普,是你吗?"他问道。

"你跑到哪里去了?"《太阳报》记者焦急地问道,"你说你马上就回来。你的两个孩子都发疯了!"

"两分钟就到。"他向她保证说,随即关上了手机。他看着已经面露愁容的玛塔,说道:"那是我的一个朋友,看来她不善于同孩子打交道。"

玛塔笑笑道:"这么说,我提前来还是对的?"

"太对了!"奈特回答,"不过,我们必须赶快跑过去。"

他冲下楼梯、跑进厨房,发现桌上的早餐盘子确实已经洗干净、放好了。他打开冰箱拿出牛奶,再抓起一盒曲奇饼干和两个塑料杯子,同牛奶一起放进一个袋子里。

锁好家门后,他同玛塔一起很快赶回了公园里。他发现卢克正独自坐在草地上,手里拿着一把铲子往地里刨,而伊莎贝尔则弯腰跪在沙坑里,像一只鸵鸟似的把头发埋进了沙里,正"呜呜"地哭泣。

波普不知所措地站在那里,完全不知道应该如何是好。

玛塔走到草地上,一把抱起卢克,然后用手指捅了捅他的小肚皮。卢克"咯咯"地笑起来,大叫道:"玛塔!"

伊莎贝尔听到卢克的喊声立刻停止了哭泣,把自己的头发从沙堆里拉出来。她一扭头看到奈特正向自己跑来,立刻破涕为笑:"爸爸!"

奈特把女儿从沙坑里抱起来,怜爱地抹去她头发上的沙子,然后给了她深情的一吻。"爸爸来了。玛塔也来了。"

"我要喝牛奶!"伊莎贝尔撅着嘴叫道。

"别忘了还有曲奇饼。"奈特一边说,一边把女儿和装着牛奶的袋子递给一旁流露出关切表情的保姆。玛塔把孩子们带到一张野餐桌前,开始喂他们吃东西。

"刚才到底是怎么回事儿?"奈特问波普。

记者涨红了脸,抱歉地说:"我也不知道是怎么回事儿,他们就好像是一颗定时炸弹,而我还没有听到滴答声它就突然爆炸了。"

"这是常事儿。"奈特忍不住笑起来。

波普扭头看了看玛塔,问道:"这个保姆跟你很久了?"

"哪里,还不到一星期。"奈特回答说,"不过,她简直太神奇了,是我遇到的最好的——"

波普的手机响了。她拿出电话放到耳朵上。过了一会儿,她突然大声喊道:"不行,这绝对不行!我们20分钟之内赶到!"

记者"啪"地一声关上手机,急切地小声道:"是'流氓'打来的。他在'克罗诺斯'昨晚送给我的包裹上提取到一枚指纹。他已经进行过比对,要我们尽快赶到国际私人侦探公司伦敦分公司去。"

"流氓"已经四天没有刮脸,橘黄色的络腮胡在脸上肆意疯长,笑起来活脱脱一个爱尔兰民间传说中的红胡子妖精。不过,这一滑稽的模样丝毫没有影响到这位国际私人侦探公司首席科学家在奈特心目中的形象。他从实验室的书桌后面一跃而起,对奈特说道:"我们得到第三个人的名字了,就像杰克常说的——他们弄巧成拙。过去一个小时里,我已经接到了从海牙打来的两个电话。"

"海牙来的电话?"奈特如堕五里雾中。

"巴尔干战争罪行特别法庭的特别检察官,""流氓"解释说。这时,杰克也冲了进来,脸色苍白、神情紧张,"那一枚指纹属于一个被通缉的女人,她犯有种族灭绝罪。"

这一突如其来的消息让奈特有些摸不着头脑,一时难以把它同其他信息联系起来。他想到了德林和法雷尔,两个人都曾经以某种身份在巴尔干战争结束时为北大西洋公约组织工作过,对吗?但是,他们同"战争罪行"有什么关系?还有"种族灭绝"?

"我们一起看看这个人的材料吧。"杰克说。

"流氓"走到一台笔记本电脑前,迅速键入了几个指令,实验室一端的大屏幕上立刻出现了一个十几岁姑娘的黑白照片。她长着一头短发,梳成"碗盖型",身穿白色带领衬衫。因为图片非常模糊不清,所以奈特也看不出个所以然。

"她的名字叫安杰拉·布拉兹列克,""流氓"介绍说,"根据战争罪行检察官提供的情况,这张照片拍于大约17年前,也就是说她现在的年龄已经接近30岁。"

"她干了些什么?"奈特问道,心里猜测着这张模糊的脸同种族灭绝的指控会有什么样的联系。

"流氓"在电脑上键入另一个指令,屏幕上闪现出了一张曝光过度的快照,照片上有三个姑娘,都穿着白衬衣和黑裙子。照片是三个姑娘同一个妇女和一个男人的合影,但是画面上看不到那两个应该是她们父母的成年人的头。奈特立刻认出了其中那个"碗盖头",也意识到这是放大后只留下三个姑娘的照片。强烈的阳光使另外两个姑娘的脸曝光过度,但是能看出她们的头发比"碗盖头"要长,身体也要高一些。他估计,这两个姑娘的年龄应该分别在14岁和15岁。

"流氓"清了清嗓子,说道:"安杰拉有两个姐姐,大姐叫申卡,二姐叫娜姐。她们被指控在1994年年底和1995年年初在斯雷布雷尼察市一带参与了种族灭绝行动,当时前南斯拉夫爆发的内战已经接近尾声。拉特科·姆拉迪奇组织的屠杀队共屠杀了8 000多名波斯尼亚成年男子和男孩。有证据表明,这三姐妹就是其中一个屠杀队的成员。"

"耶稣啊,"波普道,"是什么原因使三个年轻姑娘加入了屠杀队?"

"轮奸和杀戮。""流氓"回答说,"根据特别检察官的指控,就在1994年4月这张照片拍下后不久,波斯尼亚民兵在3天的时间里连续多次轮奸了安杰拉三姐妹,并且当着她们的面折磨并杀害了她们的父母。"

"这就难怪了。"杰克说。

"流氓"神情凝重地点了点头,继续道:"据说,这三姐妹在整个复仇过程中一共杀死了100多名波斯尼亚穆斯林男人,其中一小部分是被直接枪杀的,而绝大多数都是被她们用十字镐砸穿头颅处死的,并且死后还砸烂了他们的生殖器,这是因为她们的父母就是被波斯尼亚人用这种十字镐砸死的。"

"还不止这些,"国际私人侦探公司的首席科学家继续道,"海牙国际法庭的战争罪行特别检察官还告诉我说,根据多名目击证人的证词,这三姐妹不仅对波斯尼亚男孩嗜杀成性而且还以亵渎他们的尸体为乐。凡此种种使得斯雷布雷尼察一带的所有波斯尼亚族母亲恐惧不已,她们给三姐妹起了一个非常贴切的绰号。"

"什么绰号?"奈特问道。

"复仇女神。"

"天哪,"杰克明白了,"'复仇女神'原来就是她们。"

一时四个人都沉默不语,过了一会儿杰克才对《太阳报》记者说道:"凯伦,你能不能让我们三人单独说几句话?我们要商量一些同这个案件无关的事情。"

波普犹豫了一下,然后有些尴尬地点点头说:"哦,没问题。"

当她走出实验室之后,杰克回头看着奈特和"流氓",说:"我要告诉你们一件事情,一件非常揪心的事情。"

"我们被伦敦奥组委解聘了?"奈特问。

杰克摇摇头,回答说:"想到哪儿去了,不是的。我刚才去了英国航空事故调查部门,就是他们在调查我们的那次飞机坠毁事件。"

"他们怎么说?""流氓"问道。

杰克艰难地咽下一口唾沫,回答道:"他们在喷气机的残骸中发现了炸弹爆炸的证据,证明飞机坠毁并不是操作失误造成的,也就是说丹、科斯蒂、温蒂和苏茜都是被人谋杀的。"

第五十三章

"彼得,这顿饭有必要吗?"伊莱恩·波特斯菲尔德冷冷地说道,"我现在承受着巨大的压力,对大吃一顿之类的事情并不感兴趣。"

"我们都承受着巨大的压力,伊莱恩。"奈特争辩说,"但是,我必须同你谈谈,这是其一。其二,我必须要吃饭。其三,你也必须要吃饭。既然如此,我想我们干吗不一石三鸟,一起吃这顿饭呢?"

这是一家位于托特纳姆法院路附近的饭馆,叫"哈卡森饭店"。在整个伦敦,它不仅是奈特的亡妻凯特生前最喜欢的一家中餐馆,也是这位苏格兰场警司最喜欢的中餐馆。

"这地方就是人多,"波特斯菲尔德说,有些不情愿地在桌子前坐下来,"恐怕一个小时也上不了——"

"我已经点好菜了,"奈特说,"都是凯特喜欢的。"

他的大姨子低头看着桌面,默默不语。从这个角度看上去,伊莱恩同凯特就十分相像。"好了,"她终于让步了,"叫我来到底是为了什么,彼得?"

奈特把布拉兹列克三姐妹的遭遇、如何变成"复仇女神"以及她们犯下的战争罪行一一讲给她听,就在他即将讲述完毕的时候,奈特为他们俩点的两份麻辣味的神户牛肉端上了桌。

波特斯菲尔德等服务员离开后问道:"人们最后一次看到这三姐妹是什么时候?"

"1995年7月,也就是在北大西洋公约组织监督下实施停火后不久。"奈特回答说,"有一位两个儿子都被'复仇女神'杀害的母亲在一个市场上发现了正在购买食物的三姐妹,于是她们被波斯尼亚警察抓起来了。这位母亲说,当晚三姐妹被带到了斯雷布雷尼察西南一个小村庄的警察所里,准备第二天将她们交给正在调查大屠杀事件的北大西洋公约组织的维和部队。"

波特斯菲尔德问:"然后呢?她们逃跑了?"

奈特点了点头。"深夜里,村民们听到了从警察所里传出的一阵自动步枪的声音,但是因为恐惧谁也不敢去看一看发生了什么事情。第二天上午,人们在警察所里发现了7具尸体,其中包括两名那个警察所的警察。从那个时候开始,当局就一直在通缉这三姐妹,但是至今仍然一个都没有抓获。"

"她们是怎么从警察所里逃走的?"波特斯菲尔德问,"我想,她们应该都戴着手铐或者被关在囚室里。"

"你说的没有错,"奈特解释说,"不过,更让人觉得奇怪的是,当时姆拉迪奇的绝大多数屠杀队使用的都是苏联时期的全铜弹壳子弹,就连波斯尼亚警察使用的也是这种子弹,那些武器都是苏联红军留下的。留在被杀警察枪里的子弹也都是这种子弹。然而,警察所里的7个波斯尼亚男人却是被另一种完全不同的6.56毫米子弹所射杀的,而当时使用这种子弹的只有北大西洋公约组织的维和部队。"

波特斯菲尔德用筷子夹起盘子里的一块牛肉塞进嘴里,思考着奈特提供的这些信息。吃过几口之后,她开口道:"就此看来,当晚被杀的那几个男人中有人持有一件北大西洋公约组织维和部队的武器,三姐妹夺到了这件武器,枪杀了看守他们的7个男人,然后逃之夭夭。"

"这确实是一种可能性,但是也有另外一种可能性:就是出现了一个第三者,他帮助了她们,而这个第三者正是维和部队中的一员。而我更倾向于这种可能性。"

"有什么证据?"她问道。

"主要还是根据子弹来判断的。"奈特回答说,"不过,也还有另外一个原因:因为詹姆斯·德林和赛琳娜·法雷尔在90年代中期都在巴尔干地区为北大西洋公约组织的维和部队工作过。德林的任务是保护古迹不被掠夺,而法雷尔的使命对我来说仍然还是一个谜,我只是看到过她手持自动步枪站在一辆北大西洋公约组织维和部队的越野车前拍的一张照片。"

"我们很快就能搞清楚她的使命,"波特斯菲尔德说,"我马上请求北大西洋公约组织把她的档案调出来。"

"海牙国际法庭的特别检察官已经在调查了。"奈特告诉她说。

苏格兰场警司点了点头，但是她的注意力显然已经放在其他问题上了。"这么说，按照你的第三者协助她们逃跑的理论，德林或者法雷尔，甚至是他们两个人，可能就是'克罗诺斯'？"

"有可能，"奈特说，"逻辑上是讲得通的。"

"确实有一些联系。"她虽然没有反对奈特的观点，但是听得出来她仍然对此很怀疑。

两人各自吃着自己的饭菜，几分钟都没有说话。然后，波特斯菲尔德开口道："彼得，你的理论中有一点让我感到不安。"

"是什么？"奈特问她。

他的大姨子斜着眼用手中的筷子点着他说："我们姑且认为你的理论是对的，'克罗诺斯'就是帮助三姐妹逃跑的那个人或者那两个人，就算是'克罗诺斯'把这三个战争罪犯训练成了无政府主义者或者仇视奥林匹克运动的人，你怎么称呼他们都行。

"但是，到目前为止所有的证据都表明，这些人不仅手段残忍，而且那些残忍的手段还相当周密和有效。他们两次突破了世界上最严密的安保防线，杀了人，而且两次都成功地逃脱了。"

奈特立刻领会到了她想说的问题所在。"你是说，这些家伙虽然非常注意细节，计划非常严密，但是却在那几封信上不断地犯下了低级的错误，是吗？"

波特斯菲尔德点点头，回答说："先是留给我们一根头发，然后是皮肤细胞，现在又送来了一枚指纹，可能吗？"

"别忘了还有假发，"奈特补充说，"在假发上有什么发现吗？"

"还没有。不过，如果有关当局曾经留下过这三姐妹的DNA样本，那么你这个战争罪犯理论就帮了我们的大忙了。"

奈特继续吃了两口，然后说："还有一个问题：无论是法雷尔还是德林，或者说他们两人，是否具有策划和发起对奥运会的致命攻击的足够财力和手段。这样的恐怖活动需要花钱，而且需要花很多的钱。"

"我也想到了这个问题，"波特斯菲尔德说，"今天上午，我们查看了德林的银行账户和信用卡账单。他在那个电视节目上赚了很多钱，而且最近一段时间确实也提取过几次大笔的现金。但是,法雷尔教授的生活却要简朴得多,除了在伦敦和巴黎的高档时装店买过几件衣服,每月在时尚美容店做一次头发之外,她的生活并不奢侈。"

奈特的头脑中立刻闪现出了教授家里的大型梳妆台和高级时装,再一次想把这些奢华的用品同他在国王学院亲眼所见的那个邋遢教授联系起来。这两者实在是相差太远。她那些时装是为了去见德林而穿的吗?他们俩之间是否存在某些外人并不知道的事情?

他看看手表,对伊莱恩说:"我来付账,然后我就得赶回家了。新来的保姆工作已经超时了。

波特斯菲尔德两眼看着别处,奈特取下餐巾放到桌上,举起手示意服务员结账。"他们现在怎么样?"她突然问道,"我是说你的双胞胎儿女?"

"他们很好,"奈特说,两眼真诚地看着他的大姨子,"我知道,他们都很想见到伊莱恩姨妈。他们同自己母亲的姐姐毕竟也是血亲啊,你说呢?"

听到此话,苏格兰场警司仿佛立刻披上了一套看不见的铠甲,神情紧张地回答说:"我就是拗不过这个弯来。一旦见到他们,我恐怕会受不了。"

"下个星期六他们就满三岁了。"

"你难道真的以为我能忘得了那天所发生的事情?"波特斯菲尔德质问道,从餐桌前站起来。

"你不会,伊莱恩。"奈特回答道,"我同样也不会,永远都不可能忘记。但是,我确实希望自己有一天能够放下它给我留下的沉重负担,而且我希望你也能够同样放下这个包袱。"

波特斯菲尔德说:"你埋单吗?"

奈特肯定地点点头。她转过身准备离开,他赶紧补充道:"伊莱恩,我可能在适当的时候为孩子们举办一次生日晚会,希望你能来参加。"

波特斯菲尔德回过头看着他,仍然怒气未消地对他说:"我已经说过了,我不知道我是不是能够拗过这个弯来。"

坐在回家的出租车里,奈特仍然在想他那位大姨子是否真会原谅他。这件事对他就那么重要吗?是的。她是孩子们母亲的最后一位在世

的亲戚，一想到他们竟然连她都不认识，他心里就感到难受。

他不想沉溺于这个令人痛苦的问题，于是把思绪转到了晚餐上两人谈到的其他问题上。

赛琳娜·法雷尔真的是一个赶时髦的家伙？

这个问题让他感到很困惑，于是他给波普打了个电话。她在电话里仍然很不高兴。当天上午在"流氓"的实验室里，她同奈特和杰克发生了争执，焦点就在她应该如何处理新发现的"复仇女神"的战争罪行问题上。她想立刻将这个重大发现公诸于众，但是奈特和杰克都反对，认为她应该等待海牙国际法庭和苏格兰场两方面都正式确认后再发表。原因很简单，因为他们两人都不愿意由国际私人侦探公司来提供这些消息。

波普在电话中问他："你那位大姨子告诉你指纹比对的结果了吗？"

"没有。我估计，最早也要等到明天早上才会有结果。"奈特回答说。

"这下可好，"《太阳报》记者抱怨说，"苏格兰场今天没有结果，海牙国际法庭的特别检察官又根本不给我回电话，明天的报纸上我根本没有任何东西好写。"

"有的，你不妨把注意力换一个方向。"奈特建议说。这时，出租车在他家门前停下了，他付完车费走到了人行道上，把在法雷尔家发现豪华梳妆台和时髦性感时装的事情告诉了她。

"高档时装？"她一时难以相信自己听到的话，"你说的真是法雷尔吗？"

"你的反应同我完全一样。"奈特回答道，"依我看，从这件事情可以挖出许多问题。很显然，她的收入来源并不仅仅是学术上的成就，也就是说，她还过着另一种不为人知的秘密生活。查清她的秘密生活，说不定你甚至能够找出她现在躲在哪里。"

"好建议，说下去。"波普开始感到兴奋了。

天哪，她让他恼火。"我就知道这些，"他没好气地回答说，"听着，波普，我现在必须安顿孩子们睡觉了，我们明天再谈。"

他关上电话，感觉这个案子已经把自己完全吞噬掉了，就好像"克罗诺斯"吞噬掉他的孩子一样。这种感觉让他非常懊恼，要不是因为奥运会，他现在应该正在全力以赴调查国际私人侦探公司的5名同事被谋杀一案及其原因。他默默地告诫自己,等这个案子一结束,他一定要马不停蹄地开始调查坠机案,不查出真凶决不罢休。

奈特走进家门,爬上楼梯,听见楼上传来关门的声音和脚步声。玛塔正从育儿室走出来。她一看到奈特,便抬起手用食指压住自己的嘴唇。

"我能去给他们道晚安吗?"奈特悄声问道。

"他们已经睡着了。"玛塔告诉他说。

奈特看看手表,刚刚8点钟。"10点钟之前我从来没有把他们哄上床过,你是怎么做到的?"

"这是我们爱沙尼亚的一个古老技巧。"

"那你什么时候一定要教给我。"奈特说,"明早还是8点来?"

她点点头,保证说:"8点一定到。"然后,她犹豫了一下,从他身边走过,开始走下楼梯。奈特跟在她身后,准备到厨房里拿一罐啤酒,然后睡个早觉。

玛塔穿上外衣,向前门走去。她突然回过头,向奈特问道:"你们抓到那些坏蛋了吗?"

"还没有,"奈特回答说,"不过,我觉得我们离抓到他们已经很近了。"

"那就好,"她说,"那可太好了。"

第五十四章

当天晚上，波普坐在《太阳报》新闻编辑部自己的办公桌前，淡心无肠地观看着英格兰足球队在小组赛的最后一场比赛中大胜加纳队的精彩片段，心里却想着"克罗诺斯"、"复仇女神"同巴尔干地区的战争罪行之间的关系。如此惊人的新闻她却不能发表，心里不免再一次感到十分懊恼。

就连她的编辑芬奇也告诉她说，这是一个相当新奇的故事，但是她目前还没有足够丰富的内容可以发表——她很可能还要等上两天甚至三天，至少也要等到海牙国际法庭的那个特别检察官同意她的请求，在电话上向她披露了有关记录的详情之后才行。

她自言自语道。三天哪！那就是星期六了，而《太阳报》是从来不在星期六发表这一类报道的。这就意味着，她还得继续等到星期天。整整四天！

现在，伦敦所有的重大新闻记者都在挖掘"克罗诺斯"这个重大案子，他们都对她波普紧追不舍，想方设法赶上她甚至超过她，而到目前为止她仍然遥遥领先、无人能及。然而，"复仇女神"的战争罪行却可以让这个故事具有一个全新的视角，她最为担心的就是在她的全面报道正式见报之前走漏了这个消息。

那么，现在她该做什么呢？无所事事地坐在这里吗？老老实实地守候着战争罪行特别检察官给她打来电话吗？呆若木鸡地等待苏格兰场比对指纹后将结果公诸于世吗？

眼下的局面简直让人疯狂，她还是回家吧，至少可以休息一下。但是，"克罗诺斯"知道她的住址，这又令她心生恐惧，不敢贸然回家。左思右想，她决定还是坐在办公室里好，于是她又开始琢磨这个案子的案情，从各个角度思考她的这篇报道的可读性，希望这一篇文章能够再度一鸣惊人。

最后，她的思绪还是不得不转到奈特给她的建议上——挖一挖赛琳娜·法雷尔的故事。但是，自从在"克罗诺斯"的第一封信上发现了头发，经过DNA检测证实其来自法雷尔教授之后，已经整整四天了，而军情五处和苏格兰场宣布对其进行搜捕也已经三天了，但是至今他们都一无所获。法雷尔似乎已经人间蒸发了。

我算老几，难道他们找不到她我还能找到吗？但是，波普争强好胜的性格很快便占了上风，她对自己说：哼，我怎么就不可能找到她呢？

《太阳报》记者咬着嘴唇，思考着奈特透露给她的消息：法雷尔是个时装狂热分子。接着，她又想起了一天前奈特在水上运动中心交给她的搜查教授家和办公室的证物清单。她当然已经认真看过那份清单了，而且也找到了教授反对奥林匹克运动会的有关证据，比如攻击奥运会的文章和那首排笛乐曲的录音，等等。

但是，她一直没有关注过教授的服装问题，难道不是吗？

波普立刻拿出那份证物清单，开始查找有关的物证。她很快就找到了她要找的东西——从极富盛名的伦敦自由百货公司①购买的时尚晚礼服，以及爱丽丝·坦波丽名牌裙子和衬衫，都是价格不菲的高档服装，动辄数百英镑一件。

奈特说这个教授过着另一种秘密生活，看来他的话不假。

波普感到兴奋起来了，她立刻拿出笔记本电脑，查找法雷尔教授的研究助理妮娜·兰格尔的电话。在过去四天里，波普同这位助理交谈过好几次，但是兰格尔始终声称她自己对教授的突然失踪也同样感到迷惑不解，而对法雷尔的DNA怎么会出现在"克罗诺斯"一案的调查过程中更是感到莫名其妙。

研究助理语气谨慎地接了电话，当她听说在法雷尔教授家里搜出大量高档时装的消息时，显然同样感到大吃一惊。

"你说什么？"兰格尔回答道，"不、不，这不可能。她从来对时装和发型一类的事情都是嗤之以鼻的。不过，她倒是很喜欢头巾，各种样式的都戴过。"

---

①伦敦著名百年老店，位于摄政街，以其高档纺织品、丝巾和高档男女时装闻名遐迩。该公司还拥有自己的著名时装品牌"自由伦敦"。

"她有男朋友吗?"波普追问道,"某个她要穿给他看的人?"

兰格尔立刻又警惕起来,回答说:"警察问过同样的问题,我给你的答复也是一样的:我认为她是一个同性恋,但是我并不能肯定这一点。她这个人很在乎自己的隐私。"

这时已经是星期三晚上11点钟了,兰格尔助理推说有事挂断了电话,波普突然感觉自己这6天来仿佛连续跑了好多次马拉松,现在是彻底的筋疲力尽了。但是,她还是强迫自己再次把注意力集中到证物清单上,继续搜寻可疑的信息。其他的证物似乎并没有任何特别之处,直到清单的末尾她才看到了一个粉红色的破火柴盒,上面印有"CAN"字样。

她在脑子里想象着印着"CAN"三个字母的粉红色火柴盒的样子,"CAN"是"肿瘤学会"吗?还是"乳腺癌"?粉红色不正是乳腺癌防治运动的标志吗?此外,还有别的含义吗?

波普深感自己没有让证物"说话"的能力,不免有些泄气。到午夜时分,她决定试一试最后一个办法。这个办法是她几年前十分偶然地发现的,当时她也同样面对着一些毫不相关的信息,是这个方法帮助了她。

她在电脑上打开了谷歌搜索引擎,开始把不同的字串键入搜索栏。

"粉红 CAN 伦敦",没有可用的结果;"粉红 CAN 伦敦奥林匹克",还是一无所获。

接着,她又键入了如下一个字串:"伦敦 粉红 CAN 同性恋 时装设计 自由 爱丽丝"。

谷歌对这个字串搜索了半天,终于给出了结果。

"啊哈,"波普大喊一声,得意地微笑起来,"教授,原来你是一个女同性恋者,扮演的是女同性恋中的女角。"

第五十五章

2012年8月2日，星期四

第二天晚上10点钟，波普来到了伦敦索霍区的卡莱尔街上。

这真是令人疯狂、愤怒而又一无所获的一天。《太阳报》记者给海牙国际法庭的战争罪行特别检察官打了10个电话，而每次接电话的都是检察官的秘书。她的态度和蔼可亲，礼貌得让人恼怒，每次都保证说检察官很快就会给她回电话。

此外，很糟糕的是《镜报》抢先刊登了一篇特别报道，详细讲述了当局对赛琳娜·法雷尔和詹姆斯·德林展开全球搜捕的情况。而更加糟的是，《泰晤士报》紧随其后也发表了一篇特别调查报告，讲述了对俄罗斯两名体操教练进行尸检和毒物检测的初步结果。文章说，法医在两名教练的脖子上都发现了蜜蜂针刺大小的洞，但是却发现两人并不是死于过敏性休克，而是死于一种十分致命的神经毒素，这种神经毒素是从黑曼巴蛇的毒液中提取并人工合成的。

一种黑曼巴蛇？波普今天已经把这个问题想过上百遍了，现在全世界所有的报纸都发疯似的报道了这个新发现，而她却没能事先得到这个消息。

当她走进"糖果酒吧"的时候，更是下定了决心一定要夺回自己的优势。在酒吧入口处，在一个大块头的毛利族女人仔细搜查了她的身体和手提包后，她走进了俱乐部的第一层。她没有料到星期四的晚上这里居然也会门庭若市，好些个相当迷人的女人都饶有兴趣地打量着她，评估着她作为情人的价值，让她立刻感到非常不舒服。

尽管如此，波普还是径直走到她们面前，做过自我介绍后，她把赛琳娜·法雷尔的照片拿给她们看。她们都说没有在这里见到过这个女人，波普又连续问了6个人，结果还是一样。

于是，她走到了吧台前，立刻在吧台上看到了一个证物清单中描述的那种粉红色的火柴盒。一个吧台小姐来到她的面前，波普要她向自己推荐一种鸡尾酒。

"来一杯'奶嘴'吧，"吧台小姐说，"或者'果味蒸馏酒加百利甜'，行吗？"

《太阳报》记者皱了皱鼻子，说："太甜了。"

"那就来一杯'皮姆斯'好了，"坐在波普身边高脚凳上的一个女人建议说。这个女人身材娇小，金发碧眼，大约三十八九岁，容貌惊人的美丽，手里举着一只海波杯，杯口伸出一根薄荷枝，"炎热的夏夜里，喝一杯'皮姆斯'总能让人神清气爽。"

"太好了。"波普道，向那个女人报以微微一笑。

波普正想把法雷尔的照片递给吧台小姐看，但是却发现她已经走到一边调制"皮姆斯"去了。波普把照片放到吧台上，扭头看着刚才为自己提建议的女人，发现她正开心地打量着自己。

"第一次到'糖果酒吧'来吧？"那个女人问她。

波普一下子脸红了，问道："这么容易就看出来了？"

"明眼人都能看出来。"女人回答说，脸上闪过一丝淫荡的表情。她向波普伸出手，自我介绍说："我叫内尔。"

"凯伦·波普，"波普道，"《太阳报》记者。"

内尔立刻扬起眉毛说："我最喜欢你们的第三版。"

波普有些尴尬地笑了笑，回答说："遗憾的是，我不喜欢。"

"可惜了，"内尔的脸色随即暗淡下来，"难道一丁点儿感觉都没有？"

"确实可惜了，但是那种照片就是提不起我的兴趣。"波普回答说，然后拿起放在吧台上的照片递到内尔面前。

内尔不无遗憾地叹了一口气，俯身向波普靠近一些，仔细看了看她手里的照片。照片上的法雷尔素面朝天，身穿农夫裙，头上戴着头巾。

"没见过，"内尔不屑一顾地挥挥手说，"我肯定从来没有在这里见到过她。她根本就不是适合这里的那种人。不过，我得承认你跟她不一样，这地方简直就是为你开的。"

波普又有些尴尬地笑了笑，用另一只手指着照片说："你得想象一下她穿着一身'自由伦敦'或者'爱丽丝·坦波丽'那种名牌的时尚紧身晚礼服,'仙女美容店'做的发型,下巴附近还长着一颗不大的痣,不过照片上这个角度看不到。"

"长着一颗痣?"内尔想了想,"你说的是上面长着毛发的那种痣吗?"

"不,应该是人们常说的那种'美人痣',就像伊丽莎白·泰勒脸上的那颗痣。"

内尔觉得有些茫然,低下头再次看了看照片。

她想了想,恍然大悟道:"哦,天哪,她就是那个妖女!"

第五十六章

2012年8月3日,星期五

第二天早上7点30分左右,一阵轻轻的脚步声把奈特惊醒。他睁开眼睛,看见女儿伊莎贝尔怀抱着她的维尼熊毯子来到他的面前。

"爸爸,"她十分认真地问道,"我什么时候才满三岁啊?"

"8月11日,"奈特嘟囔道,抬眼看了看墙上凯特站在苏格兰沼泽地上的照片,"从明天起,还有一个星期,亲爱的。"

"今天是星期几?"

"星期五。"

伊莎贝尔想了想,接着说:"那么,再过一个星期六和两个星期五,然后就是生日了?"

奈特开心地微笑起来。女儿天资聪慧,总是让他感到惊喜。"说得对,"他回答道,"给爸爸亲一个。"

伊莎贝尔在他脸上亲了一下,然后又睁大双眼问道:"我们有礼物吗?"

"当然有,贝拉,"奈特保证说,"因为是你们的生日啊。"

她立刻兴奋不已,一边拍手一边蹦跳着原地转了个圈,然后突然停下来又问道:"什么礼物?"

"什么礼物?"门口传来卢克的声音。他正打着哈欠走进屋来。

"我不能告诉你们,"奈特说,"不然就不会有惊喜了。"

"哦。"伊莎贝尔显得有些失望。

"卢吉三岁?"儿子问。

"下个星期。"奈特说。这时,楼下传来了前门打开的声音。是玛塔,又提前到了,真是世界上第一个完美无缺的保姆。

奈特穿上长运动裤和T恤衫,双手抱起双胞胎走下楼梯。玛塔冲他们微微一笑,问道:"饿了吧?"

"再过两个星期五和一个星期六就是我的生日了。"伊莎贝尔兴奋地宣布道。

"还有卢吉,"她弟弟叫道,"我三岁了。"

"你要满三岁了。"奈特纠正说。

"这么说,我们要准备一个生日晚会了。"玛塔说。奈特把孩子们放到地上。

"生日晚会!"伊莎贝尔叫起来,使劲拍拍手。

卢克也兴奋地转着圈,大叫道:"生日晚会!生日晚会!"

这对双胞胎至今还没有得到过生日晚会,至少没有在生日当天正式庆祝过。这一天对奈特说来是既痛苦又甜蜜,过去两年里他总是在孩子们生日后的一两天才摆出蛋糕和冰淇淋,有意把生日的庆贺办得低调一些。现在,面对玛塔的提议,他感到左右为难,不知道应该如何回答。

卢克停止转圈,看着他问道:"气球有吗?"

"奈特先生,"玛塔问他,"你觉得怎么样?会有气球吗?"

奈特还来不及回答,门铃响了,紧接着又响了第二次、第三次、第四次,同时有人开始使劲地敲击门环,好像一个石匠不停地凿着一块石头。

"是谁呀?"奈特问道,抬脚向门口走去,"玛塔,你去给他们做早饭,好吗?"

"没问题。"她回答说。

奈特正准备从门镜里看一看,敲打门环的声音再一次响起来。他凑到门镜前一看,发现凯伦·波普正气喘吁吁地站在门外。

"凯伦,"他冲门外大声说,"我没时间跟你……"

"别浪费时间!"她厉声道,"我找到这个案子的突破口了。"

奈特用手指向后捋了捋自己蓬乱的头发,然后打开了门。波普看起来衣容不整,好像一夜没睡的模样,一头冲进了门里。这时,玛塔带着卢克和伊莎贝尔向厨房走去。

"卢吉要吃薄饼和香肠。"卢克对玛塔说。

"好的,薄饼和香肠。"玛塔回答道,两个孩子已经跑进了厨房。

"你有什么突破啊?"奈特问波普。他们走进了起居室,奈特把沙发上

的玩具收起来，以便他们可以坐下来谈。

"你说得对，"《太阳报》记者说，"赛琳娜·法雷尔确实过着一种秘密生活。"

她告诉奈特说，法雷尔教授为自己取了另一个名字，叫"圣詹姆斯妖女"，每当她到"糖果酒吧"找女伴的时候使用的都是这个名字。既然叫"妖女"，法雷尔同国王学院里的那个教授完全判若两人，不仅衣着艳丽、性感，而且性格怪异、复杂，是那个同性恋俱乐部里最抢手的女伴之一。

"你说的是赛琳娜·法雷尔？"奈特问道，惊讶得直摇头。

"你要是从'圣詹姆斯妖女'这个角度去想一想，不觉得名副其实吗？"波普反问道。

"你是怎么打听到这一切的？"他问她，鼻子里开始闻到了炸香肠的味道，耳朵里也听到了厨房里传来的锅瓢碗盘的声音。

"从'糖果酒吧'里一个叫内尔的女人那里打听到的。她是那个俱乐部的常客，过去几年里同'圣詹姆斯妖女'有过好几次一夜情。她是根据赛琳娜右腮下巴线上的那颗美人痣认出她来的。"

奈特回忆起了那天见到赛琳娜的情景，自己当时曾经感觉到教授在恰当的环境里应该还是颇有魅力的。他确实应该听从自己的直觉。

"她最后一次见到赛琳娜……哦……'圣詹姆斯妖女'是什么时候？"他又问。

"上个星期五下午，也就是奥运会开幕式之前的那段时间。"波普回答道，"她走进'糖果酒吧'时打扮得非常妖娆，可谓魅力难当。不过，她拒绝了内尔的邀请，说是已经另外有约了。后来，内尔看到她同一个陌生女人一起离开了'糖果酒吧'。那个女人头上戴着一顶小圆帽，帽子上垂下一帘黑色的花边面纱，遮住了她脸的上半部分。我想，那个女人很可能就是布拉兹列克三姐妹之一，你觉得呢？"

就在这个时候，从奈特的厨房里传来了东西打碎的声音。

第五十七章

这个时候，喧闹的运动员村已经安静下来。澳大利亚游泳队已经出发前往水上运动中心，在那里男子1 500米游泳比赛即将拉开帷幕。西班牙自行车队的队员正赶往自行车赛场，准备在当天晚些时候举行的男子团体追逐赛之前热热身。摩尔多瓦手球队刚刚从我身边走过，还有那个美国篮球队的队员，也同我擦身而过——他的名字我总是记不住。

这些都无关紧要，真正重要的是我们已经进入了第一周的周末，奥运村的每一个运动员都想竭尽全力忘掉我和我的姐妹们，都尽力不要去想他们自己会不会就是我们的下一个目标。但是，他们一个个又都情不自禁地不断思考着这个问题，我们时时刻刻都会突然出现在他们的脑海里，他们忘得了吗？

事情的发展正如我预料的那样，媒体把我们的故事炒得沸沸扬扬，只要有一篇有关某个运动员战胜癌症或者忍受着失去亲人的痛苦、勇夺奥运金牌的报道，就会有三篇有关我们给奥运会造成重创的报道。他们把我们称作"毒瘤"，称作"灾难"和"奥林匹克运动的污点"。

哈哈！真正的"毒瘤"和"污点"都是现代奥运会造成的，我不过是揭开了包裹在它们外面的华丽伪装而已。

说实话，像现在这样改头换面地行走在奥运会的运动员中间——一个无名无姓、激情似火，却又深藏不露的我——他们哪里看得出我就是他们天天都能见到的那个人。我现在的感觉很好，除了几个微不足道的纰漏之外，事情的进展完全按照计划顺利地进行着。佩特拉和蒂甘成功地实施了对俄罗斯人的复仇计划并且成功地逃脱了；玛塔巧妙地进入了奈特的生活，监视着他的整个世界，把他们采取的每一个调查行动和目的都告诉了我。此外，今天上午我已经顺利地取出了装着镁粉的第二个包裹，那是差不多两年前修建自行车赛场的时候就藏在那里的，到今天为止，它

仍然原封不动地藏在原地。

唯一让我担心的是……

我的一次性手机突然响了起来，我皱起了眉头。昨天中午，我交给了佩特拉和蒂甘最后一项任务，出发前我给她们下过十分明确的命令：绝对不许给我打电话。那么，这个电话肯定是玛塔打来的。

我按下接听键，抢在她说话之前厉声道："不许说名字，通话后立刻扔掉你的手机。你知道我们犯了什么错误了吗？"

"还是不知道。"玛塔回答说。我听得出她的声音里有一种恐惧的情绪，这不像她一贯的作风，因此让我感到忧虑。

"出什么事了？"我问她。

"他们知道了。"她压低声音道。我听见从她身边传来一个小魔鬼的哭号声。

哭号声和玛塔的悄声细语撞击着我的耳膜，就像石头的撞击和汽车炸弹的爆炸，在我头颅中掀起一阵狂暴的疾风骤雨。我的身体立刻失去了平衡，不得不一条腿跪到了地上。我感到一阵阵头痛欲裂，身边的阳光变得昏暗而阴沉，一个绿色光环萦绕在我的头上，随着阵阵头痛上下跳动。

"你还好吗？"一个男人的声音传进了我的耳朵。

我拿着手机的手垂在身旁，但我仍然听得见手机里传出的哭号声。我抬起头透过绿色的光环向上看去，只见一个场馆工作人员正站在几步外关切地看着我。

"我还好，"我勉强回答说，极力控制住内心里膨胀的愤怒，强压下割掉这个场馆工作人员脑袋的强烈冲动，"我只是有一点头晕。"

"要不要我给你叫个医生来？"

"不需要。"我说着摇摇晃晃地站了起来。虽然那个绿色的光环仍然在我眼前跳动，剧烈的头痛依然不断袭来，但是周围的空气似乎清新了一些。

我从场馆工作人员身边走到一旁，对着手机怒吼道："让那个该死的孩子闭上嘴！"

"你以为我不想吗，我做不到。"玛塔不无好气地回答道，"等等，我到外面去。"

我听见一扇门关闭的声音和不远处汽车的喇叭声。"现在好些了吗？"

好一些也不多。我的胃里也开始翻腾起来。我问她："他们知道什么了？"

玛塔吞吞吐吐地告诉我说，他们已经知道了布拉兹列克三姐妹的事情。天哪，又来了——一阵阵的剧烈头痛、绿色的光环和狂怒的心情同时向我袭来，我就像一只陷入困境的野兽，一个真正的魔鬼，任何人胆敢靠近我，我就会撕开他的喉咙。

前方路旁有一条长凳，我走过去坐下来。"怎么知道的？"

"我不清楚，"玛塔回答说，接着她把偷听到波普讲话的情况告诉了我，那个记者清清楚楚地讲到了"安杰拉和另外两个布拉兹列克姐妹"。玛塔大吃一惊，手里的搅拌碗不慎落到了地上，在厨房地板上摔得粉碎。

我恨不得掐死这个婊子。我问她："奈特怀疑你了吗？"

"怀疑我？没有。"玛塔说，"我表现出很尴尬和歉意的样子，说搅拌碗很滑，所以不小心脱手了。他说我不必放在心上，只是要把碎玻璃清扫干净，不要让小崽子们踩到了玻璃。"

"他们现在在哪儿——我说的是奈特和波普？他们还知道别的事情吗？"

"10分钟前他同波普一起离开了，说是很晚才能回来。"玛塔说，"除了我刚才告诉你的情况，其他的就不知道了。但是，既然他们知道了我们三姐妹，就肯定知道了我们在波斯尼亚干过什么事情，而且战争罪行检察官肯定也知道了我们现在就在伦敦。"

"有可能，"我不得不承认这一点，"但是，也就是仅此而已罢了。要是他们知道更多的情况，现在肯定早就知道你们现在的名字并且开始搜捕你们了；警察也早就出现在我们的家门口了。"

玛塔沉默了一会儿，问我说："那么，我该怎么办？"

我越来越坚信，当初的"复仇女神"同如今的三姐妹早已经相去甚远，他们不可能轻易地把这两者联系起来。于是，我回答说："你要继续守在那两个小崽子身边。未来几天里，我们很可能会用得着他们。"

第五十八章

2012年8月5日，星期天

到晚上7点，奥林匹克体育场内的紧张气氛已经上升到了顶点。奈特坐在"伦敦碗"西侧的看台上，俯瞰着下方百米赛跑的终点线。身为国际私人侦探公司的侦探，他能够清晰地感受到现场8万名观众心中涌动着的强烈期待，他们都是幸运儿，能够得到今晚的一张门票，亲眼目睹谁会成为这个世界上跑得最快的男人。但是，同时他也能看出并感受到人们内心里同样强烈的恐惧和担忧——"克罗诺斯"今晚会在这里再次行凶吗？

男子100米决赛无疑是奥运会最受关注的赛事，至今为止前几轮比赛的结果都在人们的预料之中，肖和蒙达荷在前一天的分组赛中表现得都非常出色，两个人都毫无悬念地轻易赢得了各自所在小组的比赛。但是，牙买加的肖在几轮比赛之间尚有休息的时间，而喀麦隆的蒙达荷却还要参加男子400米的分组赛。

蒙达荷的表现简直可以用"超人"来形容，他在400米分组赛中跑出了43秒22的惊人成绩，比起亨利·艾维1999年在西班牙城市塞维利亚举办的世界田径锦标赛上创下的43秒18的世界纪录仅仅相差了百分之四秒。

就在今天晚上早些时候，蒙达荷和肖又双双在半决赛中胜出，喀麦隆人的成绩仅仅比肖9秒58的世界纪录慢了百分之二秒。现在，两位短跑明星都已经蓄势待发，即将在100米决赛中一争高低。男子100米决赛之后，肖就可以休息了，而蒙达荷还将参加男子400米的半决赛。

奈特一边用望远镜扫视着人群，一边想象着蒙达荷到底有多大能耐，一个人如何能在同一届奥运会上同时拿下100米、200米和400米三个项目的金牌？如此高强度的连续作战，蒙达荷做得到吗？

不过，话又说回来，这个问题有那么重要吗？2012年的伦敦奥运会已经经历了如此众多的灾难，人们还会在乎这样微不足道的事情吗？在过去的48小时里，除了今天早些时候英国运动员玛丽·达克沃斯在女子马拉松比赛中折桂，给伦敦人带来一阵喜悦之外，笼罩着伦敦奥运会的忧虑情绪已经大大加剧。昨天，《太阳报》终于发表了波普的特别报道，首次披露了有关塞尔维亚的布拉兹列克三姐妹在波黑战争期间犯下的种族灭绝罪行，并把她们同伦敦奥运会上的杀戮事件联系在一起。报道还详尽介绍了詹姆斯·德林和赛琳娜·法雷尔曾经在巴尔干地区为北大西洋公约组织工作，而且那段时间正好是布拉兹列克姐妹在斯雷布雷尼察市内外疯狂屠戮无辜男人和男孩的时候。

报道中披露说，法雷尔当时是联合国观察团派往驻扎在被战争蹂躏的波黑地区的北大西洋公约组织的志愿者，而有关这个教授在该项行动中的具体使命却没有具体说明。但是，波普发现法雷尔于1995年夏天在一次车祸中受了重伤，并因此被送回了英国。一段时间之后，法雷尔恢复了健康，重新回到了她的博士学位研究工作之中，她的生活也再次归于平静。

星期六的晚上，人们在码头区的一个垃圾箱附近发现了来自巴西的柔道裁判伊曼纽尔·弗洛勒斯的尸体。那里离这位裁判工作的伊克赛尔展览及会议中心有几英里远，已经远在奥运场馆之外。弗洛勒斯本人就是徒手搏斗的高手，但是还是被人用一截电缆线勒死。

"克罗诺斯"照旧给波普送去了一封信，而这封信非常干净，没有留下任何可供追查的证据。他在信中指控弗洛勒斯接受贿赂，从而在柔道比赛的裁判工作中偏向某些运动员。信中附带的文件似乎也在一定程度上证明了他的指控，但是并没有更加有力的证据。

消息一经报道，全世界的舆论哗然，无不为"克罗诺斯"和"复仇女神"的肆意妄为而感到怒不可遏，纷纷要求英国政府立即采取强有力的手段予以阻止。今天上午，乌拉圭、朝鲜、坦桑尼亚和新西兰决定立即撤回各自的代表团，不再参加最后一周的比赛。一些英国国会议员和伦敦市政厅官员也立刻发表声明，强烈要求麦克·蓝瑟辞职或免职，并呼吁全面加强对德林和法雷尔的搜捕行动。

麦克尔·蓝瑟不得不整天出现在各个媒体的镜头面前，虽然脸上难以掩饰对弗洛勒斯被杀的震惊，但是仍然尽力为他在安保工作上做出的种

种努力辩护。到中午时,蓝瑟宣布撤消F7安保公司对奥林匹克公园各入口处安保工作的指挥权,由杰克·摩根的国际私人侦探公司接手他们的工作。伦敦奥组委同苏格兰场和军情五处经过紧急磋商,决定在各个奥运场馆实施更为严格的安保措施,包括增设第二道安检门,更为详细的身份检查和更加细致的搜身。

然而,这一切并没有使各国运动员和英国民众平静下来,有消息说包括俄罗斯在内的10个国家正准备提出一项动议,要求伦敦奥运会立即暂停,直到各国运动员的安全得到确实保障后再继续进行。

但是,绝大多数运动员却迅速地对这个提议提出了强烈的反对,他们共同在因特网上签署了一项由美国跳水运动员汉特·皮尔斯草拟的请愿书,不仅反对中止伦敦奥运会,并且要求国际奥委会和伦敦奥组委不要接受任何有关暂停伦敦奥运会的建议。

伦敦市市长、英国首相和伦敦奥委会主席马库斯·莫里斯对运动员们的请愿书大加赞赏,一致表示会听从他们的意愿、拒绝任何有关中止伦敦奥运会的建议,并且坚定不移地表示:英国从来没有向恐怖主义低过头,现在也决不会开这个可悲的先例。

尽管各个奥运场馆的安保措施确实大大加强了,但是一些观众还是决定远离这些是非之地,放弃了现场观看那些曾经一票难求的重大赛事。奈特已经看到了看台上出现的零零星星的空位,这在伦敦奥运会开幕前是完全不可想象的事情。然而,在伦敦奥运会开幕之前,谁又能想象得到如此恐怖的凶杀事件会一而再再而三地出现呢?

正当奈特警惕地扫视着看台上的人群的时候,伦敦奥组委成员、负责安保的麦克·蓝瑟来到了他的身旁。"奈特,那几个该死的畜生毁掉了我们的奥运会,"蓝瑟痛苦地对他说道。蓝瑟同奈特一样,耳朵上带着无线通话器的耳机,而无线通话器则始终设置在体育场安保专用频道上,"无论从现在起再发生什么样的惊人奇迹,2012伦敦奥运会也始终是一次满身污点的……"

就在这个时候,现场观众纷纷起立,全场响起了热烈的欢呼声。参加男子100米短跑决赛的选手们来到了赛道上,走在最前面的是北京奥运会100米短跑冠军肖。他一边向前小跑,一边挥动双臂活动着身体。

蒙达荷是最后一名来到赛道上的运动员,他懒洋洋地跑了几步,然后蹲下身体,紧接着就像一只袋鼠似的跳跃着沿跑道跑去,其爆发力是如此强大、身体又如此敏捷,让看台上的观众们看得目瞪口呆。奈特心想:这种跑法可行吗?在此之前,有人像他这样跑过吗?

"那可是一个奇人,"蓝瑟说,"绝对是大自然创造的真正的奇人。"

在安赛乐米塔尔轨道塔上,奥运火炬的火焰稳稳地燃烧着,悬挂在体育场四周的旗帜一动不动地垂挂在旗杆上;空气仿佛凝固了,没有一丝风,真是百米赛跑绝佳的条件。

奈特的耳机里不断传来杰克、安保人员和蓝瑟的对话声。这时,蓝瑟已经从奈特身旁离开,从另外一个角度观察着体育场内的动静。奈特向四周看了看,可见英国空军特种部队的狙击手手持步枪趴在体育场的屋顶上,天空中一架直升机正缓缓驶过。整天来,不仅天空中有这些直升机不停地盘旋,而且部署在体育场跑道四围的武装警卫也在数量上增加了一倍。

奈特宽慰自己说:今天晚上绝不会再发生任何恐怖凶杀事件,在如此严密的安保措施下实施谋杀完全无异于自杀。

男子100米决赛的选手们开始走向各自的起跑器。这些起跑器都与最先进的全自动计时装置相连接,简称"FAT系统"。每个起跑器的抵脚板上都装有高度灵敏的压力传感器,传感器与计算机相连,任何起跑犯规行为都会被详细地记录下来。而在跑道另一端的终点,光电截切装置持续发出一根人的肉眼看不见的激光束终点线,其分辨精度为千分之一秒。

现在,看台上的观众都纷纷站立起来,伸长了脖子紧张地看着起跑线上的运动员们。发令员向选手们发出了"各就位"的命令。肖在第三跑道,蒙达荷在第五跑道。牙买加人扭头看了一眼走到起跑器前的喀麦隆人。选手们纷纷把脚放到了装有压力传感器的抵脚板上,张开五指撑住地面,最后低下了头。

奈特忍不住想:仅仅10秒钟。这些家伙倾其一生就为了这短短的10秒钟。他觉得自己根本无法想象:一个人要成为这样一名奥林匹克冠军,会承受多么巨大的压力和期望,需要多么坚强的意志和经历多么巨大的

痛苦。

"预备。"发令员喊道，所有选手同时撅起了他们的屁股。

发令枪响了，看台上欢声雷动，蒙达荷和肖像两头扑向猎物的猎豹冲了出去。在前20米，牙买加的肖占有明显优势，两条长腿迈动的速度和双臂挥动的频率都比喀麦隆的蒙达荷更快。但是，在接下来的40米中，那位曾经的娃娃兵却越跑越快，仿佛在战场上逃避一颗飞向他后脑的子弹。

在80米处，蒙达荷赶上了肖，但是却无法继续超越牙买加人。

然而，肖也无法甩开与自己并驾齐驱的喀麦隆人。

两个人并肩冲向终点，向历史顶点冲刺，其他同场竞技的选手仿佛早已不复存在。他们同时挺胸冲过了终点线，以9秒38的成绩刷新了肖2009年在柏林田径世锦赛上创下的9秒58的令人难以置信的纪录，把世界100米短跑成绩再次缩短了五分之一秒。

一个新的奥运会纪录诞生了！

一个新的世界纪录诞生了！

第五十九章

整个"伦敦碗"体育场都在为蒙达荷和肖欢呼雀跃。

但是,两人中到底是谁获得了冠军呢?

在大屏幕记分牌上,初步非正式结果将肖排在第一、蒙达荷排在第二,但是两人的成绩却是完全一样的。奈特用望远镜看着他们,两人都气喘吁吁、双手叉在后腰上,眼睛并没有看着对方,而是望着屏幕上重放的冲线时刻的慢镜头,而裁判们正紧张地核查着光电截切装置留下的数据。

这时,奈特听到播音员开始介绍有关并列冠军的情况。在历届奥运会上,体操比赛中曾经多次出现过并列冠军的情况,在2000年的悉尼奥运会上,还出现过两个美国游泳选手并列冠军的情况,但是在现代奥运会的历史上还从来没有在径赛项目上出现过并列冠军的情况。播音员说,裁判们将根据现场拍摄的影像资料进行判别,而且他们判别的时间精度将达到千分之一秒。

奈特看见所有现场裁判在赛道旁挤成了一团,其中一位高个子裁判正难以置信地摇着头。过了一会儿,大屏幕记分牌上显示出了裁判们最终认定的"正式成绩":肖和蒙达荷双双以9秒382的同样成绩并列男子100米短跑冠军。

紧接着,裁判代表宣布说:"我们认为没有重新进行比赛的必要。这个结果是有史以来人类用双脚跑出来的最伟大的成绩,这个成绩是真实有效的。两位选手共同创造了这一新的世界纪录,他们双双获得了金牌!"

体育场内再次响起了雷鸣般的欢呼声、口哨声和呐喊声。

在望远镜的镜头里,奈特看到肖仰着头看了看记分牌上公布的最终成绩,然后扭过头略带怀疑和不满地看了看裁判代表,但是过了一会儿,这个牙买加人脸上的表情变得温和了,接着又展开了灿烂的笑容。他向

微笑着看着他的蒙达荷跑过去，两人热情地交谈了几句，然后两双手紧紧地握在了一起。接下来，他们高举双手，展开牙买加国旗和喀麦隆国旗，向纵情欢呼的观众跑去。

两个冠军绕场一周，庆贺这一举世瞩目的胜利，而在奈特看来，他们的胜利就好像一场把这个夏日里郁闷空气一扫而光的疾风暴雨，让人感到那么的神清气爽。仅仅在这几分钟的时间里，"克罗诺斯"和他的"复仇女神"已不再像笼罩在人们心头的阴霾一样阴魂不散，人心也变得明亮了。

两名短跑英雄在数万观众面前共同展现了他们高尚的体育精神，他们的行动也雄辩地向全世界证明，即便是面对像"克罗诺斯"那样野蛮的杀戮威胁，现代奥林匹克运动会仍然具有不可小觑的生命力，它不仅仍然保持着其善良的本质，而且仍然展现出了人类高尚的本性。

肖和蒙达荷一起跑回终点线后接受了记者的现场采访，肖也表达出了同奈特相同的观点。奈特看着大屏幕，感到无比欣慰。

"当我第一眼看到并列冠军的结果时，心里也感到难以置信。"牙买加人诚恳地说道。"实话告诉你们吧，我当时的第一反应是愤怒，我虽然再一次打破了我自己创下的世界纪录，但是却没有能够像在北京奥运会上那样打败所有人。但是，很快我就意识到了，在伦敦奥运会经历了如此痛苦的磨难之后，这个并列冠军确实是一件十分美妙的事情；它不仅对短跑项目是一件好事情，对所有运动员也是一件好事情，对整个奥林匹克运动更是一件好事情。"

蒙达荷十分赞成肖的观点，他说："我能够同伟大的齐克·肖同场竞技感到莫大的荣幸。当人们谈到肖的时候也会同时谈到我，这是我一生的荣耀。"

当记者问到他们俩谁会赢得将在下星期三进行的男子200米决赛的时候，两个人都毫不迟疑地拍着自己的胸脯说："我。"

紧接着，两人开怀大笑，相互拥抱在一起拍打着彼此的臂膀。

当肖和蒙达荷一起离开体育场之后，奈特才大大地松了一口气，至少"克罗诺斯"没有把这两个人作为谋杀的目标。

在接下来的一个小时里，男子1 500米半决赛和3 000米障碍赛决赛顺利进行,奈特紧绷的精神开始松弛下来,他想到了自己的母亲。阿曼达已经向他做出了承诺,她再也不会像当年他父亲去世后那样变得愤世嫉俗和孤独消沉。

然而,根据他这两天同她的私人助理加里·博斯打电话的情况看,阿曼达却已经再次陷入了不能自拔的沮丧情绪。她不接他的电话,也拒绝接听其他任何人的电话,甚至连希望帮助她筹办丹顿·马歇尔爵士追悼会的人打来的电话也一概不接。加里·博斯助理告诉他说,阿曼达除了睡觉的时间以外,每一分钟都在她的工作台前拼命地工作,已经对数百份服装设计图案进行了修改。

他本想昨天和今天上午去看望她,但是博斯却告诫他千万别来,他说这个坎儿必须由阿曼达自己独自迈过去,她至少还需要好几天的时间才能缓过劲来。

奈特为母亲感到心疼,他从内心深处体会到她正经历的痛苦。凯特去世后,他曾经也认为自己的悲痛将永远持续下去。从某种意义上说,这种悲痛确实是永远不会消失的,但是他后来终于在孩子们的身上得到了安慰,是他们真正让他得到了解脱。因此,他也希望母亲能够找到她自己的解脱之路,而不是把自己淹没在无休止的工作之中。

他也想到了他的双胞胎孩子们。他正想给家里打个电话,向他们道晚安,却听见播音员宣布男子400米半决赛即将开始,请参赛选手现在出场。

当蒙达荷从连接练习跑道的通道里出现时,现场观众再次纷纷站立起来。只见这位喀麦隆运动员一路小跑来到场地上,每一步都带着他特有的轻松自如的姿态,同参加男子100米决赛前一样的信心百倍。

但是,这位喀麦隆短跑新星同刚才的表现又有所不同,他没有再次表演那种强有力的袋鼠式步伐,而是像一头敏捷的鹿或羚羊那样轻盈地从地面上弹起,身体在空中向前"飞"过,落地后再次跃起——真让人难以置信!

奈特觉得自己仿佛看到了《天方夜谭》中的故事,还有什么人能像他那样跳跃呢?再说,他怎么可能想到自己能这样跳跃呢?难道也是逃避背后飞来的子弹时的创举?

菲拉特里·蒙达荷跑到第一道的起跑器前停下了脚步,这是内圈的跑道,处在梯形起跑线的最后位置。蒙达荷还能再次创造奇迹吗?这可是他刚才创造100米世界纪录时整整四倍的距离,他行吗?

很显然,齐克·肖也很想知道这个问题的答案,因为他也出现在了连接练习跑道和比赛场地的通道口,同三名廓尔喀警卫站在了一起。这四个人一起向北注视着即将开始比赛的运动员们。

发令员喊道:"各就位。"

蒙达荷把钉鞋的鞋底踏到了起跑器的抵脚板上,拱起身体、绷紧了身体的每一条肌肉。发令员发出口令:"预备。"

发令枪"砰"地响了,震撼着几乎寂静无声的体育场。

喀麦隆人从起跑器上一跃而起。

就在这千分之一秒之后,紧随着一道耀眼的银白色闪光,蒙达荷的起跑器突然爆炸了,火焰和滚烫而参差不齐的金属碎片从地面上飞起,从身后纷纷扎进了他的下半个身体。巨大的冲击波将他从跑道上掀起,然后整个人重重地摔倒在地面上。他蜷缩着身体躺在地上,发出一阵痛苦的吼叫声。

PRIVATE
GAMES

第四部 马拉松比赛

第六十章

突如其来的爆炸把奈特惊呆了,好几秒钟过去了,他竟然站在原地一动不动。同现场数万名观众一样,当蒙达荷痛苦地在跑道上扭动着身体,哭喊着伸出手抱着自己烧伤和流血不止的大腿时,奈特却眼睁睁地看着他,愣愣地听着他可怕的哭号。

跑道上的其他运动员都受到了爆炸声的惊吓,纷纷停下脚步回头张望,1号跑道上蒙达荷的惨状让他们惊恐莫名。夹杂着金属碎片的火焰已经熄灭,在蒙达荷的起跑器所在的地方留下了一大片烧焦的痕迹,空气中散发出化学物品燃烧后的臭气,让奈特感觉像是安全信号筒或汽车轮胎燃烧时发出的气味。

现场医护人员开始向喀麦隆短跑新星和其他几个被金属碎片击中而受了轻伤的现场比赛官员跑去。

蓝瑟愤怒的情绪眼看就要失控了,他对着无限通话器吼叫着:"凡是接触过那些起跑器的人统统给我扣留下来,等待警方的询问。找到现场的所有人员,不管是计时人员还是裁判员,全部扣押起来,一个也不许漏掉!"

奈特周围的观众们渐渐从最初的惊恐中恢复过来,一些人开始哭泣,另一些人则开始大骂"克罗诺斯"的残酷无情;许多人开始匆匆地向出口处走去,志愿者和安保人员则纷纷忙于维持现场秩序。

"杰克、麦克,你们能设法让我赶到跑道上去吗?"

"这不可能。"杰克回答说。

"我也不允许。"蓝瑟回答道。"苏格兰场已经明令封锁整个赛场,等候炸弹专家组的到来。"

发生在蒙达荷身上和整个伦敦奥林匹克运动会上的暴行让奈特怒火中烧,他现在脑子里乱成一团,感到自己的心灵正在流血。这一次,"克罗诺斯"无疑又将指控蒙达荷犯下了某种罪行,但是奈特对此根本不在乎。

无论这个喀麦隆人干了什么或者没干什么,他都不应该躺在跑道上经受烧伤和炸伤的痛苦,而应该在赛场上奔跑,把同场竞技的其他运动员远远地甩在身后,去实现自己运动事业上不朽的辉煌。可是他,现在却被人抬上了一副轮式担架。

当医护人员推着担架上的蒙达荷向不远处的救护车跑去的时候,现场观众纷纷开始鼓掌,向这位坚强的运动员致以他们由衷的敬意。奈特从望远镜中看到,蒙达荷的手臂上挂着输液管,很显然医生也肯定为他打过了止痛针,但是在这位曾经的娃娃兵扭曲的脸上仍然可以看到极度痛苦的表情。

奈特听见身边的观众议论纷纷,有人认为现在看来到底还是"克罗诺斯"占了上风,伦敦当局应该立刻中止这一届奥运会,以避免丧失更多无辜的生命,他们同时也对这样的结果感到非常失望和愤恨。但是,人群中又传来另一个人愤世嫉俗的声音,他宣称他坚信伦敦奥运会绝不会被中止。他说他读过发表在《金融时报》上的一篇文章,文中暗示说:虽然2012伦敦奥运会的赞助商和官方媒体都宣称对"克罗诺斯"的行为感到十分震惊,但是私底下他们却对这一届奥运会每天24小时持续走高的收视率和大众对有关"克罗诺斯"的众多报道日益增长的兴趣感到更为吃惊。

"到目前为止,伦敦奥运会已经成为有史以来最受世人关注的奥运会,"他继续道,"我可以断定:伦敦奥运会绝不会被中止。"

奈特还来不及思考人群中传来的议论,就看见齐克·肖手持一面喀麦隆国旗冲进了赛场,场上的十多名参加男子400米半决赛的选手立即跑到肖身旁,他们一起向救护车的方向跑去,并同现场数万名观众一起一遍又一遍地呼喊道:"蒙达荷!蒙达荷!"

整个"伦敦碗"体育场陷入了疯狂,哭泣声、呼喊声、欢呼声响成一片,不少人同时开始大声怒斥"克罗诺斯"和"复仇女神"毫无人性的残暴行径。

虽然蒙达荷被身边的医护人员围在中间,撕心裂肺的疼痛和止痛药同时折磨着他的神经,但是他仍然听到了观众们的呼喊、看到赛场上的同伴们向他跑来的身影。就在医护人员把他抬上救护车的一瞬间,他顽强

地举起了自己的右臂,把一只紧握的拳头伸向了空中。

　　奈特也同现场的所有人一样,情不自禁地为蒙达荷这一勇敢的举动而大声叫好。这个喀麦隆英雄虽然重伤在身,但是却并没有被打垮,仍然不愧为一名久经沙场的战士。他很可能再也不能在跑道上驰骋了,但是他的精神和奥林匹克的精神却将永世长存。

第六十一章

当医护人员把顽强的喀麦隆短跑运动员蒙达荷抬进救护车尾部的时候,凯伦·波普正坐在《太阳报》新闻编辑部的办公室里。她感到胃里翻腾得厉害,就要呕吐了,于是赶快吃下了几片抗酸药,继续茫然地看着电视机上的现场直播。她和她的编辑芬奇正在等待"克罗诺斯"应该送来的新的一封信件,而同时守候在这里的还有伦敦警察厅的几名侦探,这时他们正密切监视着报社接待大厅里的动静。他们的目标是为"克罗诺斯"送信的人,希望能够迅速地从他身上追查到信件的始发地点。

波普内心里并不想知道"克罗诺斯"对蒙达荷提出了什么指控,她对这一切都已经非常厌恶了。她终于下定了决心,走到芬奇跟前,对他说道:"芬奇,我不干了。"

"你不能放弃,"芬奇厉声回答说,"你到底在想什么啊?这可是你这一辈子都难得一遇的机会,继续干下去,波普。你的表现棒极了。"

波普突然忍不住哭了起来,说:"我再也不想干下去了;我不想成为草菅人命的帮凶。这不是我当新闻记者的初衷。"

"你并没有草菅人命。"芬奇安慰她说。

"但是,实际上我就是一个帮凶!"她吼叫道,"我还是一个孩子的时候,美国出现过一个邮寄炸弹的恐怖分子,他还写了一个什么宣言,公开仇视现代技术文明,有人竟然为他发表了这个宣言。现在,我们就跟那些发表这个狗屁宣言的人是一路货色。芬奇,我们现在的所作所为就是在鼓励谋杀!我就是谋杀犯的帮凶!我不想做这个帮凶,也决不能做这个帮凶!"

"你并没有鼓励谋杀,"芬奇说,语气已经柔和了许多,"你和我都不是什么谋杀犯的帮凶,我们只是在记录这些谋杀案,就像舰队街我们的老前

辈们记录下'开膛手杰克'①一案一样。你不是在帮助他们,而是在揭露他们。波普,这正是我们的职责所在,正是你的职责所在。"

波普无助地看着芬奇,在她看来自己只不过是一个微不足道的体育记者而已。"他为什么要选择我,芬奇?"

"我不知道。也许将来会找到答案,但是现在我确实不知道。"

波普已经无法同他争论下去了,她转过身回到了自己的办公桌前,"扑通"一声跌坐在椅子上,痛苦地耷拉着脑袋。这时,她的黑莓手机响了,告诉她收到了一封电子邮件。

她长叹一口气,拿起手机看了一眼,却发现是"克罗诺斯"发来的一封带有附件的邮件。她恨不得立刻把自己的手机砸得粉碎,但是芬奇的话言犹在耳:揭露这些狂徒的本质是她的职责所在,她不能放弃。

"信来了,芬奇,"她颤抖着对房间另一头的编辑说道,"给苏格兰场的那些人说一声吧,不会有送信人出现了。"

芬奇点点头,说道:"我来办。离截稿时间还有一个小时,抓紧写吧。"

波普感到很犹豫,但是很快犹豫的心情就被满腔愤怒所取代。她点击手机屏幕,打开了附件。

"克罗诺斯"认定蒙达荷必定当场死在体育场的跑道上。

因此,他在信中声称:"杀死"蒙达荷"是对他犯下的傲慢罪行的惩罚",在古代希腊神话中的诸多罪行里,傲慢是最严重的罪行;傲慢和虚荣是对众神的大不敬和挑衅。这就是"克罗诺斯"指控蒙达荷犯下的所谓"罪行"。

在"克罗诺斯"发来的附件中,包括蒙达荷同他总部设在美国洛杉矶的体育经纪人马修·希金斯之间的往来电子邮件以及在脸谱网上的留言和短信的复制件。按照"克罗诺斯"的说法,蒙达荷和希金斯之间的交流内容已经完全背离了古代奥运会的精神,他们所谈论的竞技体育并不是

---

①1888年8月7日到11月9日间,伦敦东区白教堂一带接连有至少5名妓女被人杀害。凶手的作案手段极其残忍,他不仅割断受害者的喉咙,而且将她们开膛破肚,甚至取走部分器官,因此被媒体称作"开膛手"。其间,伦敦中央新闻社曾收到一封自称"开膛手杰克"的人的来信,声称他将杀死更多的妓女。此后,媒体和警方都收到了多封类似的信件,却始终真假难辨,凶手也始终逍遥法外。这个案件虽然已经过去了一百多年,但是至今"开膛手杰克"仍然是欧美文化中最臭名昭彰的杀手之一。

为了赞颂伟大的众神和赢得众神的赞许。

"克罗诺斯"指责蒙达荷在与其经纪人的长期通讯往来中彻底暴露出了其追求金钱和物质利益的本性,他们反复讨论的都是蒙达荷在伦敦奥运会上赢得100米、200米和400米三项冠军之后,其全球身价将陡涨数百万美元,并在今后20年中确立其职业生涯的巅峰位置。

"蒙达荷把众神赐予他的天赋当街出卖,""克罗诺斯"在信的末尾得出了他的结论,"在他看来,做一个世界上跑得最快的人没有任何荣誉可言。他的傲慢和狂妄自大无限膨胀,不仅无视神圣和伟大的众神,甚至把自己凌驾于众神之上,自视为众神之神。他相信只有他才配拥有巨大的财富和永生不朽的称号。因此,对这样傲慢的无耻之徒,必须始终予以迅雷不及掩耳的坚决惩处。"

波普心想,众神有眼蒙达荷却死里逃生了,这让她感到莫大的欣慰。

她向芬奇大声喊道:"我们有没有蒙达荷体育经理人的电话号码?"

她的编辑想了想,然后肯定地点点头,回答说:"在我们收集的伦敦奥运会资料手册里肯定有。"

很快,芬奇就找到她需要的电话号码,波普迅速地在自己的手机上键入了一条短信:

知道你是蒙达荷的经纪人。"克罗诺斯"指控他和你有罪。速回电。

波普发送短信后把手机放到桌子上,然后开始在自己的电脑上撰写今天的特别报道,一边写一边不断地提醒自己她不是在充当"克罗诺斯"的帮凶,而是在揭露他、在同他作斗争。

让她感到惊讶的是,短信发出后不到5分钟她的电话就响了起来。确实是马修·希金斯打来的,他正在赶往蒙达荷被送去的那家医院的路上,听上去心情十分沮丧。波普首先向他表达了自己对蒙达荷不幸遭遇的慰问,然后直言不讳地把"克罗诺斯"的指控告诉了这位体育经纪人。

"'克罗诺斯'断章取义,并没有把整个事情的真相都告诉你。"希金斯听完她的话后愤愤不平地回答说,"他并没有告诉你菲拉特里·蒙达荷为什么需要那些钱。"

"那么,请你告诉我。"波普回答。

"蒙达荷有一个计划,准备用这些钱去帮助那些在战乱地区幸存下来的儿童,尤其是那些被人绑架和胁迫参与到冲突之中,根本不明白或者不相信他们参与的战争,却又不得不成为战争炮灰的孩子们。我们已经设立了'蒙达荷战争孤残儿童基金',其目的就是帮助菲拉特里实现这个奥运金牌之外的梦想。我们可以把成立这个基金会的相关文件发给你,早在2010年的柏林世锦赛之前他就已经签署了这些文件,当时还根本没有任何人谈论他可能在伦敦奥运会上夺得三枚短跑金牌的事情。"

听到此,波普觉得她现在终于可以向"克罗诺斯"发起反击了。她又问:"那么,如果你说的都是事实的话,'克罗诺斯'的所作所为就不仅仅是毁掉了一个娃娃兵出身的优秀运动员和他的奥运会梦想及生活,而且还可能毁掉了全世界饱受战争创伤的那些儿童的希望和机会,对吗?"

希金斯哽咽着回答说:"我认为……你说出了这个悲剧的实质。"

波普脑子里浮现出了蒙达荷在赛场上的英姿,她把另一只手紧紧地握成拳头,对希金斯保证道:"希金斯先生,我的这篇特别报道将把事实真相告诉全世界。"

第六十二章

2012年8月6日，星期一

我的脑子里就像刮起了一场迅猛的五级台风，无数尖刀散发着比镁粉燃烧更加耀眼的光芒在风暴中划过，我周围的一切仿佛都变成了铁蓝色和铁红色，就像失去了光泽的烧焦的土地和凝结的血污。

那个婊子的愚蠢行为把我们统统都出卖了；蒙达荷竟然逃脱了复仇的正义之剑。我真恨不得把伦敦的所有魔鬼统统杀光。

不过，我还有一把杀手锏，它将起到一锤定音的效果。

我很清楚这个行动有风险，一旦失败必将毁掉我17年多以来精心谋划的一切；一旦行动中出现失误，这把杀手锏将成为我自己的梦魇。

然而，脑子里这可恨的风暴却容不得我仔细思考下一步行动的细节，我眼前的情景就好像正在播放的一部老电影，在跳动的画面上，我突然看到自己手持一把尖刀一次次扎进我母亲的大腿里；遭人虐待并最终成功复仇的快感像决堤的洪水冲撞着我的心灵。

凌晨4点左右，我回到了自己家里。佩特拉正等待着我，深陷的眼眶中瞪着一双布满血丝和恐惧的眼睛。家里现在只有我们两人，玛塔和蒂甘两姐妹正在外执行新的任务。

"求求你原谅我，'克罗诺斯'。"她开口说，"指纹的事情只是一个失误。"

听到此话，我脑子里的台风又立刻疯狂地旋转起来，站在我眼前的她就像陷入台风漏斗状旋涡中心一样正迅速地离我而去。

"一个失误而已，是吗？"我十分平和地问道，"你是否意识到了你所犯错误的严重后果？你把猎犬吸引到了我们身边。他们已经嗅出了你的气味，安杰拉。他们也已经嗅出了你两个姐姐的气味，同样也嗅出了我的气味。他们已经为我们准备好了囚笼和绞刑架。"

佩特拉就像现在的我一样，整个脸因愤怒而扭曲变形。"'克罗诺斯'，我始终相信你,并且把我自己的生命都交给了你。我还为你干掉了那两个俄罗斯体操教练。但是,我承认自己犯了错误,而且是唯一的一个错误而已。"

"不对,"我仍然语气平和地说道,"你还把你的假发留在了体操场馆女卫生间的墙洞里。现在,他们已经得到了你的DNA。你行事鲁莽,没有严格执行我制定的计划。"

佩特拉开始全身发抖和哭泣。"现在,你要我做什么,'克罗诺斯'?我怎么做才能弥补我的过错?"

我没有立刻回答她的问题,过了一会儿我才叹了一口气,然后张开双臂向她走去。我告诉她说:"你什么也不用做,好妹妹。实际上,你现在什么也做不了。我们会继续战斗。"

佩特拉犹豫了一下,但还是最终走进了我的怀抱。她十分激动地紧紧拥抱着我,一时间我竟然也感到有些犹豫。

但是,很快我的思绪就定格了一个画面上——我手臂上插着输液管,输液管连接着一个装满液体的塑料袋。在那么一瞬间的时间里,我想到了这个情景对我意味着什么,想到了我是怎样遭人踩蹦和践踏,又是怎样被踩蹦和践踏塑造成了现在的我。

我比佩特拉高出许多,所以当我还以拥抱时我的手臂正好搂住了她的脖子。于是,我收紧双臂把她的脸紧紧地压在了我的胸膛上。

"不!"她勉强发出了一声低沉而嘶哑的声音,紧接着便开始在我的怀抱中拳打脚踢、拼命扭动着身体。

但是,我深知留下佩特拉将是多么的危险和愚蠢,一旦手软她的反抗必将是邪恶而致命的。我没有心慈手软,而是拿出更大的力气勒紧她的后脖部,然后有力地后退一步,猛地扭动屁股。

佩特拉的身体被掀起,双脚离开地面在空中划出一道弧线,就在这个时候我把身体的重心突然向相反方向转动,我立刻听到了她的颈椎破裂并折断的声音,就好像一个晴天霹雳打在了她的身上。

第六十三章

2012年8月8日，星期三

上午10点钟刚过，马库斯·莫里斯站在国会外的人行道上焦躁不安地晃动着身体，但是过了一会儿，他终于强迫自己面对着围在他身边的记者和他们手里的话筒和照相机。"麦克·蓝瑟为伦敦奥运会的召开辛勤工作了10年，是一个受人尊敬的同事，但是我们还是不得不免去了他伦敦奥组委成员的重任。从现在起，他已经不再担任奥组委剩下阶段的安保主管的工作了。"

"可现在正是伦敦奥运会至关重要的时刻！"有人喊道。紧接着，同《太阳报》记者凯伦·波普站在一起的整个记者群都乱成了一团，他们向这位伦敦奥组委主席提出了一大堆问题，就好像一群突然遭遇了一场商业灾难的商人们。

记者们提出的大多数问题也正是波普急于了解的问题，诸如：伦敦奥运是否将继续下去？奥运会会被立刻终止吗？如果奥运会将继续下去，谁将担任奥组委的安保主管？目前一共有多少个国家决定从伦敦撤回自己的代表队？许多运动员表示坚决反对终止或中断伦敦奥运会，那么伦敦奥组委是否会听从他们的意见？

"我们将听从运动员们的决定，"马库斯·莫里斯坚定不移地回答说，"伦敦奥运会将继续进行下去，奥林匹克的理想和精神必将得到发扬和光大。我们决不会在眼前的巨大压力下低头。现在，来自苏格兰场、军情五处、英国空军特种部队和国际私人侦探公司的4名顶尖安保专家将共同负责奥运会剩下4天的安保工作。我个人对一些国家决定撤回他们的奥运代表队深感伤心，这无论对伦敦奥运会还是对各国运动员都是一个悲剧。至于其他的问题，我的答复是：伦敦奥运会将继续。"

负责保卫马库斯·莫里斯的伦敦警察厅的警官们在人群中拨开一条

通道，簇拥着他向等候在路旁的汽车走去。大多数记者仍旧紧随其后，大声地提出各种各样的新问题。

波普没有跟上去，而是倚靠在国会外的铸铁围墙上，重新查看自己从昨天晚上到今天上午的笔记和得到的消息。

她已经找过伊莱恩·波特斯菲尔德警司，得知当局不仅已经大大加强了对赛琳娜·法雷尔和詹姆斯·德林的搜捕行动，而且正集中精力调查炸伤菲拉特里·蒙达荷的起跑器的问题。

蒙达荷目前仍然躺在塔桥医院的重症监护室里，但是据医生们说，他已经接受了两次紧急手术，取出了身上的多个金属碎片并对烧伤进行了治疗。虽然目前的情况仍然不容乐观，但是他却表现出了"极大的战斗精神"。

起跑器现在已经成为警方极其关注的又一个重大问题。这种起跑器是由著名的斯塔克豪斯运动器材公司生产的，是其知名品牌"牛顿TI008国际百斯特"系列的改进型产品，而在那场比赛之前已经有10名不同的运动员10次使用过同一个起跑器。

那些起跑器每次进出赛场时都由国际奥委会的官员全程监督，由一个计时专家组成的专门小组负责安装，而那些专家们一致声称爆炸之前从未发现任何一个起跑器存在任何问题。实际上，当时在现场的几名计时专家也同蒙达荷一样在爆炸中受了伤。

在比赛中断期间，所有起跑器被锁在体育场地下室一个专门的保管室里。爆炸前一天，也就是星期六晚上负责给这间保管室锁门的国际奥委会体育官员，也正是星期天下午爆炸发生前打开保管室门锁的同一名官员。他的名字叫哈维尔·克鲁兹，巴拿马人，在所有被炸伤的国际奥委会官员中恰恰他的伤势最严重——飞来的金属碎片夺去了他的一只眼睛。

苏格兰场的炸弹专家们说，这个起跑器爆炸装置是完全按照斯塔克豪斯公司的标准用金属制造的，不同的是它的主要部件都是中空的，其中塞满了镁屑作为炸药，同引爆装置连接在一起。镁是一种极易燃烧的物质，其爆炸和燃烧强度犹如乙炔。

波特斯菲尔德警司告诉波普说："如果换成另外一个普通人，那个爆炸装置肯定已经要了他的命。但是,蒙达荷超人的起跑速度挽救了他的生命,但是他的双腿很可能不保。"

波普"啪"地一声合上笔记本电脑,她感到自己已经有足够的材料撰写下一篇报道了。她正想给彼得·奈特打一个电话,看看他是否还能提供更多的信息,但是却突然看见一个高个子男人从国会大楼的来访者出入口走了出来。他弓着背、低着头,急匆匆地向南走上了圣玛格丽特街,正好同记者们离开的方向相反。

她回头看了看那帮记者,发现他们中并没有一个人发现迈克尔·蓝瑟出现在了大街上,于是立刻大步向他追了上去。当蓝瑟刚刚走进维多利亚塔公园的时候,波普追上了他。

"蓝瑟先生?"她一边喊一边在他身边放慢了脚步,"我是《太阳报》的体育记者凯伦·波普。"

这位前伦敦奥组委安保主管深深地叹了一口气,用一双充满绝望的眼睛看着她。一时间,她几乎不忍心再向这个伤心欲绝的人提出任何问题。但是,她仿佛听见了芬奇怒吼的声音,于是她狠下心问道:

"你被奥组委解雇了,你认为这公平吗?"

蓝瑟犹豫起来,看得出他内心里的斗争很激烈。但是,过了一会儿,他还是低下头回答道:"很公平。我曾经希望把伦敦奥运会办成有史以来最伟大、最安全的奥运会,我们为了实现这个目标设想了各种可能发生的危险。但是,事实证明我们没有能够想象到会出现一个像'克罗诺斯'那样的疯子和他的一小撮追随者。说到底,我失败了,我将为所发生的一切承担责任。这是我个人必须背负的'十字架',与其他人无关。好了,请你原谅,现在我不得不背负着我的十字架开始我后半生的生活了。"

第六十四章

2012年8月10日，星期五

在离伦敦奥林匹克公园数英里的码头区，矗立着一座早已废弃的工厂肮脏的厂房，蒂甘来到工厂外的铁丝网围栏前，将一个背包从围栏上剪开的一个缺口中推了进去。她心里想：这一次将是我最后一次造访这个满地垃圾的地方。

她扭动着身体从缺口处钻进去，捡起背包，然后抬头看了看阴沉沉的天空。远处传来一阵"呜呜"的低鸣。黎明不久就要来临，她还有许多事情要做，然后才能从此离开这个令人恶心的地方。

露水把野草的气息散发到空气中，她一边向那幢黑黝黝的废弃厂房匆匆走去，一边寻思着她的妹妹佩特拉应该已经在美丽的克里特岛上安顿下来了。蒂甘已经在报纸上读到了有关警方查获"克罗诺斯"案嫌犯指纹的报道，她当时就感到了恐惧，害怕"克罗诺斯"会对她的妹妹实施严厉的惩罚。然而，"克罗诺斯"的反应却出乎她们的意料之外，他没有勃然大怒并迁怒于佩特拉，而是采取了一种更为实际的做法：把她提前送往希腊，命她为她们三姐妹奥运会结束后在克里特岛上的隐居生活做准备。

蒂甘从一扇她几个月之前就已经砸开的窗户中进入了厂房，心中仍然想象着佩特拉现在所住的地方会是什么样子：钴蓝色的天空下，爱琴海边某个高高的悬崖上，矗立着一幢粉刷得雪白的房子，房间里装满了她们这一生从来没有想象过或需要过的奢侈生活用品。

她打开一个带有红色镜片的袖珍手电筒，把它夹到头上的帽子上，然后在手电筒发出的微弱红色光线的引导下穿行在这个过去的纺织工厂的生产车间之中。她小心翼翼地避开散落在地上的瓦砾和机器部件，来到一个楼梯口，然后走下楼梯进入了散发出霉臭的地下室。

蒂甘感到这里的霉臭气味更加刺鼻，眼睛也开始流泪，她不得不张开嘴呼吸,以减轻臭气对自己嗅觉的冲击。她把背包放到一条只剩下三条腿的长凳上,用身体把长凳紧紧地抵靠在墙上以免其摇晃,然后从背包里取出了8个静脉输液袋。

蒂甘仔细地把输液袋在长凳上摆放成一排,然后拿出一个药瓶和一个皮下注射器,用注射器把药瓶里的药水全部抽出,再把药水平均注入4个输液袋里。准备工作完成之后,她从挂在脖子上的项链上取下一把钥匙,再用两只手分别拿起4个输液袋。

她走到地下室里的一间储藏室的门前,感觉到这里的臭味更加浓烈。她把输液袋放到地上,把手里的钥匙插进门上挂锁的钥匙孔里。随着"咔哒"一声,挂锁打开了。她把锁放进衣服口袋里,推开门,再次提醒自己千万不能用鼻子呼吸,否则她肯定会晕倒的。

这时,她听到了从黑暗中传来一声微弱的呻吟。

"开饭了。"蒂甘向黑暗中说道,然后关上了身后的门。

15分钟之后,她走出了储藏室,对自己已经完成的任务感到很自信。从现在起,4天之后……

就在这个时候,她突然听见从地面上的车间里传来什么东西碰撞到一起的声音,随即又传来几个男人的笑声和讥讽的话语,紧接着又是一阵碰撞的声音。她停下脚步,揣摩着地面上可能发生的事情。

在过去的一年里,蒂甘已经十多次来过这个废弃的工厂,从来没有在这里碰到过任何一个人,也没有料到今天有别的人出现在这里。这幢建筑已经受到了溶剂、重金属和其他致癌物质的严重污染,四周的铁丝网围栏上到处挂着"有毒废弃物"的警示牌,因此从来没有人愿意冒险走进这里。

她最初的本能反应是想向这些人发起攻击,但是"克罗诺斯"事先明确地警告过她,除非在万不得已的情况下,否则她必须避免同任何人发生任何冲突。

于是,她关掉了帽子上的手电筒,转过身,摸索着轻轻地关上了储藏室的门。然后,她把手伸进口袋里,摸到了那把挂锁,再仔细地把锁环穿进门和门框的锁扣里。这时,一个瓶子从楼梯上滚落下来,掉到了地下室的地面上。她听见了正在靠近的脚步声和喝醉了酒的男人的说话声。

蒂甘在黑暗中伸出手,握住挂锁的上下两端用力一捏,感觉到挂锁好像已经锁上了,然后转身向前跑了几步,突然又停了下来。她心中感到有些怀疑:刚才她确实把挂锁锁上了吗?

这时,一道手电筒发出的光亮从楼梯口后面划过,她再也没有犹豫,立刻跑上楼梯,然后开始像短跑运动员那样用脚尖一溜小跑。整个车间的布局早已深深地印在了她的脑子里,她在黑暗中迅速地躲到了车间里的一条过道上,这条过道通向一段石头阶梯和一扇滑动门。

两分钟后,她已经来到了厂房外。伦敦的天空上已经出现了第一缕玫瑰色的晨曦。她听见从厂房里传来了又一阵碰撞和喊叫的声音,最后判定那很可能是一帮英国酒鬼来这里破坏取乐。她安慰自己说,当他们闻到地下室传出的恶臭时,自然会退避三舍,不可能再继续深入到储藏室里。但是,当她从铁丝网围栏上的洞口里爬出后,挂锁的问题却始终挥之不去:那把锁到底锁上了没有?

第六十五章

这是伦敦奥运会开幕后的第二个星期五,离奥运会结束还剩下三天。下午,彼得·奈特走进了国际私人侦探公司伦敦分公司的犯罪实验室。他双手捧着一个外面包着棕色礼品包装纸、扎着长丝带的纸盒,轻手轻脚地向"流氓"走去。

"快看看,这里面是不是一枚炸弹?"奈特神色严峻地对"流氓"说道。

那位公司的首席科学家原本正在阅读《太阳报》体育版上的一篇文章,这篇文章认为英国队在奥运会足球决赛中一定会打败巴西队。听到奈特的话,"流氓"把目光从报纸上收回来,看着他手中的纸盒问道:"你为什么认为里面可能是一枚炸弹?"

奈特用一只手的手指头轻轻敲了敲纸盒上的寄件人地址,对他说:"看这里。"

"流氓"斜眼看了一眼,说:"看不懂。"

"这是古希腊语,"奈特说,"写的是'克罗诺斯'。"

"该死!"

"是啊,"奈特说着,把纸盒轻轻地放到了"流氓"的书桌上,"我刚刚从前台取过来。"

"听见里面有任何响动的声音吗?""流氓"问。

"没有'滴答'的声音。"

"那么,可能是电子控制的,或者遥控控制。"

奈特看上去很紧张,他问道:"需要马上把所有人撤出去吗?要不要打电话通知警察局的炸弹专家组?"

"那要由杰克来决定。"

两分钟后,杰克来到了他们面前,低头查看起书桌上的纸盒。这个美国人看上去疲惫不堪,自从星期一接手整个奥林匹克公园的安保工作以

来,这是他难得的休息时间之一。蒙达荷事件之后再也没有发生新的谋杀案件,在奈特看来这应该归功于杰克·摩根的忘我工作。

"你有没有可能对它进行X光检查而又不把我们炸飞?"杰克向"流氓"问道。

"总是可以试一试的,对吗?""流氓"说完,小心翼翼地把纸盒从书桌上捧起来,就好像这个纸盒长着尖牙利齿一般。

首席科学家捧着纸盒走到实验室另一端的工作台前,打开了一台同奥运会场馆入口处相似的便携式扫描仪的电源开关,然后把纸盒放在扫描仪旁边,等候机器热起来。

奈特远远地望着那个纸盒,仿佛它将决定自己的最终命运,突然之间他真想离开这间实验室,远远地躲开盒子里可能放着的炸弹。他有两个可爱的孩子,明天就是他们三岁的生日;他还有一个母亲,正痛不欲生地把自己封闭在家中,他怎么能冒险同一枚潜在的爆炸装置待在同一个房间里?但是,他还是咽下一口唾沫,决定留下来。为了把自己的注意力从炸弹危险上转移到别处,他扭头看着实验室里的电视机屏幕。电视里正在报道伦敦奥运会最新的比赛结果,画面上一个接一个地出现了来自世界各国的运动员夺得金牌的画面,而当他们为庆祝胜利绕场一周的时候,许多人不仅高举着自己国家的国旗而且同时高举着喀麦隆的国旗。

各国运动员都自发地行动起来,他们不仅要表达出他们对蒙达荷的敬意,同时也要表明他们同"克罗诺斯"抗争的决心。这样的情景已经在赛场上反复出现了几十次,就连三天前的晚上英国足球队在半决赛中打败德国队之后,队员们也同时举起了英国和喀麦隆两国的国旗庆贺胜利。媒体对运动员们的这一自发行动大为赞赏,称其为一场反对破坏奥运会的全球抗议运动。

在这场声势浩大的抗议活动中,美国跳水运动员汉特·皮尔斯始终站在最前列,自从蒙达荷的悲剧发生以后,她不仅每天接受媒体采访声援蒙达荷,而且每次都要表明各国运动员团结一致、绝不容许奥运会被终止或暂停的坚定意愿。

蒙达荷的下半身大面积受伤,医院已经将他的伤情提高到"严重"的三度烧伤,情况不容乐观。但是,这位喀麦隆运动员却一直保持着神志清醒,对各国运动员的抗议行动了如指掌,并且从来自全球的声援行动中不断汲取着精神力量。

奈特强迫自己把目光从电视机屏幕上收回。他心里很清楚,虽然运动员们的一致行动感人肺腑,但是"克罗诺斯"并不会因此而停止杀戮,在伦敦奥运会结束之前,他一定会再次行凶。

奈特虽然对这个问题十分清楚,但是对"克罗诺斯"再次谋杀的具体时间和地点却毫无头绪。明天下午的接力赛会成为他的目标吗?星期六晚上英国队同巴西队在温布利体育场的足球决赛呢?会不会是星期天进行的男子马拉松比赛?或者当晚的伦敦奥运会闭幕式?

"开始扫描。""流氓"一边说,一边把"克罗诺斯"送来的纸盒推到了一条小型传送带上,纸盒缓慢地进入了扫描区。他把扫描仪的显示屏转动一个方向,让杰克和奈特都能够看到扫描的情况。

接着,纸盒和纸盒中的东西同时出现在了显示屏上。

奈特禁不住打了一个寒噤。

"耶稣基督啊,"杰克惊叫道,"那是真的吗?"

第六十六章

纸盒里装着一双女人惨白的手,这双手是用一把锋利的刀片和一把钢锯切下来的,切口处的肌肉和皮肤十分齐整,而骨头却参差不齐、带有碎骨。

"流氓"问道:"要不要我取下她的指纹?"

"我们还是把它们留给苏格兰场去做吧。"杰克回答说。

"不行,"奈特立刻说道,"我敢打赌,这双手肯定属于那个被通缉的战争罪犯。"

"你说的是安杰拉·布拉兹列克?"杰克问。

"流氓"点了点头:"可能性很大,你们说呢?"

"但是,他为什么要把这双手送给你?"杰克向奈特问道。

"我不知道。"

当天夜里,奈特在回家的路上仍然被这个问题不停地折磨着。为什么会选择他呢?他觉得,"克罗诺斯"把这双手送来无疑是要传递一个信息,但是这个信息到底是什么呢?难道就是因为这双手把自己的指纹留在了之前送来的一封信上?"克罗诺斯"是不是想以此表明他残酷无情的本性?

根据杰克的指示,奈特给伊莱恩·波特斯菲尔德打了电话,通知她说"流氓"正把那双手送往苏格兰场,并且同时说明了自己对这双手的主人身份的怀疑。

"如果那是安杰拉·布拉兹列克的手,那就说明'克罗诺斯'阵营已经出现了分裂。"波特斯菲尔德警司分析说。

"或者仅仅是告诉我们说,继续搜捕这一个战争罪犯已经毫无意义。她犯下了一个严重的错误,因此她现在已经为此丢掉了性命。"

"还有别的事情吗?"她问奈特。

"明天上午我们全家人都要到那片森林里去祭奠凯特,"奈特回答说,"明天下午5点是孩子们的生日晚会。"

波特斯菲尔德短暂地沉默了一会儿,告诉他说:"对不起,彼得,我不能去。"说完,她挂断了电话。

晚上10点左右,奈特在家门口走下出租车,心里仍然想着他那位当警司的大姨子是否有一天会最终原谅他,或者换句话说,她会不会最终平静地接受凯特死亡的现实。他已经站在了家门口,却突然意识到就在三年前的这个时候,他已故的妻子出现了生产的征兆。

他眼前浮现出妻子发现羊水已经破裂后脸上的表情,她不仅毫无恐惧,而且满脸洋溢着欢乐的笑容,热切地期待着即将发生的奇迹。紧接着,他又回想起那辆救护车带着她呼啸而去的情景。奈特打开门走进屋里,只觉得怎么转眼间36个月已经过去了,而他的心情仍然一如当初,还是那样的困惑和伤心。

家中弥漫着一股巧克力的香味,过道的桌子上摆放着两个包装精美的礼品盒。他这才突然痛苦地意识到,自己竟然还没有为孩子们购买任何礼物。工作已经占据了他的全部心思,或者说是他自己有意无意地让工作占据着他的心思,以免想到孩子们的生日、想起孩子们的母亲去世的忌日。

他自己对这个问题也很难得出准确的判断,于是走上前查看桌子上的礼物,却惊讶地发现这些礼物原来是自己的母亲送来的。礼物上的卡片上写着:"爱你们,奶奶。"

他微笑起来,忍不住热泪盈眶。既然母亲能够在孤独、悲伤和痛苦中抽出时间来为自己的孙儿和孙女购买礼物,那么看来她已决心不再像他父亲死后那样一蹶不振。

"奈特先生,那么我现在可以回家了?"玛塔说着,从厨房里走出来,"他们都已经睡着了,厨房也收拾干净了,巧克力奶糖也做好了。卢克第一次尝试了使用厕所,不过没有成功。我已经买好了生日晚会的装饰品,还订了一个生日蛋糕。明天我可以整天在这里陪着他们,直到生日晚会结束。不过,后天我需要放一天假。"

后天是星期天,是男子马拉松比赛的日子,晚上还有伦敦奥运会的闭

幕式，他是不可能待在家里的。也许，他可以说动自己的母亲或者博斯过来照顾孩子们。

"星期天休息，好的。明天上午你也不必早早地赶来，"奈特告诉玛塔说，"每年他们生日的上午，我通常都要带他们到埃平森林公园和高滩教堂去。"

"那是些什么地方？"她问他。

"我和我已故的妻子就是在高滩教堂里结的婚。她死后，她的骨灰就撒在了埃平森林中。她是在沃尔瑟姆艾比长大的，所以非常喜爱森林。"

"哦，对不起，奈特先生。"玛塔抱歉地说道，然后向门口走去，"明天中午见。"

"中午来就行。"他说着在她身后关上了门。

他关掉楼下的灯，到育儿室里看了看熟睡的孩子们，然后走进了自己的卧室。

奈特坐在床沿上，呆呆地看着凯特的照片，照片上的妻子也正深情地看着他。三年前，她去世的情景又一幕幕清晰地闪现在他的眼前。

他终于难以控制自己的感情，轻声哭泣起来。

第六十七章

2012年8月11日,星期六

"我三岁了!"伊莎贝尔的叫声在奈特耳边响起。

他猛地从噩梦中惊醒,抬起头来。就在刚才的噩梦里,凯特被"克罗诺斯"所劫持,而这个"克罗诺斯"并不是危害伦敦奥运会的那个疯子,而是古代希腊神话中那个手持一把长镰刀、吃掉自己孩子的提坦巨神。

奈特满头大汗淋漓,恐惧扭曲了他的脸,两只眼睛仍然惊魂未定地看着自己的女儿。伊莎贝尔显然被父亲的模样吓坏了,她用维尼熊毯子紧紧地捂住自己的脸,畏缩着向后退去。

奈特终于清醒过来,他的第一个念头是:她平安无事!卢克也平安无事!刚才只是一个可怕的噩梦而已。

奈特长出一口气,露出微笑对伊莎贝尔说:"看看,你都长这么大了!"

"三岁了。"伊莎贝尔说着,脸上重新绽放出了笑容。

"卢吉也三岁了!"儿子站在门口大声宣告说。

"是吗?我怎么不知道啊?"卢克跑上前来,爬上床钻进了他的怀抱里。伊莎贝尔紧随其后,也挤进了他的怀里。

孩子们的气息包围着他,不仅立刻让他平静下来,而且再一次让他意识到自己是一个多么幸运的人。他们是他生命的价值所在,凯特的生命正在他们身上延续,同他们一起成长、一起享受着生活的乐趣。

"礼物呢?"卢克问他。

"还没有送来呢,"奈特没有细想,随口回答说,"生日晚会上才会送来。"

"不对,爸爸。"伊莎贝尔表示抗议,"那个可笑的男人昨天就把礼物送来了。就在楼下。"

"是博斯先生送来的吗?"他问道。

儿子一本正经地说："博斯不喜欢卢吉。"

"那他活该。"奈特回答说,"去拿你们的礼物吧,你们可以把它们拿到这里来打开。"

两个孩子随即跳下床,一溜烟似的跑下楼去,留给奈特一阵"咚咚"的脚步声。20秒钟之后,他们又一起跑回到他的卧室里,一边喘着气一边"咯咯"地傻笑着。

"打开吧。"奈特命令道。

孩子们欢笑着撕开了礼物的包装纸,一眨眼工夫阿曼达送来的礼物出现在了他们的手上。伊莎贝尔得到了一个银质的小盒子吊坠,他们一起打开那个小盒子,发现里面是一张凯特的照片。

"这是妈妈吗?"伊莎贝尔问道。

母亲的体贴和周到让奈特深受感动。"是啊。现在,不论你走到哪里都可以随时和妈妈在一起了。"他声音沙哑地回答道。

"爸爸,这是什么东西?"卢克用怀疑的眼光看着自己的礼物问。

奈特从儿子手中接过礼物仔细地看了看,然后告诉他说:"这可是一只非常特别的手表,只有大男孩儿才能戴。你看看,表盘上的这个人叫哈利·波特,是一个非常有名的巫师,而表的背面还刻着你的名字呢。"

"大男孩儿手表?"卢克追问道。

"正是。"奈特回答说。然后,他又假装说道:"我们先把它收起来,等你长大了再交给你。"

听到这话,儿子立刻就生气了,他把的手腕伸到父亲眼前说:"不行!卢吉大男孩儿! 卢吉三岁了!"

"你看看,我怎么全忘了。"奈特说着,伸出手把手表戴到了儿子的手腕上。他既惊讶又高兴地发现,表带的长度竟然正好适合儿子的手腕。

当卢克十分得意地戴着手表在屋里走来走去的时候,奈特把小盒子吊坠戴到伊莎贝尔的脖子上,扣好了搭扣。女儿转身走到穿衣镜前,欣赏起自己来。奈特看着镜子里的女儿,不禁惊叹她简直就是一个缩小版的凯特。

他为卢克换下了纸尿裤,给两个孩子洗完澡、让他们吃完早饭,然后给伊莎贝尔穿上一件漂亮的裙子,给卢克穿上一件蓝色短裤和白色衬衫。他警告他们千万不能把衣服弄脏之后,以最快的速度冲了个淋浴、刮好胡子、穿好了衣服。上午9点整,奈特带着孩子们离开家门,走到几个街区外的停车场,取出了难得使用的那辆"路虎揽胜"越野车。

奈特把伊莎贝尔和卢克放在后座上的婴儿安全座椅上坐好,然后开车穿过街道向北驶去,耳朵里听着收音机里正在播出的新闻。今天是伦敦奥运会最后一个全天比赛日,下午多场接力赛的决赛将要决出冠亚军。

英国广播公司的播音员正在谈论对"克罗诺斯"一案的调查进展情况,至今为止苏格兰场和军情五处仍然没有取得任何突破性的进展,民众反应强烈,纷纷批评他们无能。关于那一双战争罪犯的手,还没有任何消息披露出来。这是波特斯菲尔德警司的命令:暂时对这一情况保密。

到今天为止,一些已经完成比赛的各国运动员都已经或准备离开伦敦,但是大多数人却像汉特·皮尔斯那样,发誓无论"克罗诺斯"和他的"复仇女神"将继续采取什么样的谋杀行动,他们都将在奥林匹克村里坚持到奥运会闭幕式之后。

奈特驱车向大伦敦区的恩菲尔德区驶去,然后沿着沃尔瑟姆艾比以东和以南的乡间公路驶向高滩教堂和埃平森林。

当他们刚刚驶入那片森林后,伊莎贝尔就喊道:"好多树啊。"

"你们的妈妈特别喜欢树。"

高滩教堂位于进入森林后不远的一片空地上,四周绿荫环抱,阳光透过树叶洒在地面上,留下斑驳的光影。教堂外停着几辆车,但是奈特知道埃平森林公园是人们喜爱的散步场所,所以今天来到这里的其他人并不是为了凯特,因为他的母亲还沉溺在自己的悲痛之中,而凯特的父母都死得很早。

奈特带着孩子们走进了空无一人的教堂。他让他们每人为他们的妈妈点上了一根蜡烛,以寄托他们的哀思。然后,他为凯特点燃了一根蜡烛,接着又为在空难中死去的同事点燃了蜡烛。接下来,他拉着伊莎贝尔和卢克的手,带他们走出教堂,沿着一条小路走进了森林深处。

一路上,微风拂煦,吹动着树叶沙沙作响。六七分钟以后,树木渐渐稀疏,他们从一堵摇摇欲坠的石墙中穿过,来到一片生长着几棵古老橡树的草地上。这里的野草一直自由地生长,长长的草茎在微风中轻轻地叹

息。

　　奈特停下脚步静静地看着眼前的景象,然后蹲下身子把孩子们搂进自己的怀里,极力控制着自己的情绪,不要破坏了孩子们生日的喜悦。

　　"你们的妈妈小时候常常到那个教堂里去,但是她更喜欢到这里来。"他温柔地告诉孩子们说,"她说过,这里的树都十分古老,在这个神圣的地方她可以静静地向上帝倾述自己的心声。所以,我把她的骨灰撒……"

　　他哽咽着,再也说不下去了。

　　"彼得,你选择的这个地方非常完美,"一个女人饱含深情的声音从他们身后传来,"这里确实是凯特最喜爱的地方。"

　　伊莎贝尔用手紧紧抓住奈特的裤腿,问道:"爸爸,那个女士是谁?"

　　奈特的脸上露出了欣慰的微笑。他告诉孩子们说:"亲爱的,她是伊莱恩姨妈,是你们妈妈的姐姐。"

第六十八章

在从埃平森林返回伦敦市区的路上,奈特的大姨子坐在副驾驶位置上,两个孩子坐在后座上睡着了。"那天你给我打电话的时候,我很清楚我自己现在还无法去参加孩子们的生日晚会,"波特斯菲尔德平静地对自己的妹夫说,"但是,我想如果我到埃平森林里见一见他们,也许会让我感觉好一些。"

这时,他们已经接近了奈特存放"路虎揽胜"的停车场。

奈特问她道:"那么,确实感觉好些了吗?"

波特斯菲尔德点了点头,眼睛有些湿润了。"看来这个决定是对的,在那里我好像又看见了凯特。"她犹豫了一下,然后继续道,"我对你的态度一直不好,我道歉。其实,我也知道是凯特自己坚持要在家里生下双胞胎。我只是……"

"这些都不用说了,"奈特说着,把车停放好,"我们都已经经历了许多的痛苦。孩子们的生活中能够有你这样一位姨妈,是他们的福气。而在我的生活中有了你,也让我感到很幸运。"

她叹了一口气,悲哀地微微一笑道:"好了,需要什么帮助吗?"

奈特回头看了看熟睡中的两个孩子,说:"确实需要。你看,他们两个都长大了,我一个人要把他们抱回家还真有些困难。"

波特斯菲尔德从后座上抱起伊莎贝尔,奈特抱起卢克,两人一起走过两个街区来到他家的门前。他听见了从屋里电视机里传出的声音。

"肯定是我刚雇的那个保姆,"他一边解释一边伸手摸钥匙,"她总是提前到。"

"很少听见你赞扬保姆。"

"这个不一样,棒极了。"奈特回答说,"她简直就是一个奇迹,也是唯一一个镇得住这对双胞胎的人。她现在居然能够让孩子们帮助她整理他

们自己的房间,而且弹指之间就能让孩子们上床睡觉。简直神了!"

他一打开家门,玛塔几乎立刻就出现在了他们面前。当她看到卢克趴在爸爸肩头上沉睡,不禁微微皱起了眉头。"我看,他们是太激动了吧。"她说着,从奈特手中接过男孩,然后饶有兴趣地看着波特斯菲尔德。

"玛塔,这位是伊莱恩,"奈特赶忙说,"我妻子的姐姐。"

"啊,你好!"波特斯菲尔德观察着玛塔说道,"彼得对你可是赞不绝口啊。"

玛塔腼腆地笑一笑,摇晃着脑袋说:"奈特先生心肠好。"她停顿了一下,然后鼓起勇气问道:"我在电视上看到过你吧?"

"也许吧。我在苏格兰场工作。"

玛塔正想继续,伊莎贝尔突然醒来了,她看了看抱着自己的姨妈,发脾气道:"我要我爸爸!"

奈特从波特斯菲尔德手中接过伊莎贝尔,对她说道:"爸爸必须出去工作几个小时,但是我会及时赶回家参加你们的生日晚会的。"

玛塔问道:"我们马上就去把蛋糕取回来吧?还有气球,对吗?"

伊莎贝尔立刻转怒为笑,卢克也醒来了。这时,波特斯菲尔德的手机响了起来。

她接听手机的时候,玛塔走上前用另一手把伊莎贝尔也抱到了自己怀里,然后抱着双胞胎转身向厨房里走去,一边走一边问道:"有人想喝一杯苹果汁吗?"

波特斯菲尔德"啪"的一声关上了手机,两眼盯着奈特说:"一名巡警刚刚在老贝克顿煤气工厂的废墟里发现了赛琳娜·法雷尔。教授全身污秽不堪,沾满了自己的粪便,正在废墟里精神恍惚地溜达,说起话来已经语无伦次。现在,他们正把她送往伦敦桥医院。"

奈特回头看了看玛塔,她正紧紧地抓住伊莎贝尔和卢克的手。

"我下午5点回来,到时候再帮你布置生日晚会。"他对玛塔说道。

"到那个时候,一切都已经准备就绪了。"她很有把握地回答说,"把一切事情都交给我吧,奈特先生。"

第六十九章

"你能肯定吗？"我追问道，同时强压下想对着手机大喊大叫的冲动。

"我很肯定，"玛塔小声回答说，"警察发现她的时候，她正在贝克顿煤气工厂的废墟里溜达，那里离我们那座工厂不远。谁是最后一个到过那里的人？"

先是该死的佩特拉，现在又是你蒂甘，我愤怒却不露声色地看了一眼玛塔的这个妹妹，她现在就坐在我的身边，双手握着方向盘。我的情绪已经再一次变得疯狂起来，但是我仍然保持着外表的镇静，用含糊的语言问道："这有什么关系吗？"

"如果我是你，我会立刻把那个工厂的储藏室清理干净。"玛塔建议说，"他们已经闻到我们的味道了。"

此话不假。警方咄咄逼人的大搜捕已经步步逼近，我几乎已经听到了警犬的狂吠声。

愚蠢的错误！愚蠢而又致命的错误！按照我的计划，法雷尔应该在明天上午放出去，用她吸引警方的注意力，从而为我的复仇行动创造有利的条件。早知如此，倒不如早早地把这个同性恋教授杀掉。但是，我当时却不能杀掉她，因为我必须用我的聪明智慧去战胜我面对的魔鬼——我必须设下局中局、制造出谜中谜，让警方、军情五处和国际私人侦探公司摸不着头脑。然而，谁又会想到，这一次我竟然会聪明反被聪明误啊。

我抬起手痛苦地抚摸着脑后的伤痕，仇恨的怒火在胸膛中燃烧。是他们逼着我下毒手的，冷酷无情已是我唯一的武器。

"把两个兔崽子带走，"我命令道。"立刻把他们带走。你应该知道怎么做。"

"我当然知道。"玛塔回答说，"现在，那两个小可爱已经昏睡过去了。"

第七十章

奈特和波特斯菲尔德走进伦敦桥医院,这里的景象、声音和气味立刻让奈特感到有些紧张,这是他完全没有预料到的。回想起来,自从凯特的尸体被送进医院以后,他就再也没有走进过任何一家医院。等他们俩到达医院的重症监护室的时候,他已经感觉到胃里在不断地翻腾。

"这就是我们发现她时的样子。"守卫在重症监护室外的一名伦敦警察厅警官说着,把一张照片递到了波特斯菲尔德的手里。

照片上的法雷尔身上穿着她变身圣詹姆斯妖女时的衣服,从头到脚污秽不堪,目光呆滞,就像一个做过前脑叶白质切除术的病人。

"她说过什么吗?"波特斯菲尔德问道。

"一直喋喋不休地说什么地方有一具没有双手的尸体。"警官回答说。

"没有双手的尸体?"奈特追问道,眼睛迅速地看了波特斯菲尔德一眼。

"她的话前言不搭后语,我们也听不明白。不过,你们现在进去可能情况会有所好转,因为医生刚刚给她注射了抗麻醉剂。"

"她是个瘾君子吗?"波特斯菲尔德问,"我们已经确定她滥用麻醉剂吗?"

"是的,不仅剂量很大,而且同镇静剂交替使用。"警官回答说。

于是,两人一起走进了重症监护室。赛琳娜·法雷尔躺在病床上睡着了,身边摆放着各种监护仪器,身上的皮肤呈现出死人般的灰色。波特斯菲尔德走到她的病床前,问道:"法雷尔教授?"

教授的脸立刻愤怒地扭成一团,叫喊道:"滚开!脑袋——疼得——厉害。"她的话模糊不清,声音越来越小,最后几个字已经变得非常微弱。

"法雷尔教授,"波特斯菲尔德并不打算放弃,"我是伦敦警察厅的伊莱恩·波特斯菲尔德警司。我必须同你谈一谈,请你睁开眼睛。"

法雷尔的眼皮眨了几下，请求道："关灯，偏头疼。"

一名护士走到窗前，放下了遮光帘。法雷尔慢慢睁开眼睛，环顾四周后看见了奈特，然后把目光转向波特斯菲尔德，困惑不解地问道："我这是怎么啦？"

"教授，我们正指望你能告诉我们到底发生了什么。"奈特回答说。

"我不知道。"

波特斯菲尔德说："你能不能解释一下，你的DNA——准确地说是你的头发——为什么会出现在'克罗诺斯'送给凯伦·波普的一封信里？"

法雷尔一时没有反应过来，过了一会儿她仿佛回想起了什么，向奈特反问道："波普吗？你们说的是那个《太阳报》的记者吗？我的DNA又是怎么回事儿？不，我想不起来了。"

"那么，你还记得哪些事情？"奈特继续道。

法雷尔眨一眨眼睛、呻吟几声，然后回答说："我只记得一间黑屋子，我躺在屋子里的一张床上，就我一个人。全身都被绑得死死的，坐不起来。我的头疼得很厉害，但是她们就是不肯给我止痛药吃。"

"'她们'是什么人？"奈特问。

"女人。不同的女人。"

波特斯菲尔德的脸上开始露出生气的表情。她问法雷尔："赛琳娜，在过去的两个星期里，你的DNA已经把你同七桩谋杀罪联系到了一起，你听明白了吗？"

这句话让教授感到了震惊，她变得更加严肃了。"你说什么？七桩谋杀案？我从来没有谋杀过任何一个人。从来没有……今天……今天是几号？"

"今天是2012年8月11号，星期六。"奈特回答说。

教授嘟囔着说："不对，我感觉只在那儿待了一天。"

"你是说同那些女人在那个黑屋子里待了一天吗？"波特斯菲尔德问道。

"你不相信我说的话？"

"是的，我不相信。"波特斯菲尔德回答。

奈特接着道："那天，当波普在你面前播放出那首排笛曲的时候，你为

什么要装病而且从你的办公室偷偷地溜走了?"

教授的眼睛大大地睁开了,她说:"那个音乐让我感到恶心,因为……因为我以前曾经听到过它。"

第七十一章

结束了同玛塔的通话后,我看了看身旁的蒂甘,恨不能立刻拧断她的脖子。只是她正在开车,而在我即将完成我计划的最后关头是绝不能因为一场车祸而再出现意外情况的。

"掉头,"我对蒂甘说,极力压制着心头的怒火,"我们必须马上到纺织厂去。"

"去纺织厂?"蒂甘的神情立刻变得很紧张,"现在可是大白天啊。"

"法雷尔逃跑了。警察在那附近废弃的煤气工厂里找到了她。现在,奈特和苏格兰场的波特斯菲尔德警司正在医院里向她了解情况。"

蒂甘的脸一下子变得煞白。

"怎么会发生这样的事情?"我平静地问她,"按照我们的计划,她应该在明天上午放出来。这项工作是你在负责,妹妹。"

她惊慌失措地回答说:"我本来想告诉你的,但是看到你承受着这么大的压力又不忍心。昨天早上我离开工厂的时候,一群醉汉跑进了工厂里。我当时估计,地下室的恶臭会让他们远离那个地方。看来,肯定是他们砸烂了储藏室的锁,把她放了出来。我也不知道具体的情况。"

"我们必须立刻把那里清理干净,"我说,"我们到工厂去,现在就去。"

纺织厂地下储藏室的门敞开着,一股令人作呕的臭气不断从里面传出来。但是,蒂甘毫不犹豫地走了进去。我走到门口看了看门和门框上的锁扣,它们都完好无损。于是,我低头在地面上搜索。

很快,我看到了被人扔在地下室一个角落里的那把锁,锁舌开着,但是并没有脱落。

我弯腰把锁捡起来,把中指穿进锁舌里,就好像戴上了一个铜指节套环那样,把锁体握在掌心中。蒂甘已经戴好了手套,开始把用过的静脉滴注工具放进一个垃圾袋里。

"我们赶快把这里清理干净吧。"我一边说,一边向她走去,然后蹲下身体用左手捡起了一个用过的注射器。

我站直身体,复仇的冲动涌上心头,就像见到了一个抛弃我的老情人。我虚晃一枪,用左手里的注射器刺向她手中的垃圾袋,紧接着一记上勾拳直奔她的咽喉。

在锁舌强有力的打击下,她的喉头软骨被打碎。

她一个踉跄向后退去,呼吸困难、脸色发紫,向外凸出的两只眼睛难以置信地望着我。我跟上一步接着打出一个直拳,打断了她的鼻梁,她的整个身体向后撞到了墙上。现在,她应该真正懂得了我才是力量无边的超人。我的第三拳准确地打在了她的太阳穴上,她的身体瘫软地倒在了布满污垢的地上。

第七十二章

"你以前当然听到过这首曲子，"波特斯菲尔德对赛琳娜道，"你的电脑里不仅保存着这首曲子，而且还保存着一个特别的程序，你就是用这个程序在伦敦奥运会开幕式上控制了体育场的电子显示屏。"

"你胡说些什么呀？"教授大叫起来，挣扎着坐起身子，痛苦地扭歪了嘴。"没有这回事，绝对没有！大约一年前，有人开始不断地用电话录音把那首曲子留在我的自动电话答录机上并通过不明地址以附件形式用电子邮件发给我，就这么一直缠着我不放。时间一长，只要一听到这首曲子我就会感到恶心想吐。"

"你的解释倒是来得很快啊，"波特斯菲尔德讥讽道，"那么，你电脑里的那个软件又作何解释？"

"我根本不知道你说的那个软件，肯定是有人把它存入了我的电脑里，说不定就是给我发送排笛曲的那个人干的。"

奈特也觉得教授的话不可信。他问她："这件事你向什么人报告过吗？"

教授非常确定地点了点头，回答说："我向沃平警察所报过案，一共两次。但是，警察说发送排笛曲不是犯罪，而我又拿不出别的证据说明有人在骚扰我。我告诉他们，我怀疑有一个人很可能就是给我发送这个曲子的幕后之人，但是他们根本不想听我的意见，反而建议我换一个电话号码和电子邮件地址。我确实也换了电话号码和邮件地址，后来就再也没有收到过这首排笛曲。所以，当你们在我的办公室里再次播放出这首曲子的时候，我立刻就觉得头疼欲裂，恶心得直想吐。"

奈特歪着脑袋看着教授，思考着这番解释到底有多大的可信度，是否有可能她确实是被人陷害了，其目的是为了转移警察的视线？但是，陷害她的人又为什么没有杀掉她呢？

波特斯菲尔德显然也在思考同一个问题,她问道:"那么,你认为那个发送音乐的幕后之人是谁?"

法雷尔微微耸了耸肩膀,回答说:"这个嘛,我这一辈子只认识一个会吹排笛的人。"

奈特和波特斯菲尔德都等待着她继续说下去。

"他叫吉姆·德林。"教授终于说了出来。"你们知道这个人吗,就是大英博物馆的那个家伙?最近总在电视上抛头露面的那个'希腊古代史馆'的馆长?"

听到此,奈特觉得事情已经有了变数,因为他清楚地记得德林对法雷尔的评价很高,一再向他和波普推荐她作为希腊古典文学的专家。那么,难道说这一切都是一个重大骗局的一部分吗?

然而,波特斯菲尔德仍然对教授很怀疑,她继续问道:"你怎么知道他会吹排笛,而他又为什么要用一首排笛乐曲来骚扰你呢?"

"早在90年代的时候,我在巴尔干地区就见过他吹排笛。他当时经常吹给我听。"

"说下去。"奈特道。

法雷尔流露出极不自然的神情。"他……德林对我有意思,就是那种男女之情。我明确告诉他,我对他没有丝毫的兴趣,这使他非常生气并且因此对我怀恨在心。他为了报复就开始骚扰我,于是我告发了他。结果是,我们扯平了,谁也没有占到便宜。后来,我在一次车祸中受了伤,被直升机送回了萨拉热窝。从那以后,我就再也没有见到过他。"

"你有多少年没有见到过他?"奈特追问道。

"16年?也许17年?"

"但是,现在你仍然怀疑是他干的?"波特斯菲尔德问。

教授板着脸回答说:"除了他,我想不出还有谁值得怀疑。"

"恐怕也是,"苏格兰场警司指出,"因为,他也已经失踪了。我是说,德林博士也像你一样突然失踪了。"

法雷尔的脸上再次浮现出疑惑不解的神情。她问道:"怎么会呢?"

奈特回答道:"你刚才说,你被人关进了一间黑屋子,有几个女人曾经在那里进出。那么,你是怎么逃出来的?"

法雷尔对这个问题想了许久,最后说:"有几个男孩子,但是我记不……不对,我清楚地记得我听到几个男孩子说话的声音,后来我又晕过去了。等我醒来的时候,发现捆着我手脚的绳子都已经解开了,于是我就爬了起来,找到一扇门……"她的眼光似乎遥望着远处,正努力回忆当时的情况。"我觉得,我好像是在一座旧工厂里,看到了一堵砖墙。"

波特斯菲尔德说:"你告诉警察说,你看到了一具没有双手的尸体。"

教授看看奈特又看看波特斯菲尔德,脸上出现了恐惧的神情。她喃喃道:"她身上有好多苍蝇,起码有几百只。"

"在什么地方?"

"我不知道,"她说着,脸部再一次变得扭曲,同时伸手挠了挠自己的头,"我估计,就是在那座工厂里的什么地方。我当时只感到头晕眼花,摔倒了好多次,根本就无法正常思考。"

波特斯菲尔德沉默了许久,然后似乎已经得出了某种结论。她从口袋里拿出自己的手机,站起来从法雷尔的病床边走开去。过了一会儿,只听她对着手机说道:"我是波特斯菲尔德。你们立刻到贝克顿煤气工厂附近寻找另一座废弃的工厂,特征是有一堵砖墙。你们很可能会在那里找到一具没有双手的女尸,甚至可能发现更多的东西。"

与此同时,奈特想起了凯伦·波普关于法雷尔的调查报告,于是问道:"你是怎么进入那座工厂的那间黑屋子的?"

教授摇摇头说:"我不记得了。"

"那么,你记得的最后一件事情是什么?"波特斯菲尔德问道,随手关上了手机。

法雷尔眨了眨眼睛,然后挺直身体回答道:"我不能说。"

奈特进一步问道:"你不知道,那么'圣詹姆斯妖女'应该知道吧?"

这个名字让教授大惊失色,她轻轻地问道:"你说谁?"

"你改头换面混迹于伦敦高档女同性恋酒吧时使用的名字。"

"我不明白你说的是……"

"现在,全伦敦的每一个人都知道这个'圣詹姆斯妖女',"奈特打断了她的话说道,"所有的报纸都已经报道过了。"

教授脸上的表情变成了绝望。"是吗?怎么会呢?"

"凯伦·波普的杰作。"奈特如实相告,"她发现了你的秘密生活,并且把它公诸于世了。"

法雷尔开始哭泣,低声道:"她为什么要这么做?"

"因为DNA检测的结果表明,你同那几桩谋杀案脱不了干系。"波特斯菲尔德回答,"现在也依然如此。DNA证据显示,你同'克罗诺斯'和他的'复仇女神'密切相关。"

法雷尔终于忍不住,歇斯底里地叫喊起来:"我不是'克罗诺斯'!我也不是什么'复仇女神'。我是过着另外一种生活,但那是我个人的事情,与其他人无关。我从来没有参与过任何谋杀事件。"

听到法雷尔的叫喊声,主管护士立刻冲进了重症监护室,并命令奈特和波特斯菲尔德立刻离开病房。

"你的朋友内尔已经说了,她在'糖果酒吧'里见过你。"奈特接着说道,"她还告诉波普说,你那天同一个头戴小圆帽、用面纱遮住半张脸的女人在一起。"

法雷尔回想着那天晚上的情景,然后慢慢地点了点头说:"是的,我同她一起到了她的汽车里。她车上放着酒,她给我倒了一杯,然后……"她突然恍然大悟,抬头看着波特斯菲尔德说道:"她肯定是在酒里给我下了药。"

"她是谁?"波特斯菲尔德问道。

法雷尔露出了羞愧难当的神情,低声道:"你是说她的真实名字?我无法告诉你。我估计她同我一样,在那里使用的都是假名。不过,她告诉我说我可以叫她'玛塔'。她自称来自爱沙尼亚。"

第七十三章

星期六的下午，一场凶猛的暴风雨席卷了整个伦敦。

闪电夹着疾风骤雨摔打在波特斯菲尔德那辆没有标志警车的挡风玻璃上，警笛"呜呜"地叫着，警司驾着车向切尔西疾驰而去。坐在副驾驶位置上的奈特再一次用手机拨打着玛塔的电话，波特斯菲尔德则不时扭头看一看心急如焚的奈特。

"接电话，"他一遍又一遍地说道，"接电话呀，你这个婊子！"

波特斯菲尔德大声问道："你怎么没有对她仔细地调查一番呢，彼得？"

"我确实调查过了，伊莱恩！"奈特怒吼道，"你也调查过的！一切情况都非常理想，完全符合我的需要。"

警车在奈特家门前猛然停下，他们看见这里已经停放着其他几辆警车，车顶的警灯不停地闪烁着。虽然大雨瓢泼，但是大门外仍然已经聚集了一圈人，便衣警察正在拉起隔离带。

奈特从波特斯菲尔德的车上一跃而出，心中的恐惧就好像自己正站在一个黑黝黝的无底深渊的洞口。

我的贝拉呢？我的小卢吉呢？今天是他们的生日啊！

苏格兰场巡警比利·卡斯帕警督站在奈特家的门口，神情忧郁地对奈特说："对不起，彼得，我们来晚了。"

"不可能！"他吼叫着冲进了屋里，"这绝不可能！"

奈特迅速地检查了楼上楼下的每一个房间，目光所到之处到处都是孩子们的东西——玩具、婴儿爽身粉、一团团的气球、彩条和蜡烛。他精神恍惚地从这些东西旁边走过，来到了厨房里。卢克早餐时吃麦片粥使用的碗仍然摆放在餐桌上，里面还剩有一些牛奶。伊莎贝尔的维尼熊毯子掉在了她常坐的那张高椅子旁的地上。

奈特捡起伊莎贝尔的毯子,想到女儿现在一定正为没有了自己的毯子而痛苦。突然之间,他感到残酷的现实就要把他压垮了,但是他告诫自己决不能倒下,他必须挺住并努力地抗争,而现在唯一能使他保持清醒的办法就是动起来。

他走到波特斯菲尔德的跟前,对她说:"检查她的住所,她的简历上有地址。这个家里肯定到处都能找到她留下的指纹。另外,你能追踪到她使用的手机吗?"

"只要她开机就能追踪到。"波特斯菲尔德回答说,"同时,你应该立刻打电话通知你的那个朋友波普,我也会通知我所认识的媒体记者。彼得,我们还要立刻把双胞胎的照片发送到每一个角落,总会有人看到过他们。"

奈特点了点头,但是紧接着却问道:"等等,这会不会正是他们想要的结果?"

"什么?"波特斯菲尔德问道,"为什么?"

"声东击西,"他回答,"转移我们的视线。你想想看,一旦你把他们的照片发布到新闻媒体上,并且告诉人们这两个孩子很可能就是被'克罗诺斯'的女杀手之一绑架了,那么警察、军情五处和整个媒体的注意力都会集中到寻找伊莎贝尔和卢克的事情上去,奥运会就会失去严密的保护,给他们提供实施最后一次谋杀的绝好机会。"

"但是,我们也不能坐视不管哪,彼得。"

奈特自己也难以相信他竟然会做出这样的决定,他对波特斯菲尔德说:"伊莱恩,我们不妨先等上至少几个小时,看看他们会不会因此感到不安,会不会打电话来。如果他们到——晚上8点钟——仍然没有任何反应,那么我们就把孩子们的照片发布出去。"

她还没有回答,奈特已经拿起手机,按下了"流氓"的电话号码。

奈特很快就听到了电话里传来的欢呼声,紧接着"流氓"兴奋地对他说道:"彼得,你看了吗,现在是一比一,我们同德国人打平了!"

"快到我家里来,"奈特说,"现在就来!"

"现在吗?""流氓"问,听上去好像有些醉了,"你疯了吗?这可是他妈的足球决赛,我买的可是正中间的位置。"

"'克罗诺斯'绑架了我的两个孩子。"奈特道。

一阵短暂沉默之后,"流氓"说:"天哪!真他妈该死!我这就到,彼得。马上就到。"

奈特一关上手机,伊莱恩就向他伸出手说:"把手机给我,我们需要几分钟的时间把这部手机置于追踪状态之下。"

他把手机递给她,然后走上了楼梯。他到卧室里取来凯特的照片,带着它走进了育儿室。这个时候,一道闪电划过夜空,紧接着隆隆的雷声震撼着他的整个房子。他在坐卧两用长沙发上坐下来,心如刀绞地看着两张空空的婴儿床和墙壁上凯特亲手挑选的墙纸,难道这就是他的命——注定了要承受悲剧和失去亲人的痛苦?

接着,他注意到给孩子们换尿布用的台子上放着一个空药瓶。他把凯特的照片放下,走过去拿起药瓶一看,标签上写着儿童用抗组胺药①。他顿时感到自己被蒙骗了,不禁勃然大怒:那个婊子竟然在他的鼻子底下给孩子们下了药!

波特斯菲尔德敲了敲门,然后走进来。她看了看长沙发上凯特的照片,把手机递还给奈特。"你的手机现在已经同我们的系统连通了,任何打进这部手机的电话都会被我们追踪。另外,我刚才又接到了一个报告,我们的人在离那座煤气工厂不远的另一个废弃工厂里找到了两具尸体。那里原来是一家纺织厂,里面已经受到有毒废料的严重污染。两具尸体都是女人的,年龄都在30多岁。其中一个是几个小时之前刚刚被打死的,没有任何身份证件;另一个是本周早些时候死的,没有双手。我们估计,这个无手的女尸就是安杰拉·布拉兹列克,另一个是她的姐姐娜妲·布拉兹列克。"

"'复仇三女神'死了两个,现在就剩下玛塔和'克罗诺斯'了。"奈特愣愣地说,"你认为,德林可能是'克罗诺斯'吗?法雷尔给我们提供了许多信息,他曾经在巴尔干地区骚扰过她,而且会吹排笛,对吗?"

"我不知道。"

突然间,奈特感觉到自己已经被各种疑问所缠绕,这些问题正压得他

---

①抗组胺药主要用于治疗过敏症,如苯海拉明、扑尔敏和异丙嗪等,具有较强的中枢神经抑制作用。

喘不过气来。

于是，他拿起凯特的照片放到台子上，对波特斯菲尔德说道："伊莱恩，我不能一直坐在这里冥想苦思，我必须动起来。所以，我想到外面散散步，可以吗？"

"去吧，只是不要关掉手机。"

"等会儿'流氓'到了以后，叫他给我打电话。另外，请马上通知杰克·摩根。他守在体育场，现在那里正在进行接力赛。"

她点了点头，然后宽慰他说："我们一定会找到孩子们的。"

"我知道。"他虽然嘴上这么说，但是内心里却不敢那么肯定。

奈特穿上一件雨衣，从后门走了出去，他不想面对已经聚集在家门外的记者们。他沿着一条小巷走去，心里对应该去哪儿仍然举棋不定：是毫无目的的溜达一番呢还是开上车返回高滩教堂祈祷？但是，很快他就意识到有一个地方正是他现在应该去的，而且也只有这个人是他现在真正想见到的。

奈特强忍着心头的痛苦与孤独，改变方向在飘泼大雨下的街道上穿行，途中经过了几个酒吧，听到了从酒吧里传出的欢呼声。从那些欢呼声上判断，英国足球队就要赢得奥运会的金牌了，然而他自己却正在失去他所珍视的一切。

当他来到米尔纳街上的一个门前的时候，他的头发和裤脚都已经湿透了。他按了门铃又敲了敲门环，然后抬起头望着安保摄像头的镜头。

门开了，博斯出现在门口，直截了当地告诉他说："她不见任何人。"

"小子，你给我滚开！"奈特威胁的口气吓住了母亲的助手，他一声不吭地站到了一边。

奈特没有敲门，直接推开门走进了母亲的工作室。阿曼达正俯在设计台上剪布料，设计台周围的人体模型上挂着十几套她最新设计的服装。

他母亲冷冰冰地抬起头对他说："彼得，我难道没有非常明确地告诉你，我想一个人待着吗？"

奈特径直向母亲走去，说："妈妈——"

但是，阿曼达毫不留情地打断了他的话："让我一个人待着，彼得。看在上帝的份上，你跑到这里来干什么？今天不是你两个孩子的生日吗？

你应该和他们待在一起。"

　　这句话立刻变成了压垮骆驼的那最后一根稻草。奈特感到天旋地转,眼前一黑一头栽倒在母亲的面前。

第七十四章

凯伦·波普在已经减弱的闪电和雨势中匆匆向位于切尔西的奈特家赶去。《太阳报》负责警方事务的记者刚刚给她透露了一个消息,说国际私人侦探公司调查员奈特的家里出了一件大事,于是她立刻出发,一路上不断地拨打奈特的手机。

但是,奇怪的是电话里始终传出一个奇怪的铃声,接着就播放出一句话:"线路故障,请待会儿再拨。"这时,她已经远远地看见了前方警察设立的隔离带……

"嘿,彼得把你也叫来了?"话音刚落,"流氓"已经从她身后来到她的身旁。他的眼睛充满血丝,嘴里喷出烟草、大蒜和啤酒的气味,"我是从足球决赛现场赶来的。他妈的,我错过了我们制胜的那个球!"

"错过了又怎么啦?"波普质问道,"警察跑到这里来做什么?"

他把事情告诉了她。波普简直想哭,她问道:"为什么呀?'克罗诺斯'为什么要绑架他的孩子?"

当他们走进奈特的家之后,一见到波特斯菲尔德她又提出了同样的问题。

"彼得认为这是他们的调虎离山计。"警司回答说。

"流氓"说:"有可能。我是说,过去两星期里,这个玛塔一直都在他这里当保姆,对吗?"他说起话来仍然有些口齿不清。

"据我所知,大概是有两个星期了吧。"波普说。

"那好,如果确实是这样我就该问自己一个问题:这是为什么?""流氓"说,"'克罗诺斯'把她派到奈特家里来,其目的就是做密探,因为他不可能在苏格兰场安插一个间谍,于是这个玛塔就堂而皇之地出现在了这里,对吗?"

"请继续。"波特斯菲尔德斜眼看着"流氓"说。

"彼得的电脑放在哪里？还有他的手机呢？"

"手机他自己随身带着，"波特斯菲尔德回答说，"家里的固定电话在厨房里。我在楼上他的卧室里看到过一台电脑。"

20分钟之后，"流氓"回到楼下，波特斯菲尔德、波普和比利·卡斯帕警督正在一起交谈。他对他们说："警司，我想你该看看这些东西。"说着，他把手里的两个证物袋拿给他们看。"我在电话里和数字用户线路的按键记录器里找到了窃听器。我可以断定，他的手机也肯定被人监听了，很可能其他地方还有更多的窃听器。"

"立刻打电话通知他。"波特斯菲尔德命令道。

"我打过了，""流氓"说，"还发了短信，但是一直都没有回音，电话中一直说线路有故障。"

在阿曼达工作室的窗外，夜幕已经开始降临。奈特的手机放在咖啡桌上。他坐在长沙发上望着手机，感到头疼欲裂，胃里比刚才更加空虚。

为什么没有人打来电话呢？

母亲坐在他的身旁，对他说道："这并不是你一个人不得不承受的痛苦，但是你决不能放弃希望，彼得。"

"对，绝对不能放弃。"博斯在一旁附和着说，"你那两个小蛮子都是勇敢的斗士，你也必须战斗到底。"

但是，奈特的感觉就像三年前他怀抱着两个新生儿目送妻子的尸体被救护车拉走时的绝望心情。"今天是他们的生日，"他低声道，"他们同其他三岁孩子一样，正盼望着享受生日的快乐，等待着吃生日蛋糕、冰激凌还有……"

阿曼达伸出手抚摸着儿子的头发，就是这个少有而意外的动作让奈特抬起了头，脸上露出了淡淡的微笑。他看着母亲的眼睛，说道："妈妈，我知道你最近的生活过得也很艰难，但是我想谢谢你对两个孩子的关心。他们在生日里得到的唯一礼物就是你送给他们的。"

阿曼达感到很惊讶，问道："是吗？我没想到他们这么早就拿到我的礼物了。"

"是我送过去的，"博斯解释说，"我想早送比晚送好。"

奈特说："谢谢你，博斯。孩子们很喜欢他们得到的礼物。妈妈，我还必须告诉你，把凯特的照片放到伊莎贝尔的吊坠盒里，是你做过的最温馨、最周到的事情。"

他的母亲虽然平日里总是冷冰冰的，但是此时眼眶里也充满了泪水。"我和博斯还有些担心，因为那些东西都不是玩具。"

"完全不用担心，他们都非常喜欢。"奈特强调说，"卢克马上就把手表戴在了手上，就好像得到了一块奥运金牌。而那个项链非常适合伊莎贝尔，我估计她再也不会把它取下来了。"

阿曼达眨了眨眼睛，她看了看博斯，然后又对奈特问道："彼得，你认为他们现在都戴着它们吗？就是那只手表和那个项链？"

"我觉得他们应该都戴着，"奈特回答说，"因为我在家里没有看到这两件礼物。"

阿曼达抬头看着正咧嘴傻笑的博斯，问道："你已经把它们都激活了吗？"

博斯说："我把质量保证书拿去登记注册之前，就已经先把它们激活了。"

"你们俩说的什么呀？"奈特焦急地问道。

"彼得，你难道没有看一看装礼物的包装盒吗？"阿曼达大声道，"那个项链和那只手表都是'追踪天使'的产品。我对这家公司很感兴趣，他们生产的首饰中都安装了微型全球定位发射器，所以只要孩子们戴着他们的产品，他们的父母就可以随时追踪到他们的行踪！"

第七十五章

奈特拿着他的iPhone手机冲出了母亲的家门,一边走一边观察着手机屏幕上的地图,地图上有两颗红色的心形图标正在不停地跳动和移动。

从追踪到的情况看,现在卢克和伊莎贝尔离他的距离不超过三公里远!正是这一情况才使奈特毫不犹豫地跑出了母亲的家门来到了大街上,他准备找一辆出租车,同时看一看为什么他的手机在阿曼达家里无法接通。

奈特再一次按下了伊莱恩·波特斯菲尔德的手机号码,但是却只听到了线路故障的录音。他正准备再次返回母亲的家里试一试,却看见一辆出租车正向他驶过来。

他招手拦下了出租车,立刻钻进车里。他对司机说道:"兰开斯特门地铁站。"

"好嘞,先生。"司机说,"嗨,怎么是你呀!"

奈特盯着司机看了半天终于想起来了,那辆出租车企图撞死他和蓝瑟的那天,正是这个司机帮着他们追赶了好一阵子。

"'克罗诺斯'绑架了我的两个孩子。"

"就是用炸弹炸伤蒙达荷的那个疯子吗?"牙买加司机大声问道。

"伙计,以最快的速度开。"奈特吩咐说。

出租车风驰电掣般地向西北方向的布朗普顿路驶去。奈特再一次拨打了波特斯菲尔德的电话,仍然无法接通。但是就在他准备关上手机的时候,却突然听到手机发出了短暂的铃声,有人给他发来了一条短信。

他打开手机一看,短信是"流氓"发来的:

在你家。你的电脑和电话已被人监听,估计手机也一样。你的行动很可能被人追踪。回电。

奈特想：被人追踪？难道他们一直都在监视我的行踪？

"停车！"他朝司机大喊一声。

"可是，你的孩子们怎么办，先生？"出租车司机问道。

"停车。"奈特坚持道，同时强迫自己镇定下来。他低头看了看手机屏幕上的地图，两颗跳动的心形图标现在已经移动到了波切斯特阶地的某个地点。

"你有手机吗？"

"我老婆的手机今天上午坏了，"司机说，把车停到了路边，"我就把我的给了她，把她的送去修了。"

"真他妈……"奈特最后一次看了看手机屏幕，把双胞胎所在的准确位置牢牢地记在心里。

然后，他把自己的手机递给出租车司机，同时塞给他两张50英镑的钞票。他对他说："仔细听着，朋友，我把这部手机留给你，请你带着它往城外开，一直开到希斯罗机场。"

"这是干什么？"

"别问。"奈特回答说，然后迅速地拿出一张自己的名片，在上面写下了几个字。"你开到希斯罗机场后再掉头回来，然后开到切尔西的这个地址。你在那里会看到警察站在门外。告诉他们你找波特斯菲尔德警司或者国际私人侦探公司的'流氓'·克劳福德，然后再把这部手机交给他们。他们会给你奖励的。"

"但是，那你的孩子们怎么办，先生？"

然而，司机的话还没有说完，奈特已经钻出了出租车，横穿布朗普顿路向蒙彼利埃街跑去，一路向北直奔海德公园。他心里盘算着，如果他把警察叫来包围那个地方并用武力把玛塔或者"克罗诺斯"抓起来，那是下下策，因为那样做很可能危及卢克和伊莎贝尔的生命，一旦失去了孩子们，那么他继续活下去的意义也就不复存在了。他要做的是先把孩子们所在的地点侦查清楚，然后再找一部电话通知伊莱恩、杰克、"流氓"、波普以及伦敦的所有其他人。

等他跑到与海德公园的九曲湖西岸平行的小道上的时候，已经是上气不接下气；10分钟后,当他离开海德公园、从兰卡斯特门地铁站穿过贝斯沃特路的时候,他只觉得自己的肺像着火似的疼痛。

他沿着贝斯沃特路往西走,从"天鹅酒吧"外经过,听见一群狂欢的伦敦人正在庆祝英国足球队在今天同巴西队的决赛中反败为胜。最后,他右转进入了波切斯特阶地。他要找的那个地点就在通往富尔顿马房的那条街的西面。

奈特现在处在那条街东面的人行道上,他慢慢地向北走,直到来到离那个地址不远的地方。他不敢轻易再靠近,因为担心这条街很可能已经处在绑匪的监视之下。他很后悔没有把望远镜带在身上,不过他还是可以看见那是一幢白色的公寓楼,每层楼都有阳台,一楼的窗户都装有防盗网。

在这幢房子的左右两侧都是完全相同的公寓楼,虽然是各自独立的公寓楼,但是楼与楼之间共用一堵墙,就像联排别墅那样紧紧相连。这幢楼的所有窗户都是漆黑一片,唯有三楼东北角那套公寓的法式落地窗亮着灯,公寓外就是阳台。玛塔和他的两个孩子是否就是在这套公寓里呢?

天又开始下起雨来。奈特意识到,如果他现在把雨衣的兜帽戴上,沿着街的东面从那幢公寓楼前走过,应该不会让人觉得蹊跷。

伊莎贝尔和卢克会在那里面吗?"克罗诺斯"也在吗?这个地点会不会就是他们的藏身之处?奈特从那幢公寓楼前走过,不时若无其事地看一眼公寓楼的大门,心里捉摸着他是不是应该冒险跨过马路,到对面就近看一看那套公寓房间的情况。最后,他还是决定谨慎行事,向位于因弗内斯阶地的一家旅馆走去,准备在那里给伊莱恩打电话报告他现在所在的位置。

就在这个时候,他突然注意到与这幢楼相邻的北面的公寓楼也有着同样的阳台,两幢楼三楼外的阳台其实相隔的距离非常近。奈特觉得,如果站在北面公寓楼三楼的阳台上,他肯定可以看到伊莎贝尔和卢克可能被囚禁的那套公寓房的内部。

岂止如此,他甚至有可能从北面相邻的阳台上直接跳到南面的那个阳台上去。

奈特放慢了脚步,开始仔细观察那幢公寓楼的外墙,想找到一个从外

面攀爬上去的办法。但是这个时候,北面那个阳台的公寓房间里也亮起了灯,有人回到了那套公寓的家中。

奈特立刻想到了一个办法:他可以走到北面公寓楼的那套公寓房间去,敲开门,向里面的住户解释清楚他面临的问题,然后请求借用他们的电话向波特斯菲尔德求助并且利用他们的阳台监视旁边公寓房里的动静。但是,他想了想还是决定先到这两幢公寓楼的后面看一看,了解清楚其他公寓里是否也亮着灯。这花了他三分钟的时间,但是他知道了其他公寓里都没有人。他重新回到了波切斯特阶地,正好看见一个女人从他准备进入的北面公寓楼的大门口走出来。

奈特紧走几步,装出老相识的样子冲那个女人微微一笑,几大步冲上大门前的石阶,赶在安全门即将关闭前抓住了门把手。这样岂不是更好,他现在只需要直接走上三楼,找到东南角的那套公寓房间敲门就行了。只要他亮出自己国际私人侦探公司的徽章,他们一定会让他进屋的。

他一路跑上两段楼梯,然后从三楼楼梯口的门走进了过道里,鼻子里立刻闻到了一股煎香肠的气味。三楼一共有四套独立的公寓套房。奈特走到面向东南方向的那一扇门前,只见门牌上的号码是"3B",门后传出来电视机里的声音。他使劲敲了敲门,然后把自己的徽章举到门镜前。

他听见有人向门口走来的声音,然后那个人停下了脚步,不一会儿门把手转动了一下,房门随之打开了。出现在门口的人竟然是迈克尔·蓝瑟,他满脸疑惑地看着奈特,问道:"奈特?你在这里干什么?"

第七十六章

麦克·蓝瑟身上穿着一套运动服,脸上长长的胡子显然几天都没有刮过。他的双眼凹陷、目光呆滞,看来自从被伦敦奥组委解聘以后就很少睡过囫囵觉。

"你怎么住在这儿,麦克?"奈特问道,简直难以相信自己的眼睛。

"我已经在这儿住了10年了。"蓝瑟说,"出什么事儿了?"

奈特还是感到迷惑不解,于是问道:"我可以进去吗?"

"哦,当然可以。"蓝瑟回答说,然后站到了一边,"只是屋里乱得不成样子,但是……你到这里来干什么?"

奈特沿着门洞走进了一间设施非常完备的起居室,咖啡桌上散乱地堆放着啤酒瓶和中餐外卖的包装盒,南面的砖墙裸露着,靠墙放着一个开敞式大衣橱,衣橱中间的横隔板上放着一台电视机,电视机里正在播放英国广播公司对伦敦奥运会前一天比赛的综合报道。大衣橱旁边摆放着一张书桌,书桌上有一台崭新的笔记本电脑。电脑连着一根蓝色的电缆,电缆的另一头插在墙上的一个插孔里。

一看到那根电缆,奈特立刻觉得他已经发现了问题。

他问蓝瑟:"你对住在你隔壁的邻居了解多少?"他用手指了指通向阳台的法式玻璃门。

"你是说南面公寓楼里的邻居吗?"蓝瑟问道,显然有些丈二和尚摸不着头脑。

"正是。"奈特说。

这位前伦敦奥组委成员摇了摇头,回答说:"一无所知。那套公寓好像一直空着,我觉得差不多有一年了。我是说,在过去一年的时间里我从来没有看见有人出现在那个阳台上。"

"但是,现在里面显然有人。"奈特说着用手指了指连接着电脑的那根

电缆线。"那是一根连接因特网的网线吗?"

看得出来,蓝瑟正极力想弄明白奈特提出的这些问题到底是为了什么。他说:"是啊,当然是。"

"你不用无线上网?"奈特又问。

"这种网线的安全性能要高得多。你为什么对隔壁楼里的那个公寓房间那么感兴趣?"

"因为我相信租用那套公寓的人正是'克罗诺斯'或者他的某个'复仇女神',其目的就是通过连接到你这台电脑的电缆线监视你的一举一动。"

蓝瑟听到此不禁大惊失色:"你说什么?"

"这就是他们能够侵入奥运会安保系统的原因,"奈特继续道,"他们把自己的电脑连接到了你的这条电缆线上,盗取了你使用的密码,然后用你的密码侵入了奥运会的电脑系统。"

这位十项全能运动员出身的官员两眼紧盯着自己的电脑,不停地眨着眼睛问道:"你是怎么知道这些事情的?你又怎么知道他们就在我的隔壁?"

"因为我的孩子们就在那里面。"

"就是你的那两个双胞胎儿女?"蓝瑟感到十分震惊。

奈特点点头,下意识地握紧了拳头。他告诉蓝瑟说:"一个名叫玛塔·布拉兹诺娃的女人假扮成保姆混进了我的家里,今天她在'克罗诺斯'的指使下绑架了我的两个孩子。她不知道这对双胞胎身上都戴着装有全球定位系统发射器的首饰,而发射器发出的信号就是从你隔壁的那套公寓房间里传出来的。"

"我的天哪!"蓝瑟目瞪口呆地说道,"他们竟然就在我的隔壁,整整……我们必须立刻通知苏格兰场和军情五处,叫他们立刻把特警小组调到这里来。"

"你来打电话,"奈特说,"我到阳台上去,看看能不能看到公寓里的情况。告诉他们要悄无声息地过来,不要拉响警笛,我不想惊吓到里面的绑架犯,他们很可能孤注一掷伤害我的两个孩子。"

蓝瑟慎重地点了点头,拿出手机,开始键入电话号码,奈特则推开玻璃门溜到了雨水淋湿的阳台上。他绕过阳台上湿漉漉的桌椅,探头向南面公寓房里窥视。

南面的阳台离他的距离不足两米,同他所在的阳台一样装有铁栏杆。阳台内侧的法式玻璃门紧闭着,门后挂着薄薄的白色门帘,屋里的灯光透过门帘映照出来。因此,奈特无法看到公寓房里面的情况,只听见站在他右后方的蓝瑟正在电话上报告这里发生的事情。

这时,一阵风吹过,对面阳台的玻璃门被吹开了几寸宽的一条缝,奈特透过这道缝隙看到了室内铺着纯白色的地毯,一张粗糙的桌子上摆放着几台打开的电脑,电脑上都连接着网线。

奈特正想退回到身后的房间里,把看到的情况告诉蓝瑟,却突然听到从对面的公寓里传来了儿子哭喊的声音:"我不,玛塔!卢吉想回家,参加生日晚会!"

"闭嘴,你这个被惯坏了的小混蛋。"玛塔压低的声音传来,紧接着又传来"啪"的一声打耳光的声音,卢克开始号啕大哭,"还有,不许拉在纸尿裤里,只许拉在厕所里!"

这一来,父亲保护孩子的原始本能立刻占据了上风,奈特不顾一切地爬上了离地面9米多高阳台上的铁栏杆,蹲好身体,然后向对面的阳台一跃而起。

就在奈特两脚蹬离栏杆的一刹那间,他感到鞋底在湿淋淋的铁栏杆上略微滑动了一下,他立刻意识到他已经不可能直接跳到南面阳台的地上了,他向前伸出的双手甚至也不可能抓到对面阳台上的铁栏杆。奈特绝望的想,他就要一头栽下楼去,摔断身上的每一根骨头。

然而,他的手指却意外地抓到了栏杆铁条的下端,于是立刻牢牢地攥紧双手,整个身体悬在半空中不停地晃动。他知道像这样悬吊在半空中是不可能坚持多久的。

"闭嘴!"玛塔的呵斥声再次传来,接着又是一记耳光打在卢克脸上的声音。

卢克的哭泣立刻变得更加凄惨,但是也同时猛烈地刺激了奈特体内肾上腺素的分泌。他像一只钟摆那样左右摇荡起身体,忍受着手中铁条压迫手掌的巨大疼痛,在摇荡到第三次的时候右脚的脚尖终于搭上了阳

台的边沿。

　　几秒钟后,他已经翻过铁栏杆、跳到了阳台上,全身的肌肉都因为用力过猛而颤抖不停,嘴里也涌出了一股苦涩的味道。卢克的哭喊突然变成了模糊的哼唧声,奈特意识到玛塔一定用什么东西堵住了儿子的嘴。

　　他顾不得双手的刺痛,拔出腰间的"贝雷塔"手枪,轻轻地向半开着的法式玻璃门靠近。他从门缝里向屋内窥视,发现这是一间同蓝瑟的起居室完全相同的房间,只是房间里的家具大不相同,除了北面墙上挂着的一块金黄色和红色的双色挂毯外,其他的物品和地毯都是清一色的纯白色,整个房间给人一种十分冷峻的气氛。卢克哼哼唧唧的声音是从厨房外的过道里传来的。

　　奈特轻轻把阳台上的玻璃门推开,闪身进入了起居室。他蹬掉脚上的鞋子,迅速向过道走过去。他对自己接下来不得不做的事情绝不会有丝毫的犹豫,因为现在他已经很清楚地知道玛塔参与了对丹顿·马歇尔的谋杀,毁掉了他母亲的幸福生活;这个女人还要毁掉整个伦敦奥林匹克运动会,而且还绑架了他的两个孩子。为了拯救两个孩子的生命,他会毫不手软地杀死这个婊子。

　　卢克的哭叫声已经变得很微弱,奈特于是也听见了伊莎贝尔低沉的哭泣。他发现孩子们的哭声都来自过道左边的一个房间,房门开着。奈特仔细地听了听,然后悄悄地沿着墙根摸到了那个房间的门口。他抬头看了看前方过道的情况,发现还有另外两扇门,房门也都开着,屋里都没有亮灯。

　　看来,所有人都在他身边的这个房间里。于是,他用拇指拨开了"贝雷塔"手枪的保险栓。

　　奈特双手握枪举在胸前,一大步跨进了房间里。他的枪口跟随着自己的目光迅速地把屋内扫视一周,发现伊莎贝尔正侧身躺在他右边地上的一张光秃秃的床垫上,手脚都被捆住,嘴上横贴着一大块胶带,正恐惧地看着不远处的玛塔。

　　奈特的保姆站在离他大约四米远的地方,背对着门,正在一张靠墙放着的桌子上给卢克换尿布。她丝毫没有发现站在门口的奈特,更不知道他手中的手枪已经对准了她的脑袋。

但是,有一个人看见了他。这个人就是詹姆斯·德林。

这位大英博物馆"希腊古代史馆"的馆长和电视明星瞪大了惊恐的双眼看着奈特,就在这一瞬间奈特也已经完全看明白了他所面临的局面。他向前一步,用枪指着玛塔的后脑勺命令道:"马上离开我的儿子,你这个战犯婊子,否则我一枪打烂你的脑袋,而且还乐在其中。"

玛塔立刻转过身,难以置信地看了看奈特,然后目光迅速地扫了一眼离她几步之外靠在墙角里的一支攻击步枪。

"想都别想那支枪,"奈特警告她说,又向前迈出一步,"给我趴到地上,双手抱在脑后,否则我会杀了你。赶快!"

玛塔的目光变得死一般的沉静和无奈,她开始慢慢地举起双手、身体下蹲,但是两眼仍然紧盯着奈特,就像一头陷入困境的母狮。

奈特再次向前一步,双手稳稳地举着"贝雷塔",枪口直端端地对准了玛塔的头。"我说过了,给我趴下!"他大声喊道。

玛塔无可奈何地趴到了地上,举起双手抱住了自己的头。

奈特看了德林一眼,问道:"你就是'克罗诺斯'?"

这位电视明星突然睁大了眼睛、眼神失望地暗淡下来,奈特还没有反应过来,只听见"砰"的一声轰响,自己的脑袋后面已经挨了重重的一击。

这一击就好像他在葡萄牙干涸的平原上所见到的情景:一声炸雷震聋了他的耳朵,强烈的闪电划过天空,无数道触手似的光芒穿透了他的大脑,极度耀眼的光线顿时让他眼前一片漆黑——他颓然地倒在了地上。

第七十七章

2012年8月12日,星期日

凯伦·波普正昏昏欲睡地躺在国际私人侦探公司伦敦分公司犯罪实验室的一张长沙发上,一阵液压门打开的声音和有人踩在瓷砖地板上的脚步声使她惊醒过来。

这位《太阳报》的体育记者感到身体疲惫不堪而且心中十分焦虑。自从昨天下午奈特从自己家的后门走出去以后,就再也没有任何人听到过他的消息;波特斯菲尔德没有,"流氓"没有,她自己没有,摩根没有,就算把苏格兰场和国际私人侦探公司的所有雇员都算上,也没有一个人知道他的去向。

他们一直在他的家里等到了今天早晨,最后波特斯菲尔德不得不前往那座废弃的纺织工厂查看警察们发现的两具女人的尸体,而波普和"流氓"则回到了侦探公司的实验室里,把从奈特家里收集到的指纹同巴尔干战争罪犯的指纹库进行比对。

他们很快就得到了结果:那些遍布奈特家各处的指纹属于申卡,也就是布拉兹列克三姐妹中的大姐。当"流氓"把这个结果告诉波特斯菲尔德以后,警司告诉他说,两具女尸是先后被人扔到废弃工厂里去的,对后被杀死的那个女人的指纹鉴定表明,她就是娜姐,也就是布拉兹列克三姐妹中的二姐。

至此,也就是到这个星期天早上8点左右的时候,波普终于累得坚持不下去了。她在实验室的一张长沙发上躺下来,把"流氓"的一件工作服拿来当做毯子盖在身上,昏昏沉沉地进入了梦乡。

"'流氓',快醒醒!"波普听见了杰克的声音。"前台来了个蓬头垢面的拉斯特法里派教徒,他要见你,说有一样东西要亲手交给你,是奈特让他转交的。他无论如何都不肯把那东西交给我。"

听到这里,波普睁开了一只眼睛,发现美国人正站在"流氓"的书桌前,双手使劲摇晃着国际私人侦探公司首席科学家的身体。在他身后的墙上,时钟已经走到了10点20分。

我已经睡了2小时20分钟了?她勉强坐了起来,然后站起身体,跟在"流氓"和杰克身后晃晃悠悠地走出实验室,来到了外面的接待区。一个牙买加人正紧张地坐在电梯旁的一张椅子上,肿大的脸上贴着一大块纱布,一只手打着石膏挂在胸前。

首席科学家走上前,对他说道:"我就是'流氓'。"

拉斯特法里派教徒挣扎着站起来,用那只没有受伤的手握住"流氓"的手,说道:"我叫科图·欧拉杜瓦,出租车司机。"

"流氓"用手指一指他胸前打着石膏的手,问道:"出车祸了?"

欧拉杜瓦点点头,回答说:"倒霉啊,伙计。是在去希斯罗机场的路上出的事,一辆厢式货车从侧面撞到了我的车上,害得我一晚上都待在医院里接受治疗。"

波普问他:"奈特是怎么回事儿?"

"对了,伙计,"拉斯特法里派教徒说着,把手伸进口袋里,摸出了一部已经摔烂的iPhone手机,"昨天晚上他把这个手机交给我,要我带着它把车开到希斯罗机场去,到那儿后再掉头回来开到他的家门口,找到你或者警察局的某个警司,然后把手机交给你们。今天早晨我从医院里出来之后就去了奈特的家,那里的警察说你已经走了,所以我又找到了这里来。"

"你就是为了给我们送来一部摔坏的手机?"杰克问道。

"出车祸之前它可是好好的,"牙买加司机愤愤不平地说,"他要我告诉你,这部手机上有什么东西可以帮助你们找到他的孩子们。"

"该死!""流氓"嘟囔了一声,伸手从欧拉杜瓦手中一把抓过手机,转身向犯罪实验室跑去,波普和杰克紧紧地跟在他的身后。

"嘿!"拉斯特法里教徒冲着他们的背影喊道,"他还说你会给我奖励的!"

第七十八章

奈特开始慢慢地从昏迷中苏醒过来,大脑深处的某个地方首先接收到了空气中飘浮着的烤肉的气味。一开始他并不知道自己是谁,也不知道自己在哪里,朦胧的意识里只有一股烤肉的气味。

渐渐地,他开始意识到自己正趴在什么硬邦邦的东西上。接着他的听力恢复了,就好像冲浪者冲进了一片巨浪,一阵寂静之后突然之间又听见了声音——有人说话的声音和电视机里传出的声音。奈特现在终于想起了自己是谁,并且模糊地记起了自己同两个孩子、玛塔和德林都在同一个房间里,那以后发生的事情就是一片空白。他想动一动,却发现自己的双手已经被胶带紧紧地绑住,根本无法动弹。

接下来,他好像听见了那首排笛演奏的乐曲,它好像在空气中飘浮不定,时断时续地传进他的大脑里。奈特强迫自己睁开眼睛,模糊地看到他现在已经不在刚才那间粉刷得雪白的卧室里,身体下面是硬邦邦的木地板,上面根本没有地毯。他四周的墙壁仿佛贴满了黑色的镶板,像汹涌澎湃的大海正向他涌来。

奈特感到一阵恶心,立刻闭上了眼睛,脑子里仍然漂浮着排笛曲子的声音,耳朵里却听到了电视节目主持人正在争论什么问题。他转动了一下脑袋,立刻感受到后脑勺传来一阵阵疼痛。几秒钟之后,他再次睁开眼睛,感到自己的视线已经变得清楚多了。他终于看见了伊莎贝尔和卢克,两个孩子正躺在不远处的地板上沉睡,手脚仍然被绑着、嘴上也仍然贴着胶带。

他再一次转动自己的脑袋,希望能够找到排笛音乐的来源,却看到房间中央摆放着一张带有四根立柱的木床,床上躺着詹姆斯·德林。

奈特虽然仍然感到头晕眼花,但是却清楚地意识到了德林博士遭受的痛苦。在自己被人打晕之前,他就已经看到了这位博物馆的馆长同样痛苦不堪的模样:他的四肢张开,成一个"大"字躺在一块床垫上,四肢分别被绑在了床角的四根立柱上,身上穿着一件住院病人的衣服,嘴巴同样被一大块胶带封得严严实实。在床上方的横木上挂着一个输液袋,一条输液管一直连接到他的一只手腕上。

排笛乐曲突然停止了,奈特看见一个人背着耀眼的阳光从房间的另一头向他走来。

麦克·蓝瑟左手里随意地提着一把黑色散弹枪,右手拿着一杯橙汁。他把橙汁放到一张桌子上,然后在奈特身边蹲下来,美滋滋地看着他说:"终于苏醒过来了。有没有觉得这房间里的布置全都变了个样?"他把手中的散弹枪伸到奈特眼前晃了晃,接着道:"这是那种老式的防爆枪,好东西啊。虽然使用的是高压气体,但是它发射出的橡胶子弹却有巨大的冲击力,特别当你近距离对着别人脑袋开枪的时候。"

"你就是'克罗诺斯'?"奈特问他,脑子里仍然有些迷糊,但是却闻到了蓝瑟口中散发出的酒精味道。

蓝瑟回答说:"奈特,你知道吗,其实从一开始我对你就有一种不祥的感觉,尤其是在你的前任老板丹·卡特早早地丧命之后,我就感觉到你可能已经非常接近发现我这个目标了。但是,因为我采取了一系列的预防措施,所以直到今天你也没有能够自己琢磨出来。"

奈特感到此事不合情理,于是问道:"奥运会就像是你的生命啊,为什么要这样做?"

蓝瑟把散弹枪靠在一只膝盖的内侧上,然后抬起手挠了挠自己的脑袋。奈特发现,蓝瑟的脸上开始出现了愤怒的血红色。他站起身,抓起装着橙汁的杯子喝了一大口,对奈特说道:"现代奥运会从一开始就已经腐朽没落了——贿赂裁判、基因变异的怪胎、滥用兴奋剂的魔鬼,这一切的一切都必须予以净化,而我正是那个——"

奈特虽然并没有完全恢复清醒的神志,但是仍然觉得蓝瑟的话是一派胡言。他打断了蓝瑟的话,说道:"这都是屁话。我才不会相信你。"

蓝瑟怒气冲冲地看着奈特,一扬手把手中的杯子向奈特扔去。杯子越过奈特的头在他身后的墙壁上砸得粉碎。"你他妈算老几,也敢质问我的动机?"蓝瑟咆哮道。

无论是脑震荡也好还是威胁也好,奈特现在总算越来越清醒了。他继续道:"你肆意杀戮并不仅仅是为了揭露奥运会的腐败那么简单,你是有意在全世界的观众面前把那些人一一杀掉,这背后必定隐藏着一种非常扭曲的愤怒情绪。"

听到这里,蓝瑟更加生气了。他大叫道:"我是时间之神在人间的化身。"他低头看了看奈特的双胞胎。"我就是'克罗诺斯',专吃孩子的神。"

蓝瑟话中暗示出的威胁撕扯着奈特的神经。他问自己:这个人到底疯狂到了什么地步?

他不能退缩,必须按照自己模糊的直觉行事。他说:"不对,你肯定遭受过某种痛苦的经历;某种可怕的灾难让你心中充满了仇恨,驱使你渴望干出如此野蛮的事情。"

蓝瑟提高嗓门叫道:"奥运会本该是一个宗教的节日,在这个节日里高尚的男人和女人在上天的目睹下公平竞技。而现代奥运会却与之背道而驰,世人的傲慢、人类的狂妄已经激怒了众神。"

奈特的眼睛一阵模糊,心里再次感到恶心想吐,但是他的大脑却每秒钟都变得更加清醒和有效。他摇了摇头,驳斥道:"众神并没有被人类激怒,是你被人激怒了。他们都是些什么人?那些把你激怒的狂妄自大的人?"

"就是过去两周里已经命丧黄泉的那些人。"他激烈地反击道。但是,紧接着他又转怒为喜,微笑着对奈特说:"其中也包括丹·卡特和你那些亲密的同事。"

奈特目瞪口呆地看着他,完全无法想象这个人到底有多么疯狂。他问他:"是你炸掉了那架飞机?"

"只能怪卡特自己,他竟然嗅出了我的味道,"蓝瑟回答说,"至于其他几个人嘛,不过是附带伤害而已。"

"附带伤害而已!"奈特怒吼道,恨不能立刻杀死眼前这个魔鬼,再一根根拔出他的肋骨。但是,就在这个时候他的头开始"嗡嗡"作响,他不得不向后垂下头,两眼仍然紧盯着蓝瑟。

过了一会儿,他开始平静下来,于是又一次问道:"激怒你的人到底是谁?"

蓝瑟的表情变得越来越凝重,他的目光仿佛已经回到了遥远而痛苦的过去。

"告诉我,到底是谁?"奈特追问道。

这个原十项全能运动员勃然大怒地盯着奈特,吼叫道:"医生!"

第七十九章

于是，我对奈特讲述了我的悲惨故事，而在这个世界上，除了布拉兹列克三姐妹外还没有第四个人完整地听说过这个故事。我从我与生俱来的仇恨讲起，我为什么拿刀刺入了自己母亲的身体，我被一帮魔鬼用石头砸得半死后被鲍勃牧师收养，在伦敦城最臭名昭著的混乱街区布里克斯顿的生活，以及在6年后用那几个魔鬼的鲜血为自己复仇。

我告诉奈特，遭受石刑数年后，也就是在我15岁那一年的春天，鲍勃牧师强迫我参加了一次社区的田径比赛，因为他认为我比大多数男孩子长得更为强壮、跑得也更快。当时，他并不知道我具有运动的天赋，就连我自己也浑然不知。

在我参加的这第一个田径运动会上，我竟然一下子得到了六个第一名：100米和200米短跑、标枪、三级跳、长跳和铁饼。不久后，我又参加了一个地区性的田径运动会，接着又参加了在谢菲尔德举行的全国青少年运动会。

"全国青少年运动会结束以后，一个名叫莱昂内尔·希金斯的男人找到了我，"我告诉奈特说，"他是一个男子十项全能的私人教练。他告诉我说，我具有成为全世界最伟大的全能运动员的天赋，一定能在奥林匹克运动会上夺得金牌。他主动提出愿意帮助我，并为我制定了全天候的训练计划。不仅如此，他还向我的脑袋里灌输了许多荒唐的理念，什么荣誉啦、奥林匹克理想啦、公平竞争啦以及优胜劣汰啦，一大堆虚伪的高尚梦想。"

我不屑一顾地"哼"了一声，告诉他："可悲的是，我这个注定要成为屠魔降妖的杀手的人竟然轻信了他的谎言，跟着他上了贼船。"

接下来，我告诉了奈特在那以后的15年里我是如何带着崇高的奥林匹克理想生活的。虽然"石刑"给我留下了头疼的毛病，每月至少都会发作一次,但是希金斯仍然设法让我加入了皇家禁卫军的冷溪近卫团。作为对我承诺服役10年的回报,我得到了继续接受十项全能训练的特殊待遇。为了成为不朽的伟大运动员,我一门心思投入到艰苦的训练之中——有人甚至认为我已经为此而变得疯狂。1992年巴塞罗那奥运会到来了,我终于有了实现梦想的机会。

"我们早就预料到巴塞罗那闷热和潮湿的气候将给我带来巨大的困难,"我继续道,"于是,希金斯把我送到了印度进行适应性训练,因为他认为孟买的气候会比西班牙的巴塞罗那更加恶劣。他说对了,印度之行不仅让我成为了全世界身体准备最为充分的运动员,也让我成为了精神上准备最为充分的运动员,我已经完全能够承受其他任何运动员都无法承受的最为艰苦的比赛。"

我沉浸在对那些最为黑暗的经历的回忆中,然后像一头猎犬咬断一只老鼠的脊梁那样猛地摇了摇头,告诉奈特说:"这一切都已经无关紧要了。"

我开始讲述我在巴塞罗那奥运会上的经历:十项全能比赛的第一天,我在几乎所有的项目上都遥遥领先——110米障碍赛、跳高、铁饼和撑杆跳高,最后是400米中长跑。当时的气温已经上升到了37摄氏度左右,闷热而潮湿的天气终于击倒了我:我在400米中长跑比赛中获得了第二名,但是刚刚冲过终点线就小腿抽筋,一头栽倒在了跑道上。

"人们立刻把我送到了医疗救护站的帐篷里,但是我心里并不担心,因为希金斯和我赛前就已经做了周密的安排,第一天的比赛结束后我应该补充一些电解质,那也是符合奥运会的规定的。我不停地呼喊我的教练,但是那里的医护人员却拒绝让希金斯走进帐篷。我看到他们开始准备为我输液,我告诉他们我需要自己的教练为我补充比赛中失去的体液和矿物质,因为我们使用的是根据我个人新陈代谢的特点自己配制的输液剂。但是,我却无法反抗他们的一意孤行,他们强行把输液的针头插进了我的手臂,把天知道是什么的东西输进了我的血管里。"

我怒气冲冲地看着奈特,此后的情景又一幕幕地浮现在我的眼前。"第二天,我完全变了一个人,就像一个虚无缥缈的幽灵。标枪和长跳原是我最强的项目,却双双落败,甚至连前10名都未能进入,我的世界冠军

梦想从此破灭。"

说到此,我已经义愤填膺。我说:"奈特,冠军梦化为了泡影,奥林匹克的荣誉离我而去,我超人的优势也不复存在。是现代奥运会毁掉了我的一切。"

多年前在波斯尼亚的那个小小的乡村警察所里,当我自告奋勇去解救玛塔三姐妹的时候,玛塔的脸上曾经流露出难以置信和恐惧的表情。现在,奈特看着我,脸上的表情同当时的玛塔简直如出一辙。

"但是,你毕竟两次赢得过世界冠军,"奈特说,"两次啊。"

"只有赢得奥运会的金牌才能永世不朽,而且只有超人才能赢得金牌。我本是一个地地道道的超人,却被那些魔鬼剥夺了超人的荣耀,这完全是有预谋的迫害。"

奈特的目光里再一次流露出难以置信的神情。他说:"这么说,从巴塞罗那奥运会以后你就开始策划你的复仇计划,到现在为止已经花费了整整20年?"

"随着时间的推移,我复仇的计划也在不断地扩大。"我解释说,"我最初的计划仅仅是报复那几个给我下药的西班牙医生。可是,1993年那几个医生都自然死亡了,而当时的比赛裁判也分别于1994年和1995年死于不同的车祸。"

"那么,'复仇女神'是怎么回事?"奈特又问。

我在离他几尺外的一个凳子上坐下来。"1995年的夏天,冷溪近卫团被政府从女王卫队中裁减下来,我们这些当兵的便被派到了萨拉热窝,去接替那里北大西洋公约组织的一支维和部队。这件事外界很少有人知道。在一次执行任务的途中我们遭到了路边炸弹的袭击,造成我的头骨破裂,所以我在巴尔干地区只待了不到5个星期。"

很显然,奈特现在的口齿已经不像刚才那样模糊不清了,混沌的眼睛也已经变得十分明亮。他问我说:"你帮助布拉兹列克三姐妹从斯雷布雷尼察附近的一个警察所里逃走,是在路边炸弹袭击之前还是之后?"

我痛苦地微微一笑,告诉他说:"在那之后。后来,我又为他们搞到了新的护照和身份,把她们带到了伦敦,并且把她们安顿在了我隔壁的一个套房里。我们在我的大衣橱后面和她们的挂毯后面的墙上打开了一扇秘密的门,但是表面上我们依然是互不相关的两个家庭。"

"你们从此就把全部精力都投入到了毁灭奥运会的所谓事业之中?"奈特尖酸刻薄地问道。

"没错,你说得很对。我说过,众神支持这个事业,准确的说是支持我的事业。这就叫命运。不然,你怎么解释早在伦敦奥组委成立之初我就被邀请成为了成员之一,而且你看看,在那之后伦敦就顺利地争得了主办权。是命运从一开始就把我安插到了伦敦奥组委的内部,让我把需要的东西藏在需要的地方,让我根据自己的需要随意改变设计和日程,还让我有权接触到所有场馆的每一个角落。就眼下而言,命运又让所有的警察四处奔波,忙于寻找你和你的两个孩子,而我却有机会去完成我已经顺利开始的计划。"

奈特愁眉苦脸地说:"你是一个彻头彻尾的疯子。"

"不对,奈特。"我告诉他说,"我只是在你根本无法理解的手段上具有超凡脱俗的能力而已。"

我站起身来向门外走去,他在我身后说道:"这么说,在完成你最终的复仇大业之前,你还要杀死你最后的一个'复仇女神'? 杀掉玛塔然后逃之夭夭?"

"不,你完全错了。"我笑道,"玛塔现在正把你女儿的项链和你儿子的手表分别送到开往苏格兰和法国的两列火车上。完成任务后她会回到这里,把詹姆斯·德林先生释放出去,然后杀掉你的两个小崽子,最后再杀掉你。"

第八十章

奈特的头好像再次受到了重击,又出现了一阵阵的疼痛。他强迫自己抬起头,看了看昏睡中的两个孩子,发现女儿的项链和儿子的手表确实已经没有了,现在已经没有人能够追踪到他们的下落。可是,还有那个出租车司机呢?他为什么还没有把他的电话交给"流氓"或者波特斯菲尔德?他们为什么到现在还没有来救他呢?他们是不是上了"克罗诺斯"的当,在玛塔的引导下追赶火车去了?

奈特回头看了看蓝瑟,发现他正在收拾一个提包和一些文件。

"我的孩子们没干过任何对不起你的事,"奈特对蓝瑟说道,"他们不过是三岁的小孩,是完全无辜的。"

"他们都是小魔鬼,"蓝瑟冷冷地说着,转身向门口走去,"晚安,奈特。同你竞技真是一种享受,不过到底还是高手赢了。"

"不,你还没有赢!"奈特冲着他的后背喊道,"蒙达荷已经证明了这一点,你没有赢。无论你还能干出什么恐怖的事情来,奥林匹克的精神仍然将会永存。"

奈特的话刺中了蓝瑟的神经,他转过身大步向奈特走来,突然一声枪响,蓝瑟吓得立刻停住了脚步。

紧接着,他意识到枪声是从电视机里传来的,于是松了一口气,无奈地笑了笑。

"男子马拉松比赛开始了,"他说,"这是伦敦奥运会的最后一场比赛,这你知道吗,奈特?因为我是一个超人,所以我会让你活着看到奥运会的结局。玛塔杀死你之前,她会让你亲眼看一看我是如何把你说的奥林匹克精神一举熄灭的。"

第八十一章

半小时之后，也就是正午时分，波普神色紧张地把目光从电视机屏幕上的马拉松比赛现场直播转移到"流氓"身上。首席科学家仍然俯在工作台上，全神贯注地修理着奈特的手机，希望从它上面得到奈特身在何处的信息。

"发现什么了吗？"《太阳报》记者问道，语气中充满了绝望。

"看来，这他妈的手机卡损坏得还真厉害，你说是吗？""流氓"头也不抬地回答说，"不过，我想我也快成功了。"

杰克早已离开公司，前往男子马拉松比赛的终点视察安保情况去了，但是波特斯菲尔德却来到了国际私人侦探公司的犯罪实验室里。这位苏格兰场的警司是几分钟前刚刚到达的，过去24小时发生的一连串事情已经使她变得焦躁不安和精疲力竭。

"那个出租车司机说在什么地方接到彼得的？"她急不可耐地问道。

波普回答说："我记得，是在骑士桥的某个地方。如果欧拉杜瓦有一个手机就好了，我们可以马上打电话问问他，可是他又把自己的手机拿给他老婆去用了。"

波特斯菲尔德想了想，分析说："也许是在米尔纳街？"

"应该是的。""流氓"嘟囔道。

"那么，奈特当时应该是在他母亲的家里，"苏格兰场警司接着道，"阿曼达肯定知道一些情况。"她立刻拿出手机，开始查找阿曼达的电话号码。

"成功了！""流氓"抬起头兴奋地喊道。他面前的桌子上放着奈特手机里的用户识别卡，两个传感器夹在卡上，他看了看桌上的显示器，上面正快速地闪现出一串串的代码。

他弯下腰，在一个键盘上开始键入指令，这时波普听到波特斯菲尔德对着手机说了声"你好"，然后自报家门说她是伦敦警察厅的侦探和奈特已故妻子的姐姐，要求同阿曼达讲话。接着，她拿着手机走出了实验室。

两分钟之后,"流氓"桌上的显示屏突然从难以辨识的电子代码转换成一个模糊的网页。波普问:"那是什么?"

"看起来像是某种地图,但是网页地址看不清啊。""流氓"回答说。这时,警司风风火火地冲进了实验室。

"'追踪天使'!"波特斯菲尔德大叫道,"阿曼达说两个孩子都带着'追踪天使'的产品!"

第四部 ‖ 马拉松比赛

第八十二章

沿着圣詹姆斯公园对面的鸟笼道南侧，聚集着大量的观看马拉松比赛的人群，比我预料的场面更加热烈。不过，这也很自然，男子马拉松比赛毕竟是伦敦奥运会的最后一个比赛项目。

天气热得让人难受。上午11点半，领跑的运动员们已经接近了折返点，他们要在这条长长的跑道上跑4个来回，而这已经是他们的第二个来回了。我听到了路旁人群发出的欢呼声，远远地看见选手们向西边的维多利亚女王纪念碑和白金汉宫跑去。

我一只手拿着一个不大的肩袋，另一只手高高地举着我的伦敦奥运会安保通行证，挤到了人群的前面。伦敦奥组委解雇我之后，并没有收回我的通行证。在这个时候，我最重要的行动就是要让人们在这里都看到我。我的计划是要找到现场的某个巡警，但是当我沿着鸟笼道望去的时候，却意外地发现了一个熟悉的面孔。我从隔离带下面钻过，再次举起通行证向他走去。

"卡斯帕警督，"我喊道，"我是麦克·蓝瑟。"

这位苏格兰场警督冲我点了点头，回答说："看来，你受到了不公平的待遇。"

"谢谢你。"我赞许地点点头说，"我现在已经不是伦敦奥组委的官员了，这毫无疑问。不过，不知道我能不能找个空子穿过这条马路，到它北面一侧观看比赛。"

卡斯帕警督想了想我提出的问题，然后耸耸肩回答说："行啊，有什么不能的？"

30秒钟之后，我已经越过了鸟笼道，从马路北面观看比赛的人群中挤出去，随之进入了圣詹姆斯公园。然后，我掉头向东而行。我抬手看了看手表，再过大约一个半小时，也就是马拉松比赛结束的时候，玛塔就会释

放詹姆斯·德林馆长。德林的重新现身无疑会极大地吸引警方的注意力,从而为我提供一个可乘之机,确保我的计划获得成功。

我坚信:今天的行动必将获得成功。不对,不是今天的行动获得成功,而是我的整个复仇计划将获得最终的胜利。

第八十三章

奈特仍然躺在蓝瑟另一间卧室的地板上，嘴上依然贴着胶带，脑袋阵阵发痛、感觉昏昏沉沉。他一会儿拼命挣扎试图挣脱缠在手脚上的胶带的束缚，一会儿又用鼻子使劲地呼吸；他时不时要关切地看一看昏睡的孩子们是不是醒过来了，还得密切地关注着电视屏幕上实况转播的男子马拉松比赛的情况。

现在是11点55分，男子马拉松比赛已经开始近一个小时，大部分选手已经跑出了11英里或者17公里，正沿着维多利亚沿河路继续前进。来自英国、埃塞俄比亚、肯尼亚和墨西哥的4名选手已经把大部队远远地抛在了身后，在前方形成了领跑的小部队。虽然天气酷热难当，但是选手们依然你追我赶，以超过奥运会纪录的速度跑过了世界上第三大的摩天轮"伦敦眼"，向英国议会大厦跑去。

奈特不愿意去想马拉松比赛结束后玛塔将如何杀死他和自己的两个孩子，而是努力把仍然有些恍惚的注意力放到了蓝瑟的身上：他会在马拉松比赛路线的什么地方实施什么样的谋杀计划呢？

过了一会儿，他又忍不住闭上了眼睛，开始在心里默默地向上帝和凯特祈祷，祈求他们帮助自己挽救孩子们的生命。他告诉他们：只要能同凯特待在一起，他本人死不足惜，而孩子们还小，他们应该继续……

这时，玛塔走进了卧室，一只手提着奈特昨天晚上看到过的那支黑色攻击步枪，另一只手提着一个大塑料袋，里面装着三瓶两升装的可乐。她原来的黑色头发已经剪短并且重新染色，变成了鲜明的金黄色，额头上飘着一撮银白色的头发，同她身上的背心装、黑皮裙和半筒皮靴倒也算相配。如果不是奈特在过去的两周里天天都见到她，他现在恐怕也很难认出这个染着金发、画着浓妆的女人就是那个在皇家医院花园的游戏场里主动向他走来的普通姑娘。

玛塔根本没有搭理奈特,好像这屋里的所有人同她并没有多大关系。她把三瓶可乐放到梳妆台上,然后双手把攻击步枪抱在胸前走到德林博士的身边。她把枪放在地上,拿起一个注射器,把针头刺入连接着博物馆馆长手臂静脉血管的输液管里,把针管里的液体推入了输液管中。

"时间到,该醒醒了。"她说着又从地上拿起了步枪。

接着,她从口袋里摸出一个苹果,送到嘴边咬了一口,随意地看着电视机里马拉松比赛的实况转播。

卢克的身体扭动了几下,接着睁开了眼睛,目光正好落在了他爸爸的身上,不禁立刻瞪大了双眼。他开始皱紧了眉头,脸上憋得绯红,嘴里发出一阵难受的嘟囔声音。奈特看得出来,卢克并不是因为害怕,而是急于告诉他什么事情。奈特很熟悉卢克这种面红耳赤的表情,他立刻明白了孩子叫喊的原因。

玛塔听到声响转过身体,脸上充满了冷酷的杀气。奈特的头虽然仍旧感到一阵阵的疼痛,但是却依然意识到他必须转移玛塔的注意力,让她放过卢克,把怒气撒到自己身上。

于是,他立刻隔着胶带喊叫起来。玛塔扭头看着他,一边嚼着苹果一边呵斥道:"闭上你的嘴。我可不想听你像个孩子似的大喊大叫。"

奈特没有听从她的命令,反而更加大声地喊叫,同时用两脚的脚跟使劲敲打着地面——他想在激怒玛塔的同时引起楼下住户的注意,他的目的是要让玛塔开口说话,因为他很清楚在人质谈判中让绑架者开口说话是至关重要的。

伊莎贝尔也醒过来了,开始哭泣。

玛塔拿起枪,大步走到奈特身边笑着对他说:"楼下那套公寓也是我们买下的。所以说,你可以继续折腾,弄出多大的声音都无妨,没有任何人会听得见的。"

说完,她抬起腿狠狠地一脚踢到了奈特的肚子上。奈特痛苦地弯曲着身体,翻滚着不断地呻吟,同时突然感觉到自己的身体压到了"克罗诺斯"摔碎的玻璃杯碎片上,碎玻璃刺痛了他的后背。卢克看着这一情景,开始号啕大哭起来。玛塔回头看着两个孩子,奈特觉得她马上就要踢他的孩子们了。然而,玛塔却慢慢蹲下了身体,伸手撕掉了封住奈特嘴巴的胶带。她命令他说:"叫他们闭嘴,否则我现在就打死你。"

"卢克要上厕所,"奈特赶紧说,"你把他的胶带取下来,问问他。"

玛塔厌恶地看了他一眼,然后挪到他儿子身边,一把撕掉了卢克嘴上的胶带。她吼道:"你想干吗?"

卢克害怕地向后移动着身体,两眼看着爸爸说:"卢吉要便便。大男孩厕所便便。"

"拉在裤子里得了,我才不在乎呢。"

"大男孩厕所,玛塔,"卢克乞求道,"卢吉自己便便,不要保姆。"

"给他个机会,"奈特说,"他只是个三岁的孩子。"

玛塔的脸上流露出了厌恶和讥笑的表情,她从身上摸出一把匕首,割断了卢克脚上的胶带。她一手拿着攻击步枪,一手把奈特的儿子从地上拎起来让他站好,然后威胁道:"如果你这一次又是撒谎,我就第一个宰了你。"

两个人从德林身边经过,走到了门外的过道里。奈特扭头四处看看,身体不由自主地滚动了一下,耳朵再一次听到了玻璃被压碎的声音,同时再一次感觉到了玻璃碎片划破手臂和后背的疼痛。

疼痛刺激了他的大脑,让他立刻意识到自己的机会来了。他立刻向上拱起后背,左右移动着身体,用绑在身后的双手在地上四处摸索。求求你,凯特,求求你保佑我!

突然,他右手的食指碰到了一块较大玻璃碎片锋利的边沿。这块碎片大约有1寸半长,他想把它抓到手里,但是试了几次都没有成功。他低声咒骂了一句,调整一下身体的姿势,重新开始尝试。然而,他还没有抓起那块玻璃碎片,就听到了卢克的声音:"看,玛塔!卢吉是大男孩!"

紧接着,又传来了马桶冲水的声音,奈特赶快伸出手指继续摸索,却怎么也摸不到刚才那块玻璃碎片。他听见过道里响起了脚步声,再一次抬起屁股把身体向后推向刚才身体压碎玻璃的地方。就在这个时候卢克走进了卧室,他虽然双手仍然被胶带绑在身体前面,但是脸上却露出了胜利的笑容。

"卢吉大男孩,爸爸,"他开心地对奈特叫道,"卢吉三岁了,不用保姆。"

"干得不错,小子。"奈特立刻躺下身体,微笑着对儿子鼓励道。他看了看紧跟在儿子身后的玛塔一眼,发现她仍然把攻击步枪抱在胸前,但是却突然感觉到自己的腰眼正好压在了被摔碎的果汁玻璃杯厚厚的杯底上。

他用右手把杯底握在手心里,听见玛塔对卢克说道:"去,坐到你姐姐身边,不许动。"然后,她转身查看德林的情况,发现他原来一动不动的身体已经开始有反应了。

"醒醒,"她第二次对博物馆馆长说道,"我们很快就该出发了。"

德林开始发出哼哼唧唧的声音,奈特把手中的瓶底转了个方向,然后把它竖着伸进两个手腕之间,用瓶底锋利的边沿在胶带上一下下地割起来。卢克咧嘴笑着向他爸爸走去,自豪地说:"卢吉大男孩。"

奈特用眼睛观察着玛塔的举动,对儿子说:"真了不起。好了,现在照玛塔说的坐到姐姐身边去。"

但是,他的儿子却没有挪动一步,而是问道:"我们回家,爸爸?"听到卢克的话,贝拉也"哼哼"着要求回家。"我们去生日晚会,好吗?"

"这就去,"奈特一边说一边感到捆住手腕的胶带已经被割开了一部分,"我们很快就去。"

但是,接下来玛塔却一把抓起攻击步枪和一卷胶带,转过身向卢克走来。他儿子两眼紧盯着玛塔手中的胶带,叫喊道:"不,玛塔!"

卢克猫起腰跑开了。玛塔很生气,用枪指着奈特儿子的脑袋怒吼道:"你给我坐下!马上坐下,否则你就死定了。"

但是,奈特的儿子还太小,并不理解一把子弹上膛的枪指着自己的脑袋意味着什么。"我不!"卢克任性地喊着,跳到了伊莎贝尔身边的床垫上,两只眼睛滴溜溜地四处张望,寻找着可以躲开玛塔的地方。

"那好,我就来教教你该怎么做。"玛塔说着,瞪着两只恶狠狠的眼珠子向卢克走去。就在她全神贯注盯着卢克的时候,奈特感到自己的双手突然获得了自由。

就在玛塔从奈特身边走过,想把卢克逼到一个角落里的一瞬间,奈特曲起绑在一起的双腿,用力横着向前踢了出去。

他的双脚狠狠地踢到了玛塔的跟腱处，只听见她大叫一声，双腿向前一屈侧身倒在了地上，手中的攻击步枪脱手飞到了一边。

　　奈特翻身跪起，手握玻璃瓶底向玛塔扑过去，准备用玻璃割开她的喉咙。但是，玛塔的反应却相当的敏捷和有效，她首先向上伸出双臂硬生生地挡住了奈特手里的玻璃瓶底，紧接着突然收起双膝顶向奈特向下压来的胸膛。

　　奈特的胸膛狠狠地撞到了玛塔的膝盖上，他只感到一股热气从胸膛中猛地喷出，身体从玛塔的膝盖上弹起，侧身倒在了地上，手中的瓶底也不知落到了什么地方。

　　愤怒的玛塔一跃而起，首先从地上抓起了自己的攻击步枪，然后大步走到放着三瓶可乐的梳妆台前，拧开其中一瓶的瓶盖，把步枪的枪口伸进了瓶子里的可乐里。她对奈特叫道："我才不管'克罗诺斯'的计划是什么，你和你那两个兔崽子已经让我受够了。"

　　玛塔的手臂刚才被瓶底划破，鲜血不停地流了出来。她熟练地撕开胶带把手臂上的伤口缠起来，然后再用胶带把枪管和可乐瓶瓶口的结合处一圈圈地缠紧、封死，最后端着这把装好了原始消音器的攻击步枪转过身来。她的眼睛已经变得死一般的黑暗，多年前许多波斯尼亚男孩生前最后一眼所见到的也是布拉兹列克三姐妹同样恐怖的眼神。玛塔拿定了主意，向仍旧站在姐姐身边的卢克走去，同时对奈特说道："这个坏小子先来。我要你亲眼看着他是怎样被我打死的。"

　　"蓝瑟很快就会杀了你！"奈特急中生智向她喊道，"他已经杀掉了你的两个妹妹！"

　　奈特的话使玛塔猛地停住了脚步，她转过身对他说道："我的两个妹妹都活得好好的。她们已经逃离了伦敦。"

　　"不对，你错了。"奈特不容争辩地告诉她说，"蓝瑟已经把她们都杀了。他拧断了安杰拉的脖子，然后砍下了她的两只手并把它们送给了我。娜妲是被他割断喉咙而死的。"

　　"你胡说！"她大吼一声走到他的面前，举起了手中的枪。

　　"她们俩的尸体都被抛弃在了同一个废弃的煤气工厂里，那个工厂就在你们囚禁赛琳娜·法雷尔教授的那座废弃纺织工厂的附近。"

如此言之凿凿的话迫使玛塔犹豫了,她想了想,又问道:"那么,为什么新闻里到现在都没有报道?"

　　"警方很可能有意向媒体暂时隐瞒了这件事情,"奈特回答说,自己也觉得这种说法很难自圆其说,"他们经常这么干,向公众隐瞒真相,这你是知道的。"

　　"你在撒谎,"她说,接着耸了耸肩膀,"就算这是真的,对我来说反而是件好事情,因为我早就受够她们了,就连我自己也经常想亲手杀掉她们。"

　　说到这里,玛塔打开了攻击步枪的保险栓。

第八十四章

突然,一阵急促的警笛声从窗外传来,而且很显然警笛声正在迅速接近他们所在的地方。奈特的心里再次感到了希望。

"警察来了。现在,他们可是冲你来的。"他一边说,一边发疯似的大笑起来,眼睛紧盯着玛塔和眼前套在枪口上的可乐瓶的瓶底。"不管你怎么对待我和我的孩子们,最终你都会被送上绞刑架。"

"不可能!"她强作镇静地笑道,"就算他们来了,去的也是隔壁的公寓房而不是这里。再说了,现在杀了你我照样来得及逃之夭夭。"

她把可乐瓶伸向奈特的脑袋,但奈特伸手轻轻地把它推到了一边,然后扭头聆听越来越近,也越来越响的警笛声。他在心里告诫自己:尽量拖时间,至少要让双胞胎保住性命。

但是,玛塔已经抬起了一条腿,用靴底使劲向下踩住了他脖子的一侧。他开始感到窒息,眼睛的余光看到可乐瓶的瓶底正向他的太阳穴压下来。

他斜着眼睛看了她一眼,同时伸出一只手抓住了她一只脚的脚踝,想把她掀翻在地。哪知道玛塔站得很稳,踩在他脖子上的靴子以更大力量压了下来,他再也无法呼吸了。

玛塔歪着脑袋眯缝起眼睛看着他,说道:"奈特先生,再见。太遗憾了,我手里拿的是一把枪而不是一把十字镐。"

就在奈特仿佛看到凯特正向他招手的那一瞬间,只见玛塔突然瞪大了眼睛,嘴里发出一声痛苦的惨叫。她踩着奈特脖子的脚立刻抽了回去,顶在奈特头上的可乐瓶同时向上扬起,只听"砰"的一声沉闷的枪响,子弹穿透可乐瓶的瓶底、在奈特头上方一两寸的墙上打出了一个洞。可乐和塑料碎片洒落到奈特的头上,而玛塔却再次发出了一声惨叫。她猛地转

过身去，发疯似的用手摸索着身后。

原来是卢克一口咬住了玛塔腿窝处的筋腱，他像一只被激怒的鹰嘴龟那样任由他的保姆拳打脚踢却死不松口。玛塔不断地惨叫着，奈特再一次曲起双腿用尽全身力气向她的小腿骨踢去，她不得不扔掉了手中的步枪，用胳膊把卢克猛地推到了一旁。

小男孩向后撞到了墙上，无声地倒在了地上。

玛塔一边怒视着卢克，一边用一只手抚摸着男孩在她腿上留下的两排血淋淋的伤口，而这个时候奈特已经翻身向步枪爬去。当玛塔突然发现孩子父亲的举动时，奈特的手离步枪已经仅有几寸远了。

她大骂一声冲向步枪，奈特的一只手已经抓到枪并把食指放到了扳机上。他抬手挥动步枪，准备对准玛塔射击，而她却迅猛地挥起手臂，在奈特扣动扳机的同时把已经指向她胸膛的枪口挡开了。就在这一声枪响之后，房间里紧接着又传来一声震耳欲聋的爆炸声，奈特被强大的声波震懵了，他抬起头神情恍惚地左右看看，希望刚才的一枪已经打中了玛塔身体的某个地方。

此时，"复仇三女神"中的这个大姐却不顾一切地冲上前来，飞起一脚踢在了奈特的肋骨上，紧接着她抓住枪管从他手中夺走了步枪。她得意地冲他笑一笑，转过身体、掉转枪口对准了奈特不省人事的儿子。

"好好看着，他死了。"她以胜利者的口气咆哮道。

枪响了。奈特觉得这枪声是那么遥远，仿佛来自阴曹地府一般，这一枪射出的子弹无疑将最终撕裂他已经破碎的心灵；他以为他会看到子弹的强大冲力将儿子的身体向上弹起。

然而，他看到的却是玛塔的喉咙处应声喷出了一股血雾，随即这个战犯保姆的身体一歪，倒在了他和儿子之间的地板上——死了。

奈特张大了嘴，惶恐地扭头向后看去，却发现凯特的姐姐伊莱恩刚刚从跪姿射击的姿势站起身来。

第五部 终点线

第八十五章

苏格兰场的波特斯菲尔德警司一枪击毙通缉战犯申卡·布拉兹列克25分钟之后,她和奈特已经坐在了自己的警车里,打开警灯和警笛疾驰过切尔西区的一条条街道,直奔市中心的莫尔大道而去。在那里,男子马拉松比赛的领跑选手已经进入了整个赛程的第四圈也就是最后的一圈。

按照惯例,马拉松比赛的终点通常都设在主办城市的主会场奥林匹克体育场,但是,伦敦奥运会的组办者——其实主要是在蓝瑟的力主下——却认为让运动员们穿过破旧而肮脏的伦敦东区有损于这个城市在全世界的形象。

于是,他们决定采用一条环形线路来回跑四圈。在这条路线上,人们可以见到伦敦最著名的一些地标性建筑,它们作为马拉松电视实况转播的背景十分理想:选手们从莫尔大道出发,经塔山到议会大厦,然后沿着泰晤士河经伦敦眼和克娄巴特拉方尖碑,最后经过白金汉宫回到莫尔大道。

"把迈克尔·蓝瑟的照片发到每一个警察的手里,"波特斯菲尔德对着无限通话器大声喊道,"找到他!这条马拉松的路线就是他的主意!"

奈特觉得,他这位大姨子的工作能力真他妈的让人佩服:她给"追踪天使"的网站打电话,发现两个孩子被分别送上了驶往不同方向的两列火车,但是她却并没有被"克罗诺斯"的计谋所误导,而是回过头查出了两个孩子被"送上火车"前的位置,发现了位于波切斯特阶地的那个地址。

波特斯菲尔德又分别同两列火车取得了联系,列车员很快回话说车上并没有符合奈特孩子模样的儿童,于是她果断地带领一队苏格兰场的警察直奔兰卡斯特门附近的那幢公寓楼。当那支装着原始消音装置的步枪打出第一枪的时候,他们正在隔壁的房间里并且听到了沉闷的枪声。他们很快就发现了隐藏在挂毯后面那扇通向蓝瑟房间的暗门,就在奈特刚刚打出第二枪之后,他们立刻扔出了一枚震撼弹。

波特斯菲尔德发出命令后放下了通话器,声音颤抖着对奈特说道:"我们会抓到他的。现在,伦敦所有的警察都在搜捕他。"

奈特哼了一声,扭头望着车窗外耀眼的阳光,不久前近距离的枪声和震撼弹爆炸的影响仍然让他感到头痛和眩晕。他问她:"伊莱恩,你刚才不得不开枪,现在感觉还好吗?"

"你倒来问我?彼得,其实你根本就不该跟我跑到这里来。"波特斯菲尔德没好气地对他说,"你应该回到那辆救护车上去,同你的孩子们一起上医院;你自己倒应该让医生好好地瞧一瞧。"

"阿曼达和博斯已经在路上了,他们会照顾好卢克和贝拉的。等我们抓住了蓝瑟,我再去检查不迟。"

波特斯菲尔德略微减速,把警车转向开上了白金汉宫路。她问奈特:"你肯定蓝瑟说过他要攻击马拉松运动员吗?"

奈特极力回想当时的情景,回答说:"他离开我们之前,我对他说无论他干什么,奥林匹克精神也永远不会消亡。我还告诉他蒙达荷已经证明了这一点。他听后很生气,我当时还以为他会立刻杀了我。但是,紧接着电视机里就传出了马拉松比赛开始的发令枪声,他大概是这样说的:'男子马拉松,最后一项比赛开始了。因为我是一个超人,所以我会让你活着看到结局。在玛塔杀掉你之前,她会让你亲眼目睹我是如何把你说的奥林匹克精神一举熄灭的。'"

波特斯菲尔德在圣詹姆斯公园对面警方设立的隔离带前刹住车,下车后向几位执勤的警官亮出了自己的警徽,并对他们说:"这位是国际私人侦探公司的调查员,和我一起的。卡斯帕警督在哪里?"

一个显然已经热得焦头烂额、名叫波比的警察抬手向北指了指白金汉宫前面的街心转盘,回答说:"要我把他叫来吗?"

奈特的大姨子摇了摇头,纵身跳过隔离带,挤过人群走上了鸟笼道,奈特昏昏沉沉地紧跟在她的身后。这时,远远落在领跑选手后面的大批运动员开始从他们身后跑过,大汗淋漓地向矗立着维多利亚女王纪念雕像的街心转盘跑去。

身材敦实的比利·卡斯帕警督一看见他们,便立刻向他们跑来。"上帝

啊,警司,"他对波特斯菲尔德说道,"那个混蛋不到一小时之前就站在我的面前。他走进圣詹姆斯公园去了。"

"你拿到蓝瑟的照片了吗?"

"10秒钟之前警队的所有人都拿到了照片,"卡斯帕脸色阴沉地说,"整个环形赛道有10多公里长,而沿途大概有50万观众,甚至更多。我们怎么才能找到他啊?"

"在比赛的终点或者接近终点的地方守株待兔,"奈特说,"这是他的风格,他喜欢戏剧化的场面。你见到过杰克·摩根没有?"

"他比你早就想到这一点了,彼得。"卡斯帕警督回答说,"虽然他并不知道'克罗诺斯'就是蓝瑟而且仍然逍遥法外,但是却直接赶到马拉松赛跑的终点去了。真是个相当精明的美国人。"

但是,26分钟之后,当圣詹姆斯公园南面的马拉松赛道上响起一阵阵欢呼声的时候,他们还是没有发现蓝瑟的踪迹。除了寻找蓝瑟,警察们还对沿途各种计时设备进行了周密的检查,却没有发现任何隐藏的爆炸装置。

奈特和杰克一起爬到了沿着莫尔大道搭起的瞭望台上,用望远镜对路边的树上进行搜索,以防蓝瑟躲在树上伺机向运动员开枪。在马路另一边的比利·卡斯帕和波特斯菲尔德也在干着几乎完全相同的事情,不过从马路对面向西一直到白金汉宫的路边电线杆子上插着几十面英国国旗和奥运会会旗,飘动的旗帜常常会挡住他们搜寻的目光。

"几年前我就调查过这个人,"杰克放下望远镜,神情忧郁地对奈特说道,"我是说蓝瑟。当时他为我们在香港工作过一段时间。我发现他的履历非常干净,几乎所有认识他的人都对他赞许有加。而且,我记得我根本没有看到过他在巴尔干地区服役的经历,如果看到过,我是肯定不会忘记的。"

"他在那里只待了不到5个星期。"奈特说。

"可是这5个星期已经足够他招募到那几个像他一样疯狂的嗜血婊子。"杰克评论道。

"很可能他是有意在他的履历中'漏掉'了这一经历。"奈特分析说。

杰克正要继续说下去的时候,欢呼声在他们身边响起,维多利亚女王纪念碑四周看台上的观众都纷纷站立起来,只见两个骑着摩托车的警察出现在大约30米外的地方,在他们身后不到100米处仍然是那四个从大约18公里后就开始甩开大部队一路领跑的运动员。

"看看摩托车上的警察。"奈特说着,拿起望远镜向摩托车上的警官望去,他立刻发现他们俩都不是麦克·蓝瑟。

摩托车驶过后,4名领跑的马拉松运动员很快就出现在了他们的面前,他们分别是一个肯尼亚人、一个埃塞俄比亚人、一个赤脚的墨西哥人和一个来自布莱顿市的英国人,他们每个人手中都握着一面奥运会会旗和一面喀麦隆国旗的手旗。

经过了26英里零185码,也就是42公里零12米的奔跑之后,肯尼亚和英国运动员肩并肩跑在最前面。但是,当他们跑到离终点线200码,也就是几乎183米远的时候,落在后面的埃塞俄比亚和墨西哥运动员突然加速,跑到了肯尼亚和英国运动员的左右两旁。

四名同样身材瘦削的马拉松运动员肩并肩、互不相让地向终点线冲去,向金牌和至高无上的荣耀冲去,现场观众沸腾起来了,雷鸣般的欢呼声响成一片。

当他们跑到离终点线只有18米远的时候,英国运动员突然冲到了其他三人的前面,看来他无疑会像上个星期天夺得女子马拉松金牌的玛丽·达克沃斯一样夺冠,为英国赢得有史以来的第一枚男子马拉松金牌。

然而,令人奇怪的事情发生了:就在离终点线咫尺之遥的地方英国运动员却突然放慢了脚步,等其他三名运动员来到他身旁后,4个人同时举起手中的旗帜,一起迈步越过了终点线。

一时间,现场观众都惊讶得目瞪口呆,奈特只听见播音员大声地描述着4名运动员这一出乎意料的举动以及他对这一举动的原因的分析。紧接着,莫尔大道上每一名观众都明白了运动员们的苦心,一同为他们的崇高精神而纵情欢呼起来,奈特也情不自禁地为他们大声喝彩。

他心中想:你看到这个场面了吗,蓝瑟?你看到人们的举动了吗,"克罗诺斯"?你是不可能把奥林匹克精神一举熄灭的,因为这种精神并不是孤立地存在于某个地方的一样东西,而是深深植根于每一个运动员心中的灵魂。他们一直在为自信、自强、自尊而奋斗,也必将继续为此奋斗下

285

去。

"没有发生袭击，"当欢呼声渐渐平息下来后杰克说道，"也许，沿途四处可见的严密安保措施把蓝瑟吓跑了。"

"也许吧，"奈特说，"或者，他所说的'结局'并不是男子马拉松的比赛结果。"

第五部 ‖ 终点线

第八十六章

在拉克霍尔特路外的奥林匹克公园北入口处,我顶着烈日耐心地站在等候入园的队伍中,前方安检处的电视机屏幕上不断地反复播放着男子马拉松比赛冲线的镜头,让我感到恶心。

现在的我,不仅已经剃光了头而且身体暴露在外的每一寸皮肤都抹上了黄褐色的指甲油,比我正常的肤色要黑上 10 倍。我头上戴着头巾,满脸黝黑的大胡子,右手腕上戴着金属手链,手里拿着一本印度护照;我的眼睛里戴着深棕色的隐形眼镜,外面是一副太阳镜,身上穿着宽大的白色无领长袍和长裤,还在身上撒上了一点广藿香精油。所有这一切使我变成了扎特·辛格·拉吉帕尔,一位来自印度旁遮普邦的高个子锡克族纺织品商人并且幸运地拥有一张伦敦奥运会闭幕式的门票。

当我离安检口仅有几步远的时候,一直播放着男子马拉松冲线画面的电视机屏幕上却突然出现了我的脸——也就是我化妆前的本来面目。

当我第一眼看到自己的照片出现在电视机上的时候,心里不由得感到有些恐慌,但是我很快就镇定下来,若无其事地看了几眼屏幕上的照片,希望这只是对本届奥运会重大事件的回顾,其中当然少不了我被伦敦奥组委炒鱿鱼的事情。然而,接下来我却发现在我照片的下方滚动出现了一条文字消息,说我同"克罗诺斯"的多起谋杀案有牵连,伦敦警方已经对我发出了通缉令。

这怎么可能呢!我的脑子里突然乱哄哄地响起了自己同自己争吵的声音,并且立刻引发了一阵令人目眩的头疼。我竭力保持住镇静的神情,走到一名粗壮的F7安保公司女保安的面前,她身边还站着一名年轻的苏格兰场巡警。我把门票和护照交给了他们。

"从你的家到这里可是迢迢千里之遥啊,拉吉帕尔先生。"巡警小子面无表情地看着我说。

287

"伦敦奥运会这样盛况空前的大场面,就是迢迢万里也值啊。"虽然头疼欲裂,我仍然用早已练习得无懈可击的印度口音回答说,同时还不得不控制住自己的手,现在可不能伸手抚摸脑后那个隐隐作痛的蟹足状伤疤。

女保安伸头看了看身旁笔记本电脑的显示屏,然后问我说:"奥运会开幕以来,你观看过其他项目的比赛吗,拉吉帕尔先生?"

"看过两次,"我说,"星期四晚上的田径比赛和星期一下午的曲棍球比赛,就是印度对澳大利亚的那一场。可惜,我们输了。"

她又看了看电脑屏幕,点点头说:"请把你的包和所有金属物品放到X光机的通道上。"

"当然。"说着,我把手上的提包放到X光机的传送带上,然后又掏出口袋里的硬币和手机,摘下手链,一一放进身边的塑料筐里。

"等等,你的吉尔班弯刀呢?"巡警小子问道。

我微微一笑,这小子倒不傻。"没带。那是礼仪性质的佩刀,我已经把它留在家里了。"

巡警小子点点头说:"谢谢你的配合。这些天我们已经碰到过好几个你的同胞,他们都想带着吉尔班弯刀进去。你可以通过安检门了。"

很快我的头疼开始缓解。我顺利地通过了安检门,拿回了我的提包。提包里其实只装着一部照相机和一大管防晒油——至少从外表看是防晒油。我很快走过了即将举办残奥会轮椅网球赛的伊顿庄园综合体育场,穿过一座过街天桥来到位于奥林匹克公园东北部的广场上。从那里一路向南,经过赛车场、篮球馆和运动员村,来到了赞助商会客区。我停下脚步看了看那里的人们,意识到我还是忽视了许多亵渎奥林匹克理想的罪人。

我想,也罢了,我最后的行动终究会弥补自己的过失,并且会大大超出我要实现的目标。想到此,我的呼吸变得急促,心跳也"咚咚"地骤然加快了。我已经来到了安赛乐米塔尔轨道塔下,微笑着向站在塔基中间旋转楼梯下的安保人员问道:"上面的旋转餐厅还开着吗?"

"一直开到下午3点半,先生,"其中一人回答说,"你还有两个小时的时间。"

"3点半以后哪里还能找到饭吃呢?"我又问。

"这下面有许多小餐馆,整天都开着,"那人回答,"只有塔上的旋转餐厅关门而已。"

我满意地点点头,开始沿着眼前长长的旋转楼梯拾级而上。迎面不时有一些无名鼠辈走下来,他们对我即将呈现给他们的威胁浑然不知,我对他们也不屑一顾。12分钟之后,我爬到了旋转餐厅的平台上,走到站在门口的招待跟前。

"拉吉帕尔,"我对她说,"一张单人餐桌。"

她皱着眉毛回答道:"你愿意同别人共用一张餐桌吗?"

"那也非常荣幸啊。"我回答。

她点了点头说:"请等候大约10到15分钟。"

"我能利用这个时间用一下卫生间吗?"我问道。

"当然啦。"她说着让开了道。

这时,其他客人已经接踵而至,女招待又忙于应付其他客人去了。我想,她很快就会忘记我这个客人的,等一会儿她叫我的名字而得不到应答的时候,会以为我已经等不及而离开了。就算她找个人去卫生间里看看,也不会在那里再找到我,因为拉吉帕尔先生早就消失了。

我走进男士卫生间,发现我需要的那个厕位正幸运地空着,于是便径直走了进去。5分钟过去了,整个卫生间里只剩下了我一个人。我迅速地爬上厕位一边的隔板,稳稳地坐在狭窄的隔板顶部,然后伸出双手把一块天花板的盖板向上推起,露出了盖板上那条经过加固的狭小作业通道。这个通道是特地为维修工人留下的,以方便他们对整座塔的电力和制冷系统进行检查和维修。

不一会儿我已经爬了上去,平躺在了通道里,打开的天花板盖板也已经重新盖好。现在,我要做的一切就是让自己平静下来、做好充分的准备,同时坚信命运的力量。

第八十七章

下午4点，奈特和杰克来到了奥林匹克公园里。斜阳依然发出耀眼的光芒，路面反射出阵阵热浪。根据英国首相下达的命令，伦敦警察厅和英国军情五处已经共同接管了奥运会的安全事务。对麦克·蓝瑟的通缉令发出后，他的安全通行证也立刻被吊销，他已经不能使用原来的通行证进入奥林匹克公园之中。

4点30分左右，奈特忍着头疼跟着杰克走进了空荡荡的"伦敦碗"体育场，只见几队带着嗅弹犬的警察小组正在四处检查。这时，他的思绪暂时离开了寻找蓝瑟的问题，想到了自己的两个孩子：他们在医院里还好吗？阿曼达还在他们身边吗？

奈特正想给母亲打个电话，却听见杰克对他说道："也许他确实是被马拉松现场严密的安保措施吓跑了。男子马拉松很可能是他再次作案的最后机会，眼看他的阴谋不能得逞，于是干脆溜之大吉了。"

"不会，"奈特回答说，"他肯定会在这里作案的，而且肯定是个大案。"

"他又不是神奇的逃脱大师胡迪尼，"杰克说，"你刚才也听到了，他们已经把安全级别提高到了'战区级'，这个体育场的房顶上已经安排了双倍数量的英国特种空军部队的狙击手，苏格兰场也派出了他们所有的警察，过道里和楼梯上下到处都布满了他们的人。"

"我明白你的意思，杰克，"奈特坚持道，"但是，只要看一看这个疯狂的混蛋这些日子以来都干了些什么，我们就不敢相信再高的安保级别能够绝对阻止他的行动。你想一想，杰克，蓝瑟曾经掌管着15亿美元的奥运会安保资金的使用权，所以他对苏格兰场和军情五处的安保计划和各项安保措施都了如指掌。不仅如此，在过去的7年里，这个混蛋在奥林匹克公园的建设过程中走遍了每个场馆的每一个角落，他比我们更加熟悉这里的一切。"

第八十八章

下午3点30分,我仍旧躺在安赛乐米塔尔轨道塔旋转餐厅男士卫生间的天花板上,从天花板与屋顶间不到40厘米高的空间里传来了液压齿轮刹车并即将停止转动的声音,随即我清楚地感觉到了一直缓慢旋转的整个观景台最终停止了转动。我闭上眼睛,调整一下呼吸,为我即将开始的行动做好了准备。这是我的命、我的目标、我正义事业的最终归宿。

3点50分,我从提包里拿出了那一管特别的护肤霜,把它挤到一块从长袍上撕下来的白布上,然后开始把这种护肤霜均匀地涂抹到我的皮肤上,它能使我的肤色变成浅黑色。几个保洁人员走进了下面的卫生间里,我静静地听着他们用几分钟的时间擦洗墙壁和其他地方,然后他们离开了。在接下来的30分钟里,一切又归于宁静,黑暗中只听得见我在自己的头上、脖子上和手上涂抹护肤霜的声音。

4点12分,带着嗅弹犬的警察小队第一次进入了男子卫生间。我突然想到了一个可怕的问题——这些魔鬼们会不会带来了我穿过的一件衣服,让那些畜生闻过了我的气息?然而,巡逻队花了不到一分钟的时间便检查完毕,走出了卫生间。看来,广藿香精油的气味显然迷惑了狗的嗅觉。

5点和6点钟的时候,巡逻队又对男卫生间分别检查了两次,当他们第三次离开之后,我知道我的时刻来到了。我四处摸索了一下,把手伸进一块隔热板下,摸到了早在7个月前我放在那里的一把装满子弹的弧形弹夹。我把弹夹塞进宽大的长袍口袋里,打开天花板盖板,下到了同一个厕位里。然后,我把全身的衣服都脱下来,露出截然不同的黑白两色的身体,走到卫生间的镜子前一看:镜子里的我还真让人看了害怕。

现在,除了手腕上戴着的手表我已经一丝不挂。我再从长袍上撕下一长条布,把布条两端分别缠绕在两只手上,留下一段长约四五十厘米的

布带吊在两手之间。准备好所有这一切之后,我躲到卫生间门后靠着墙壁站好,静静地等待着。

6点45分,我听见了门外传来的脚步声和说话的声音。卫生间的门被推开了,我眼前出现了一个身材高大、体格健壮的黑人魔鬼的背影,他身穿田径服、手里提着一个大行李袋。

我估计,这个大个子的身手一定也不错,但是同一个超人比起来,他仍然不是我的对手。

眨眼之间,我手里的布带已经越过他的头顶向下勒住了他的喉咙,他还来不及做出任何反应,我已经抬起一条腿用膝盖顶住了他的背心,手腿配合迅速地把他勒断了气。几秒钟后,我把他的尸体拖进最里面的一个厕位里,双手仍然还能感觉到他刚才的死亡挣扎,耳朵里也仍然回响着他鼻子里发出的垂死的"哼哼"声。接下来,我走到他的行李包前,抬起手看了看手表:离我的行动时间还有30分钟。

我从行李包里拿出了他女王卫队士兵的阅兵服,不到15分钟便已经穿戴整齐,黑色的熊皮帽沉甸甸地扣在眉毛之上并压住了两只耳朵,往日的感觉不禁油然升起。我略微调整了一下帽带的长度,然后把它舒适地固定在下巴上。最后,我从地上捡起了他的自动步枪,虽然我知道里面并没有子弹,但是我有——弧形弹夹里早就装得满满的。

接下来,我回到了中间那个厕位里,坐下来静静地等待。7点15分,我听到有人推开了卫生间的门向里喊道:"萨伯尔,我们该上去了。"

"你先上去,"我一边咳嗽一边回答说,"我马上就来。"

"好,上面见。"他说。

我想说:"还是不见为好。"萨伯尔的战友离开了,门随之关上。

我从厕位里走出来,走到门后站住,眼睛紧盯着手表的秒针。就在99秒钟之后,我深吸一口气,手里提着萨伯尔的行李袋,拉开门走进了走廊里。

我两眼平视前方,面无表情地大步穿过餐厅来到了它右边的玻璃门前,两个英国特种空军部队的士兵立刻为我打开了门锁。他们为我拉开门,一股热浪迎面扑来,我把行李袋放到地上另一个相同行李袋的旁边,昂首挺胸地从他们身边走过,来到了观景台上。观景台的一角有一个狭小的门洞,门口守卫着另一个英国特种空军部队的士兵。

我的时间把握得非常准确,以至于那个守卫的士兵感叹道:"老兄,你真是分秒不差啊。"

"分秒不差正是我们女王卫士的拿手好戏,老兄。"说着,我弯下腰从他身边的门洞里钻过去,来到里面一个不大的楼梯井里。我沿着一道狭窄的钢质楼梯爬向屋顶,掀开舱门上的盖板,来到了天空下。

我已经清楚地看见了天空中飘动的浮云,听见了体育场内传来的喇叭齐鸣。现在,我即将抵达我命运的巅峰,我已经可以清晰地感觉到它,就像我清晰地感觉到浑身紧绷的肌肉和嘴唇上甜滋滋的汗水。

第八十九章

吹鼓手们站在奥林匹克体育场场地边搭起的舞台两边，正吹奏着一曲奈特不知道名字的喇叭曲。奈特站在体育场北端看台的高处，用望远镜扫视着看台上的人群。他感到浑身疲乏无力而且头疼，迟迟不肯消退的高温和宣布闭幕式开始的高音喇叭声都让他感到生气。喇叭曲结束以后，体育场四周的巨大显示屏上出现了中距离拍摄的奥运会主火炬的画面：主火炬高高地矗立在安赛乐米塔尔轨道塔的上方，像开幕式一样两旁各自站着一个笔挺的女王卫队士兵。

紧接着，这两名站在高高升起的平台上的士兵动起来了：他们把步枪扛到了肩上，转身45度，迈着僵硬的脚步、前后挥动着手臂各自向相反的方向走去，在他们各自的前方两名从观景台屋顶舱门爬上去的士兵也同时向平台和火炬走去，两对女王卫队的士兵正好在火炬和两个舱门的中间点擦身而过。下岗的士兵从屋顶上消失了，上岗的士兵则从两边爬上平台，以标准的立正姿势站到了熊熊燃烧的火炬两旁。

在此后的一个半小时里，奈特一直在人群中巡视。这时，夏日的天空已经黑尽，微风拂煦，他终于感到了一丝难得的清凉，而更让他感动的是大批运动员、教练员、裁判员、体育官员和体育爱好者没有选择留在安全的家中，而是不顾蓝瑟再次实施谋杀的威胁来到了闭幕式的现场。

伦敦奥运会的闭幕式原本计划像开幕式一样以欢庆和欢乐为基调，但是自从美国铅球运动员保罗·提特尔被杀以后，特别是后来又接连发生了一连串凶杀事件以后，伦敦奥组委决定改变闭幕式的基调，以较为悲伤的气氛悼念被害运动员的亡灵，因此他们请来了伦敦交响乐团为埃里克·克莱普顿[①]伴奏，由他声情并茂地演唱他的著名歌曲《天堂泪》。

[①]埃里克·帕特里克·克莱普顿，英国著名吉他手、歌手兼作曲家。曾经多次获得格莱美奖，三次入主摇滚名人堂，并获得不列颠帝国勋章。

演唱结束后,奈特在一片悲伤的气氛中向体育场南面走去。这时,伦敦奥组委主席马库斯·莫里斯开始发表讲话,他为在伦敦奥运会期间不幸遇害的各国运动员表示哀悼,同时也为各国运动员勇敢面对"克罗诺斯"和他的"复仇女神",不仅取得了优异的比赛成绩而且展现出了伟大的奥林匹克精神表示由衷的赞赏和祝贺。

奈特拿出闭幕式程序安排看了看,心想:接下来还有几个人的讲话,一两个文艺表演,奥运会会旗交接仪式,下届奥运会主办城市巴西里约热内卢市市长的简短发言,然后是……

"有什么情况吗,彼得?"杰克用无线通话器喊道。他们已经改换了通话的频道,以防止蓝瑟偷听到他们的谈话。

"没有,"奈特回答说,"但是,我还是感到有问题。"

奈特正苦苦思索心中强烈的不祥预感,却听到闭幕式主持人宣布:奥组委决定临时改变原定的程序,向现场观众介绍几位"特殊的客人"。

接着,汉特·皮尔斯医生出现在舞台上,后面紧跟着齐克·肖和4名共同获得男子马拉松金牌的运动员。他们一起推着一张轮椅,轮椅上坐着菲拉特里·蒙达荷,他的腿上盖着一条毯子,身后跟着一名医护人员。

蒙达荷的下半身遭受了大面积的三度烧伤,在过去的一周里他经历了多次痛苦的创面磨削术治疗,在通常情况下这位男子100米短跑的并列世界纪录创造者应该正经受着难以忍受的痛苦,是不可能离开他的病床的。可是,天下之事哪是我们都能够料得到的呢?

这个孤儿和昔日的娃娃兵在轮椅上挺直了腰、高昂着头,脸上带着骄傲的神情向观众们挥手致意,全场观众则同时站立起来,齐声为他欢呼。奈特的眼眶湿润了,蒙达荷所展现出来的惊人勇气和钢铁般的意志,是蓝瑟之流根本不可能想象得到的。

在喀麦隆国歌声中,伦敦奥委会官员把一枚金灿灿的金牌现场颁发给了这位短跑运动员。奈特环顾四周,身边的每一个人都被这动人的场面感动得热泪盈眶。

接下来,汉特·皮尔斯走到话筒前,她说:伦敦奥运会将为我们留下一笔巨大的遗产,因为它终将向世人证明:皮埃尔·德·顾拜旦最初的愿望和梦想再次得到了体现和升华。一时间,这位美国游泳女运动员的讲话让

奈特听入了迷。

但是,很快奈特便不得不把自己的注意力从皮尔斯的讲话上拉回来,再次把自己设身处地放到蓝瑟或者他的变体"克罗诺斯"的角度上来思考问题。他回想起他们俩最后一次在一起的时候这个狂人对他说过的话,现在那些话就像摆在他面前的白纸黑字一样清晰。他开始仔细研究蓝瑟说过的最后一句话:奈特,在你最终去见上帝之前,我保证让你和你的孩子们亲眼目睹我如何巧妙地让奥运会的精神从此永远熄灭。

他逐字重复着蓝瑟说过的每一个字,思考其中可能潜藏着的各种含义。突然,他豁然开朗、终于明白了——答案就在蓝瑟话里的最后两个字上!

他按住无线通话器的通话键,对着微型麦克风大声喊道:"杰克,精神是不能熄灭的。"

"你说什么,彼得?再说一遍。"杰克回答说。

奈特拔腿向体育场出口处跑去,同时叫道:"蓝瑟对我说过他要让奥林匹克精神从此彻底熄灭。"

"然后呢?"

"杰克,精神是不能熄灭的,火焰才会熄灭。"

第九十章

看看现在的我,居然隐藏在近10万人的众目睽睽之下,如果把电视实况转播算进来,那就是几十亿人之众!

这就是命运的安排,就是命运的选择;这就是众神赐予我的天赋。无论从哪个方面说来,我都超人一等。无论是可怜的蒙达荷、肖还是那个不知天高地厚的婊子汉特·皮尔斯,就算把站在体育场舞台上的全部运动员都算进来,我仍然是最优越的超人。他们居然敢羞辱我,把我说成……

风大了。我把注意力转到阵阵吹来的晚风上:遥望西北方的天空,在远离体育场、远离伦敦的地方,遥远的地平线上聚集着黑压压的一片云团,一场暴风雨正在酝酿之中。如此景象,岂不正是绝佳的陪衬?

这就是命!这时,我听到从体育场内传来了一阵欢呼声。

这又是什么?埃尔顿·约翰爵士[①]和保罗·麦卡特尼[②]走上了舞台,分别在两架相对的白色钢琴前坐了下来?跟他们一起走上舞台的那个人是谁?是玛丽安妮·菲丝芙[③]吗?噢,该死的,他们居然一起为可恨的蒙达荷唱起了《随它去》。

听着他们魔鬼般的嚎叫声,你们就会理解我是多么希望放弃这该死的立正姿势,摸一摸我脑后的疤痕,然后立刻冲下去阻止这一场虚情假意

[①]英国流行乐手、作曲家、钢琴家和独唱歌手。身为同性恋艺人,他喜好浮华的服饰和舞台演出,私生活放荡不羁,但是他在音乐上的天赋仍使他成为音乐史上的一个传奇人物。1997年,他为纪念戴安娜王妃而录制了著名的单曲《风中之烛》。

[②]英国摇滚音乐家、创作歌手和作曲家。吉尼斯世界纪录将他列为现代流行音乐历史上最成功的作曲人。他拥有60张金唱片和1亿张的单曲销量。他的经典歌曲《昨天》是历史上被灌录次数最多的歌曲,并在美国的广播电视中反复播放了超过700万次。他是集歌唱家、吉他和钢琴演奏家以及鼓手为一身的天才音乐人。

[③]英国著名歌手,享誉乐坛40多年。玛丽安妮的嗓音优美,广泛涉足摇滚、蓝调和爵士乐,同时还参演过舞台剧、电视剧和电影的演出。

的表演。但是,我必须笔挺地站在火炬旁,目不斜视地注视着即将来临的暴风雨。我告诫自己:保持镇定,不要打乱自己既定的计划,让奥运会自然而不可逆转地走向最终的毁灭。

为了不受场内传来的地狱般歌声的影响,我集中注意力思考着几分钟后我将采取的行动:我即将在世人面前展现我的超人能力;我即将满怀胜利的喜悦目睹他们的恐惧——麦卡特尼、约翰和菲丝芙都难逃一劫;我将看到他们疯狂地夺路而逃,把蒙达荷践踏在脚下;我将以曾经活在这个世界上的每一个真正奥林匹克人的名义,欣喜若狂地把最后一份隆重的牺牲敬献给众神。

第九十一章

奈特向安赛乐米塔尔轨道塔的基座跑去，耳边传来了现场观众齐声合唱《随它去》的歌声。跑到轨道塔下时，他才发现杰克已经先于他抵达了，正在询问守卫在这个DNA螺旋状超级建筑下的一名廓尔喀士兵。这名士兵就站在旋转楼梯的楼梯口，这里是通往安赛乐米塔尔轨道塔圆形观景台的唯一通道。

奈特已经跑得两腿发软、气喘吁吁。他问杰克："蓝瑟是不是已经上去了？"

"他们说，下午3点半以后上去的人只有英国特种空军部队的几个狙击手、一支带着嗅弹犬的巡逻队和两名负责守卫奥运火炬的女王卫队士兵，没有——"

"有办法通知他们吗？通知屋顶上的所有人？"奈特打断了杰克的话问道。

"我不知道，"杰克回答说，"我是说恐怕没有办法。"

"我认为，蓝瑟的计划是炸毁奥运会的主火炬，甚至可能是整个这个轨道塔。丙烷储气罐和输气管道在什么地方？"

"在这边。"一个向他们匆匆赶来的男人神色紧张地说道。

来人名叫斯图尔特·米克斯，是奥林匹克公园设施部的主任。米克斯身材矮小，年龄约50多岁，一头光亮的黑发，上嘴唇上长着一撇铅笔杆粗细的胡子。他手里拿着一部iPad，全身大汗淋漓地带着杰克和奈特来到一扇安装在钢筋混凝土地面上的铁门前，用电子密码打开了门锁。从这里往下就可以进入一间巨大的地下设备层，从轨道塔西边的两个基座下起，经河床和广场下方一直向外延伸到"伦敦碗"体育场。

"这下面的丙烷储气罐有多大？"当米克斯从地面拉起那扇门的时候奈特问道。

"很大——足足50万升的容积，"米克斯说着把手中的iPad递给奈特看，显示屏上是一幅整个燃气系统的结构图，"不过，你现在看到的这个储气罐并不仅仅为奥运火炬供气，实际上整个奥林匹克公园使用的丙烷气都是由这个储气罐供应的。丙烷气从这个主储气罐抽出后先输入各个场馆的小储气罐里，当然也包括运动员村。它的设计就像是一个电站，能够自给自足。"

奈特恐惧地瞪大了双眼，问道："照你这么说，一旦这个储气罐爆炸，奥林匹克公园内的所有分储气罐也都会随之爆炸？"

"我，我不……"奈特的话让米克斯大惊失色，他结结巴巴地回答说，"说实话，我不知道。"

这时，杰克对米克斯说道："大约两周前，彼得、我和麦克·蓝瑟一起到上面的观景台上去过，当时蓝瑟刚刚视察完奥运火炬的安保工作。斯图尔特，他那天视察的时候是否来过这个地下设备层？"

米克斯肯定地点了点头，说："麦克坚持要把所有地方最后检查一遍。他从这个丙烷储气罐开始，沿着输气管线往上一直走到火炬的进气口，前后花了我们一个多小时的时间。"

"我们已经没有一个小时的时间了。"奈特说。

这时，杰克已经开始沿着陡峭的梯子往下爬，准备亲自检查下面那个巨大的丙烷储气罐。他向斯图尔特喊道："斯图尔特，赶快把嗅弹犬再叫来，到这里后立刻送到下面去。彼得，你沿着输气管线向上查，直到塔顶的奥运火炬。"

奈特点点头，然后问斯图尔特身上是否带着什么工具。设施部主任立刻伸手从后腰上的皮套里抽出一把"莱泽曼"组合工具钳递给奈特，并说他会马上把燃气系统的管线图发到他的手机上。奈特沿着旋转楼梯爬了不到20米，就听到了手机短信的声音，他知道燃气系统的管线图已经收到了。

他正想打开管线图看一看，却突然想到了一个问题，只要他知道了这个问题的答案，管线图就毫无用处了。于是，他通过无线通话器喊道："斯图尔特，你们如何控制通向奥运火炬的燃气流量？我是说，这上面有没有一个手动阀门可以控制燃气流量的大小，关掉它火炬也就停止燃烧了？

或者通过电子设备进行控制?"

"通过电子设备控制的。"米克斯回答说,"另外,接入火炬前的那段管线是从旋转餐厅的天花板和屋顶之间的检修通道里穿过去的。那里只能爬着进去,其他设备的管线也都在那个检修通道里。"

奈特已经顾不得脑袋里的阵阵头疼和越来越愤怒的心情,加快速度向上爬去。他感到,越往上风也变得越大,而且他好像听到了远处隐隐传来了一阵雷鸣。

"从哪里可以爬上旋转餐厅的屋顶?"他又喊道。

"在旋转餐厅屋顶的两边各有一个舱门,用的是伸缩式盖板。"米克斯告诉他说,"女王卫队的士兵就是从这两个舱门上下换岗的。你刚才问的那个阀门就在检修通道内离排气栅栏几尺远的地方。"

奈特还来不及细想斯图尔特告诉他的情况,就听见杰克问道:"主储气罐看来没有问题。斯图尔特,我们已经知道这个储气罐的容量,告诉我它里面现在有多少丙烷气?"

奥林匹克公园设施部主任沉默了一会儿,然后声音嘶哑地说:"前天一大早重新灌满的气,杰克。"

奈特站在离地面60米的高处往下看,立刻就意识到在安赛乐米塔尔轨道塔和"伦敦碗"体育场下面的丙烷储气罐就是一枚威力无比的超级炸弹,它一旦爆炸不仅能把整个轨道塔炸塌,而且还能对体育场的南面部分造成巨大的破坏,坐在那里的观众必将伤亡惨重,更不用说一旦引起主体育场和周边场馆分储气罐的连环爆炸,后果将更加不堪设想。

"杰克,立刻疏散人群,"奈特大喊道,"命令安保部门立刻中止闭幕式,把所有人疏散到体育场之外,最好疏散到奥林匹克公园之外。"

"但是,有一个问题:如果蓝瑟发现了怎么办?"杰克道,"如果他是通过遥控装置引爆,他会立刻引爆的。"

"我不知道。"奈特回答说,只觉得五脏欲裂。从他个人的愿望出发,他就该转身远远地逃离这个地方,他不能让孩子们再失去他们的父亲。再说,他今天已经是死里逃生,难道还敢于再次挑战自己的命运吗?

他咬咬牙,决定留下来冒死一搏。他继续沿着楼梯向上爬,同时不断查看手机上的管线图,在位于奥运火炬下方的旋转餐厅天花板与屋顶之

间寻找数控阀门的位置。很快,他就看到了米克斯说的那个阀门,并且立刻感觉到这个阀门很可能就是蓝瑟在输气管线上放置引爆装置的地方。

他想,只要能接触到引爆装置,他就能够拆除它。但是,如果他根本找不到引爆装置呢……

奈特终于爬到了安赛乐米塔尔轨道塔的观景平台,当他来到平台入口处时,远处的天空中已经出现了闪电,风也吹得更猛了。在伦敦奥运会的主体育场内,2016年夏季奥运会主办国巴西已经开始展示自己的风采,热烈的桑巴舞曲在空中回荡。

守卫观景平台入口的廓尔喀士兵虽然已经事先接到了奈特即将到来的通知,但是仍然要求检查他的证件,然后才让他走上了平台。在平台上,奈特见到了一名英国特种空军部队的军官,名叫克雷斯顿,他告诉奈特从下午5点左右起他和他的狙击手以及透视摄像小组的成员就一直在平台上,旋转餐厅关门后只有女王卫队的士兵可以进入,因为他们必须使用餐厅里的卫生间换装。

奈特想:女王卫队,蓝瑟所在的冷溪近卫团以前不正是女王卫队中的一部分吗?

"带我到卫生间去,"奈特说,"在餐厅厨房的天花板上,可能有一个引爆装置,就安装在输送丙烷气的管道上。"

几秒钟之后,奈特跑进了旋转餐厅、直奔厨房,那名狙击手军官紧随其后。奈特一边跑一边扭头向他问道:"通向屋顶的舱门开着吗?"

"没有,"狙击手解释说,"闭幕式结束以后才会打开,是定时的。"

"有没有什么办法同屋顶上的女王卫队士兵通话?"

他摇摇头说:"没有。他们只是礼仪性地站在那里,枪里面连子弹都没有。"

奈特按住微型麦克风问道:"斯图尔特,从什么地方可以爬上天花板?"

"从厨房,灶台抽风机的左边。"米克斯回答说,"走过卫生间就是厨房,有一道双开门。"

奈特走进通向厨房的走廊,看到了卫生间并想起了女王卫队的士兵就是在那里面换装,这让他突然产生了一个奇怪的直觉。于是,他转身向狙击手问道:"下岗的卫队士兵通常什么时候离开?"

狙击手耸耸肩,回答说:"下岗后马上就离开。他们在体育场内都有专门的座位,可以直接去看比赛。"

"他们都是换装后再离开吗?"

军官点了点头。

奈特没有直接向厨房走去,而是在女卫生间门口停下来,然后推开了门。

"你想干什么?"狙击手问道。

"我也没想清楚。"奈特如实相告。卫生间里空无一人,他蹲下来低头看了看每一个厕位里面——也没有人。

他立刻转身走向男卫生间,同样地检查了一遍,结果在最里面的厕位里发现了一名黑人男子的尸体。

"我们在旋转餐厅的卫生间里发现一具女王卫队士兵的尸体,"奈特一边对着无线通话器大喊道,一边大步向厨房走去,"我可以肯定蓝瑟已经换上了这个士兵的服装,现在正站在屋顶上的奥运火炬下面。"

他看了身旁的狙击手一眼,对他说:"想一想有什么办法把舱门的盖板打开。"

狙击手点了点头,迅速转身离开了。奈特冲进厨房里,很快便看到了位于灶台上方的抽风机排气口左边天花板上有一个天窗似的舱门,舱门上盖着盖板。他把一张不锈钢备餐桌拖到舱门下方,打开麦克风说道:"能不能设法从体育馆的屋顶上看一看旋转餐厅屋顶上的两个女王卫队士兵,辨认一下哪一个是蓝瑟?"

他听见杰克把他的要求传达给了守卫在体育场屋顶上的狙击手们,然后他抬头一看,才发现盖板上挂着一把密码锁。于是,他又对着麦克风喊道:"斯图尔特,我需要开锁的密码。"

得到密码后,奈特用战抖的双手转动着锁上的刻度盘,不一会儿锁开了。他用一把扫帚把盖板顶起来,然后最后扫视了一下整个厨房,想找一件可以用来关闭输气阀门的东西,他的目光落到了厨师们用来熔化食糖和焦糖的喷灯上。他立刻把它抓到手里,然后把它扔进了舱门后的检修

303

通道里。

奈特晃动两下手臂让肌肉放松，然后向上跳起，双手分别抓住了舱门左右的边沿。他吊在那儿略微停顿了一下，深吸一口气，然后收腹、提腿，一使劲将双腿搭上了正对他的舱门边沿，再用双手用力拉起身体，钻进了天花板和屋顶之间的检修通道里。

奈特拿出一把钢笔电筒，打开来，用手推着喷灯向前爬行。他很快就看到了前方不到两米外的管网中有一根铜质的输气管，并且发现了输气管上用电工胶布绑着一部手机和别的什么东西。

"我找到引爆装置了，是一个不大的镁燃烧弹，用电工胶布绑在输气管上。"他再次对着无线通话器的麦克风说道，"没有定时器，所以蓝瑟肯定是通过遥控装置引爆的。立刻关闭整个供气系统，熄灭奥运火炬。现在就关掉它！"

第九十二章

风"呼呼"地吹,风势正变得越来越猛。

耀眼的闪电和隆隆的雷声正从西北方向迅速逼近伦敦的伏尾区和斯特劳德·格林区。多年前,就在离那里不远的地方,我那吸毒的父母生下了我。真是"天时、地利、人和"的安排,这就是命。

就在掌管国际奥委会的蠢驴们准备降下旗帜、宣布伦敦奥运会结束并下令熄灭奥运火炬的时候,我决定张开双臂去拥抱我自己的命运。我遥望着正在逼近的黑压压的暴风雨云团,仿佛看到了我生命的椭圆形轨迹——它在同一个地方诞生又在同一个地方泯灭,这是多么非凡的一生啊!

我从口袋里拿出一部手机,按下一个快捷键,拨通了我需要的那个号码。我把手机放回到口袋里,提起步枪,向前迈出两大步,然后右转身面对着巨大的奥运火炬。

第九十三章

就在几分钟之前,当国际奥委会主席雅克·罗格面容憔悴而阴沉地走到舞台上的讲台前的时候,凯伦·波普急匆匆地走到了"伦敦碗"体育场的西看台上。她刚刚把她最新的一篇专题新闻报道发到了《太阳报》的网站上,这片文章记叙了奈特和他两个孩子死里逃生的惊险故事,讲述了玛塔三姐妹可悲的死亡结局以及警方对麦克·蓝瑟展开全球大搜捕的情况。

在一阵疾风刮起、暴风雨即将来临的时候,罗格开始宣读闭幕词,而波普心中想到的是命运多舛的伦敦奥运会总算就要结束了,对她而言这无疑是一种可喜的解脱。从内心里讲,她是再也不愿意为奥林匹克运动会撰写文章了,但是她也很清楚这是一个根本不可能实现的梦。她感到心情沮丧、头晕乏力,不知道自己到底是缺乏睡眠还是患上了"战斗疲劳症"。奈特一直不接她的电话,杰克·摩根和波特斯菲尔德警司也同样对她的呼叫置之不理,到底发生了什么她不知道的事情?

当罗格的讲话仍在继续,很快就要宣布伦敦奥运会闭幕的时候,波普无意间把目光转向安赛乐米塔尔轨道塔顶上的奥运火炬,看到熊熊燃烧的火焰正在疾风中摇曳不定。她承认自己渴望看到奥运火炬立刻熄灭,但是同时又感到一丝内疚……

她发现,站在火炬左边的那个女王卫队的士兵突然提起了自己的步枪,摘下熊皮帽扔到一旁,几步走到了奥运火炬的前面,然后一转身举起枪开始射击。站在火炬右边的士兵中弹了,身体摇晃了几下便一头从卫士平台上栽了下去,身体重重地摔倒在旋转餐厅的屋顶上,然后滚动着从安赛乐米塔尔轨道塔上落下,消失在体育场的后面。

波普被这恐怖的一幕吓呆了,而现场则轰然响起了一片惊叫声。紧接着,公共广播系统中传出了一个男人恶狠狠的声音:"你们这些可怜的下等人,你们真以为众神的使臣会如此轻易地放过你们吗?"

第五部 ‖ 终点线

第九十四章

我左手举着手机,听着从体育场内传来的我自己强大的声音,继续道:"公园里所有的英国特种空军部队狙击手都给我好好地听着,不要做傻事。我手里拿着一个炸弹引爆器,你们要是胆敢向我开枪,这座塔和'伦敦碗'体育场的一大部分以及数千条人命将瞬间灰飞烟灭。"

在我下面体育场的看台上,人群开始骚动,他们像逃离即将沉没的船上的老鼠一样恐慌而疯狂地四散奔逃。看着他们相互推搡、夺路而逃的丑态,我感到了莫大的满足。

"今天晚上,现代奥林匹克运动将从此终结,"我怒吼道,"一个多世纪之前,奥林匹克精神的叛逆者德·顾拜旦发起了这个羞辱真正奥林匹克运动会的运动,从那时起我身后这个所谓的奥运圣火就一直在燃烧并喷发出腐败的恶气。今天晚上,我们将让它从此永远熄灭!"

第九十五章

从奈特前方几尺远的检修通道上部的排气栅栏处,突然传来了几声枪响,紧接着奈特又听见了蓝瑟发出的恐怖威胁。

虽然引爆装置就在前方几尺远的地方,他也知道蓝瑟必定有所防备,如果他冒险拆除这个装置很可能反而会提前引爆,因此他已经没有时间设法拆除这个炸弹了。

于是,他再次通过无线通话器喊道:"把输气管道统统关闭行吗?"

"事情已经糟透了,彼得,"杰克立刻回答说,"蓝瑟已经把所有的阀门都打开并且焊死了。"

在他头顶的上方,蓝瑟开始发表他对现代奥运会的长篇大论:他从巴塞罗那奥运会讲起,愤愤不平地讲述了他被奥组委选派的医生们用药物陷害的遭遇,怒斥他们剥夺了他赢得十项全能金牌的荣誉,使他从此永远被排斥在全世界有史以来最伟大的运动员的行列之外。奈特也同时听见了从体育场内传出的喧嚣声,意识到现场观众已经处在四散奔逃的混乱局面之中,他知道自己只剩下唯一的一个机会了。

他开始推着喷灯迅速向前爬行,很快爬过了丙烷输气管道和绑在管道上的引爆装置,来到了通气栅栏的下面。

透过栅栏,他看到了正在逼近的暴风雨发出的一道道闪电,也看见了仍在熊熊燃烧的奥运火炬摇曳的火焰。

通气栅栏由四颗螺钉固定在屋顶上,整个螺钉又被某种化学树脂加以固定,根本不可能把它们拧下来。不过,也许喷灯能够将它们熔毁。

奈特一手抓起喷灯,打开开关并将其点燃。他以最快的速度用火焰逐一把四颗螺钉上的树脂烧软,然后拿出米克斯给他的"莱泽曼"组合工具钳夹住离他最近的一颗螺帽使劲一拧,螺帽竟然转动了,这让他感到惊喜不已。

第九十六章

闪电撕裂了夜空,雷声震撼着大地,像密集的炮火笼罩着整个伦敦城。我继续向体育场内疯狂逃窜的人群大声喊道:"因此,也因为成百上千个其他的理由,现代奥运会必须灭亡。你们必须明白这一点!"

奇怪的是,我并没有听到人们发出一致的叫好声,甚至再也听不到恐惧的嚎叫,相反我所听到的声音却大大出乎我的意料:那些该死的魔鬼们居然向我发出了一片嘘声,高喊着污秽的语言,怒斥着我天才的创造性和超人的本领。

这就是他们对一个为正义事业而献身的烈士的态度——诽谤、攻击和伤害,但是所有这一切却连一枚路边炸弹也不如,甚至比不上一块顽石,如此愚蠢的行动是不可能阻止我完成命运赋予我的重任的。

他们徒劳的抗争只能在我心中激起更大的仇恨,使我对脚下那些可悲的魔鬼们更加地蔑视。

我抬起头望着夹杂着雷鸣电闪的漆黑夜空、迎着倾盆而下的密集雨滴呼喊道:"奥林巴斯山的众神啊,这一切都是为了你们,为了你们至高无上的荣誉!"

第九十七章

就在这个时候，奈特早已钻出排气孔并且爬上了高高升起的圆形平台，在大雨中向蓝瑟冲过去。

就在蓝瑟的拇指即将触及到手机发送键的那一刹那间，奈特从侧面狠狠地撞到了他身体的下半部。这一撞力量十足，只见那个疯狂的杀人魔鬼一个踉跄倒在了平台上，手中的步枪摔落到一旁。

奈特抢上前扑到了手里仍然握着手机的蓝瑟身上。蓝瑟虽然比奈特的年龄大了近10岁，但是他毕竟是十项全能冠军出身、身材也更高大，因此论打斗却比奈特反应更快、更有力而且也更有技巧。

蓝瑟反肘一击，重重地打在了奈特的身上，不仅将他的身体掀了起来，并且几乎使他的脸撞到了火炬滚烫的外壳上。在炽热的火焰和瓢泼大雨的双重作用下，奈特立刻感到神清目明、力量倍增。

他迅速转过身体，看到蓝瑟正要站起来，于是飞起一脚踢在了他的脚踝上。奥运狂人发出一声痛苦的号叫，身体向后一仰单膝跪在了平台上。就在他正想再次站起来的时候，奈特已经伸出右臂从后面勒住了他粗壮的脖子，试图在死死锁住他咽喉的同时夺下他手里的手机，防止他引爆炸弹。

奈特右臂用力勒紧蓝瑟的脖子，左手抓住了他拿着手机的手，想掰开他的拇指甩掉手机。但是，蓝瑟却立刻低下头、用下巴顶住了奈特的手臂，然后扭动身体并用胳膊肘连续狠命击打奈特的肋骨，正好打在了"复仇女神"的出租车企图撞死他时留下的淤伤处。

这位国际私人侦探公司的侦探不由得发出一阵痛苦的呻吟，但是却忍痛继续勒住蓝瑟脖子不放。就在这一刻，卢克和伊莎贝尔的身影突然闪现在奈特的眼前，儿子咬人的恶习立刻给了他一个启示。他低下头恶狠狠地一口咬住了蓝瑟的后脑勺，再猛地一抬头，只感到一大块厚实而长着粗糙疤痕的头皮从蓝瑟的头上撕扯了下来,蓝瑟痛苦而愤怒地"嗷嗷"尖叫起来。

奈特吐掉口中的头皮,再次低头张口咬去。这一次他咬到的部位更低,牙齿深深地陷入了蓝瑟脖子上的肌肉中,就像狮子咬住了水牛的咽喉。

蓝瑟狂怒了。

他拱起背部左右扭动身体,嘴里不停地发出愤怒的号叫,两个巨大的拳头左右开弓从肩膀上连续击打奈特的脑袋,然后又再次抡起双肘拼命击打奈特的左右两肋。数次重击下,奈特的几根肋骨断裂了。

他的身体再也承受不住了。

他无力地吐出一口气,两肋的剧痛像烈火一样传遍全身。他呻吟着松开了咬着蓝瑟脖子的嘴,也松开了勒住蓝瑟脖子的右臂。他无力地向后倒在了雨中,呻吟着、喘息着、痛苦地挣扎着。

蓝瑟的后脑勺和脖子上的伤口血流不止。他转身站起来,带着胜利和鄙视的目光看着躺在地上的奈特。

"奈特,你根本不可能有任何机会,"他得意地笑道,同时后退一步把手机举向天空中,"站在你面前的是一个能力无边的超人,你怎么可能……"

就在这时,奈特一挥手把那把"莱泽曼"组合工具钳向蓝瑟扔了过去。

工具钳翻滚着从空中飞过,随之尖利的钳头深深地插进了蓝瑟的右眼之中。

蓝瑟跟跄着向后退去,一手仍然握着手机,另一只手则徒劳地伸向已经锁定了他可悲命运的工具钳,嘴里号叫着喷出了一口口血沫。他现在就像神话传说中一个垂死的神灵,就像被宙斯无情地扔进了最黑暗的塔尔塔洛斯无底深渊的"克罗诺斯"。

这时候,一道耀眼的锯齿状闪电突然从天而降,从安赛乐米塔尔轨道塔的塔顶旁直插下来,避开安装在观景台上的避雷针,直接击中了插在蓝瑟右眼上的"莱泽曼"组合工具钳的尾部。这个自诩为众神使者的狂徒立刻触电而死,他的躯体向后弹起,一头栽进了奥运火炬之中。熊熊燃烧的奥林匹克圣火立刻吞噬了他,迅速地把他烧成了灰烬。

PRIVATE
GAMES

尾声

第九十八章

2012年8月13日,星期一

在伦敦桥医院三楼的一间病房里,奈特坐在一张轮椅上,面部僵硬地向围绕在卢克和伊莎贝尔病床旁的人们微笑着。他脑震荡的症状已经缓解,只是头还有些隐隐作痛,但是被蓝瑟打断的肋骨和胸膛上青淤的皮肉却让他感到疼痛难耐,每一次呼吸都好像一把钢锯撕扯着自己的胸腔。

然而,他终究活了下来,他的孩子们也活了下来。奥林匹克运动会得到拯救,死去的运动员们也已经报仇雪恨,而奈特却没有想明白到底是什么力量最终战胜了邪恶。这时,苏格兰场的伊莱恩·波特斯菲尔德警司走进了病房,她手上托着两个巧克力蛋糕,每个蛋糕上插着三根已经点燃的蜡烛。

"流氓"带头唱起了《祝你生日快乐》的歌曲,在场的所有人都跟着唱起来,包括照顾双胞胎的医生和护士、杰克·摩根、凯伦·波普和奈特的母亲阿曼达,就连一向不苟言笑的加里·博斯也乐呵呵地欢唱着。他是第一个来到医院里这个病房里的人,满屋的气球和彩条都是他亲手精心装饰的。

"闭上眼睛,许个愿吧。"双胞胎的大姨开心道。

"许个大大的愿!"孩子们的祖母喊道。

伊莎贝尔和卢克乖乖地闭上了眼睛,但是一秒钟后又睁开了眼睛,双双大吸一口气,吹灭了各自蛋糕上的蜡烛。所有人都拍手欢呼,波特斯菲尔德拿起餐刀切开了蛋糕。

波普还是记者的本性不改,向孩子们问道:"你们刚才许的什么愿啊?"

奈特的儿子不高兴了,他回答说:"卢吉不告诉你,这是一个秘密。"

然而,伊莎贝尔却一本正经地看着波普说:"我的愿望是我能够有一个新的妈妈。"

她弟弟一下子拉长了脸,嚷嚷道:"这不公平,那是卢吉许的愿。"

人们纷纷发出轻声叹息,奈特再一次感到了心底的伤痛。

他的女儿扭头看着他的眼睛,慎重其事地说:"爸爸,不要保姆了。"

"好的,不要保姆,"他一边允诺一边把视线转向了自己的母亲,"是这样吗,妈妈?"

"是的,不过条件是必须在我的直接监督和看护下。"她回答说。

"还有我呢。"博斯加上一句。

切好的蛋糕和冰激凌送到他们的手上。波普吃了几口,然后抬头问道:"你们知道吗,为什么我就想不到是麦克·蓝瑟,竟然从来没有怀疑过他可能就是嫌疑犯呢?"

"为什么?""流氓"问道。

"在事发的第一天,'克罗诺斯'派了一个'复仇女神',想用汽车把他撞死,对吗?"她指了指奈特。

"是的,"奈特说,"我敢肯定那是他早就预谋好的,而我只是碰巧出现在了那个地方而已。"

"如果你仔细想一想,其实还有另外一条线索,""流氓"分析说,"'克罗诺斯'从来没有给你送过一封信说明蓝瑟为什么该死。"

"我竟然完全没有想到过这个问题。"奈特回答说。

"我也没有想到。"杰克说着,站起身把纸盘子扔进了垃圾桶里。

大家欢笑着吃完了蛋糕和冰激凌,孩子们接下来又一一打开了大人们给他们带来的礼物。不一会儿,他们开始昏昏欲睡,伊莎贝尔很快就闭上了眼睛,紧接着卢克也开始摇晃起身体、吮吸着自己的大拇指。阿曼达向儿子低声说,她明天上午一定来接他和双胞胎出院,然后带着博斯离开了。

奈特的大姨子也准备回到工作岗位上去了,离开前她对他说:"你把一个战犯弄到家里来当保姆,真是活受罪。不过,好在你真够聪明,我很佩服。凯特要是活着,一定会为你感到骄傲的,你为你们的两个孩子、为奥运会、为伦敦以及为天下所有人勇敢战斗的事迹一定会让她感到无比的欣慰。"

奈特再一次感到心痛。他说:"伊莱恩,我很想拥抱你一下,只是我的肋骨……"

她开心地一笑,给了他一个飞吻,一边说她得去看看赛琳娜·法雷尔和詹姆斯·德林,一边走出了病房。

"彼得,离开前我有一个礼物要送给你,"杰克说,"我希望你接受我做出的给你加薪的决定,除此之外,我要你带上两个孩子到某个热带岛屿的海滩上休息几个星期,一切费用由国际私人侦探公司支付。回到洛杉矶后我会立刻完成所有程序上的细节。对了,说到回洛杉矶,我现在必须走了,否则我就赶不上飞机了。"

当国际私人侦探公司的老板走后,波普和"流氓"也站起身准备离开。"那么,我们就去酒吧了,""流氓"说,"你知道的,奥运会足球锦标赛最精彩的一场球就要开始了。"

"你刚才说'我们'?"奈特问,同时扬起眉毛看了看波普。

《太阳报》记者立刻伸出手挽起了"流氓"的胳膊,微笑道:"我发现,我们俩倒有不少的共同之处,奈特。我的几个兄弟也都是铁杆足球迷。"

奈特笑道:"看来是门当户对啊。"

"流氓"咧嘴"哈哈"大笑,用手搂住波普的肩膀说:"还是你他妈的说得好,彼得。"

"真是他妈的一针见血!"波普调侃道,两人说笑着走出了病房。

医生和护士们最后也离开了,病房里只留下奈特和他的双胞胎。他抬起头看了一会儿电视,看到奥林匹克火炬仍然在伦敦上空熊熊燃烧。蓝瑟死后,国际奥委会主席雅克·罗格提议让伦敦奥运火炬继续燃烧一段时间,以纪念这场命运多舛的奥运会,伦敦政府立刻欣然接受了这个建议。

奈特认为,这确实是一个不错的建议。

然后,他把目光放到了卢克和伊莎贝尔身上,心满意足地看着他们漂亮的小脸蛋,心中对把他们从残酷的死亡边缘拯救回来的奥林匹克众神感激不尽。

他想起了伊莎贝尔和卢克希望有一个新妈妈的愿望,也想起了伊莱恩说凯特一定会为他感到骄傲的话,不由得一阵心酸,深深地叹了一口气。

　　凯特，他仍然是那么地想念她，并且一直认为她恐怕就是他这一生唯一的伴侣；冥冥之中命运只为他安排了这仅有的一段甜蜜爱情，看来他是注定要独自走完自己剩下的人生旅程，独自抚养孩子们长大成人并……

　　这时，门口响起了轻轻的敲门声，一个美国口音的女人声音从外面的过道里传来："奈特先生，你在里面吗？"

　　奈特惊讶地看着门口，回答说："是谁呀？"

　　门开处，一位相当漂亮的女运动员轻盈地走进了病房。他立刻认出这个人是谁，准备下床站起来。他压低嗓门说："你是汉特·皮尔斯？"

　　"是我。"美国跳水运动员说着，带着一脸灿烂的微笑走上前来。她仔细端详着他的脸，接着道："别起来。我听说你受伤了。"

　　"只是小伤而已，"他说，"我很幸运；我们都很幸运。"

　　皮尔斯点了点头，而奈特却发觉她那张漂亮的脸离他太近了，让他有些眩晕。

　　他赶忙对她说道："你赢得跳水金牌的那天，我就在水上运动中心里。"

　　"是吗？"她说，有些腼腆地伸手摸了摸自己的脖子。

　　奈特的眼眶突然湿润了，他自己也感到莫名其妙。"要我说，你最后的那一跳确实是在巨大压力下最优雅的表现，我这辈子还是第一次有幸亲眼目睹。而你后来又那么坚定而毫不妥协地反对'克罗诺斯'的暴行，真是……真是了不起的举动。我想，很多人早就对你说过这些话了吧。"

　　跳水冠军微笑起来，回答道："谢谢你的夸奖。其实，我是运动员们——包括肖、蒙达荷以及其他所有运动员派我来的，他们要我告诉你：你昨天晚上的表现已经大大超越了我们取得的成就。"

　　"不、不，我只是……"

　　"是的，这毫不夸张，"她严肃地强调说，"当时，我就在主体育场内，我的孩子们也在，我们都亲眼目睹了你同蓝瑟的殊死搏斗。因此。我们、我……我想当面向你表示由衷的感谢。"

　　听到皮尔斯的这些话，奈特已经感动不已，喉头开始哽咽起来。"我……不知道该说什么。"

美国跳水冠军把目光从他身上转移到他的孩子们身上,接着道:"那么,这两个小家伙就是我们今天上午在《太阳报》上读到的那对双胞胎了?"

"是的。一个叫卢克,一个叫伊莎贝尔。"奈特不无骄傲地说,"他们是我生命的阳光。"

"多么漂亮的孩子。要我说,奈特先生,你可真是个有福气的男人呐。"

"叫我彼得吧,"他说,"说实话,你都不知道我能来到这里并且能够同他们待在一起是多么的心存感激,真是老天的恩赐啊。当然啦,你能来这里看我也同样是老天的恩赐。"

说到此,两人都彼此看着对方,长时间没有说话,仿佛突然之间他们都在对方的身上发现了某种熟悉而又早已抛之脑后的情感。

皮尔斯歪着脑袋打破了沉默:"我本来只是想看看你就走的,彼得。不过,我现在突然有了一个更好的想法。"

"什么想法?"他问。

美国跳水运动员再一次露出了微笑,她用生硬的英国腔调说:"要不,让我用轮椅推着你到楼下的咖啡厅里去?我们可以来一壶茶,痛快地聊聊天,让这两个小可爱静静地享受他们的美梦吧。你意下如何?"

奈特真是心花怒放,求之不得。

"好啊,"他立刻说,"太好了。我觉得这确实是个好主意。"